अफगानिस्तान

प्रशस्ति

'कुछ पर्यवेक्षक अफगानिस्तान के साथ-साथ अनुभवी और अग्रणी न्यूजमैन प्रेम प्रकाश को भी जानते हैं। इस क्षेत्र की महत्त्वपूर्ण घटनाओं और विशेष रूप से अफगानिस्तान के बारे में उनका दस्तावेजीकरण कई दशकों से अच्छी तरह से जाना जाता है। उनकी पुस्तक, 'अफगानिस्तान : शांति की तलाश, युद्ध की राह' पाठकों को एक गंभीर पत्रकार के दृष्टिकोण से स्पष्ट विश्लेषण देती है, जिसने उस भूमि पर अपने कदम रखे हैं। वह अफगानिस्तान पर एक ऐतिहासिक परिप्रेक्ष्य देते हैं, जिसे अमेरिका में ही कई लोग, उदाहरण के लिए, वहाँ अमेरिकी सैन्य मौजूदगी के दो दशकों के बाद भी जान पाने में नाकाम रहे! और फिर प्रेम प्रकाश देखते हैं कि अफगानिस्तान भविष्य में कहाँ जा सकता है। यह पुस्तक पढ़ना जरूरी है।

—ग्रेग कॉपले

प्रेसिडेंट, इंटरनेशनल स्ट्रैटेजिक स्टडीज एसोसिएशन, वाशिंगटन डीसी

'यह एक अंतर्दृष्टि प्रदान करने वाली पुस्तक है, जो प्रेम प्रकाश के अफगानिस्तान के गहरे और व्यापक ज्ञान पर आधारित है, ताकि हमें एक ऐसे गौरवशाली राष्ट्र की त्रासदी को समझने में मदद मिल सके, जिसका भविष्य सुपर पावर प्रतिद्वंद्विता, उसके पड़ोसी की महत्त्वाकांक्षा और धार्मिक कट्टरवाद द्वारा नष्ट कर दिया गया। मनोरंजक और विचारशील।'

—वीर सांघवी, पूर्व संपादक, हिंदुस्तान टाइम्स

प्रेम प्रकाश जिसे 'अफगानिस्तान की त्रासदी' कहते हैं, उसे कवर करते हुए उन्होंने अफगानिस्तान में काफी समय बिताया है। वहाँ समय बिताने के दौरान, उत्तरी अफगानिस्तान में नॉर्दर्न अलायंस द्वारा हिरासत में लिया जाना और फिर गोली मार देना, इन घटनाओं से मैं समझ सकता हूँ कि प्रेम के लिए हमें यह प्रत्यक्षदर्शी विवरण देना कितना जोखिम भरा था! वह वास्तविक मुद्दे को छूते हैं, जो कि 'शांति की तलाश युद्ध की राह' है। युद्ध एक निरंतर त्रासदी है। यह पुस्तक अवश्य पढ़ी जानी चाहिए, क्योंकि यह अधिकांश लेखकों द्वारा अनदेखे किए गए इतिहास पर प्रकाश डालती है और स्पष्ट रूप से उस देश में वर्तमान हालात का विश्लेषण करती है। एएनआई के साथ मेरा जुड़ाव तीन दशक से अधिक पुराना है और इसके चलते मैं अपने दोस्त और महान् पत्रकार प्रेम के करीब रह सका, ताकि उनके मूल्यवान् योगदान और क्षेत्रीय मामलों की समझ से खुद को अपडेट रखा जा सके।

—वेल ऑ वाड

पूर्व अध्यक्ष, फॉरेन कॉरेस्पॉन्डेंट्स क्लब ऑफ साउथ एशिया

वरिष्ठ पत्रकार, अंतरराष्ट्रीय मामले एवं विश्लेषण

अफगानिस्तान

शांति की तलाश, युद्ध की राह

प्रेम प्रकाश

अनुवाद

राहुल त्रिपाठी

प्रभात प्रकाशन

प्रकाशक • **प्रभात प्रकाशन प्रा. लि.**
4/19 आसफ अली रोड,
नई दिल्ली–110002

संस्करण • 2025
मूल्य • पाँच सौ रुपए
मुद्रक • आर–टेक ऑफसेट प्रिंटर्स, दिल्ली

AFGHANISTAN *by* Shri Prem Prakash ₹ 500.00
(Hindi translation of AFGHANISTAN)
Published by Prabhat Prakashan Pvt. Ltd., 4/19 Asaf Ali Road, New Delhi-2
e-mail: prabhatbooks@gmail.com ISBN 978-93-5562-122-1

पूज्य माँ व पिताजी
श्रीमती सुशीला सभरवाल एवं लाला विश्व नाथ,
जिनके आशीर्वाद से
मैं अपनी यह यात्रा पूरी कर पाया।

प्रस्तावना

पाकिस्तान के जन्म से पहले 14 अगस्त, 1947 तक भारत के साथ सीमा साझा करने वाले देश अफगानिस्तान के प्रति इतिहास दयालु नहीं रहा है। यह अंग्रेज थे, जिन्होंने उन्नीसवीं शताब्दी में महाराजा रणजीत सिंह के राज्य पर कब्जा कर लिया, जिसमें पेशावर और खैबर दर्रा शामिल था। यह शाही ब्रिटेन और जारिस्ट रूस के बीच 'बड़े खेल' की शुरुआत थी। 'द ग्रेट गेम' ने सैनिकों, राजनयिकों और जासूसों की पीढ़ियों को इस खेल को खेलते हुए देखा, और द्वितीय विश्वयुद्ध के बाद इस खेल में दो नायक अमेरिका और सोवियत संघ शामिल हो गए।

अफगानिस्तान रूसी और ब्रिटिश साम्राज्यों के बीच एक बफर राज्य बन गया था। शाही शक्तियों में से कोई भी अफगान मुद्दों के बारे में बहुत चिंतित नहीं था, जब तक कि जारिस्ट रूस और बाद में अमेरिकियों और सोवियत संघ को मध्य-पूर्व के ऊर्जा समृद्ध क्षेत्रों और अरब सागर के गरम पानी से दूर रखने के लिए उनके हितों को संरक्षित नहीं किया गया था। दिसंबर 1979 में अफगानिस्तान में सोवियत सैनिकों के प्रवेश ने अमेरिकियों के लिए इस समीकरण को बदल दिया।

1980 के दशक के बाद से अफगानिस्तान के मामलों में पाकिस्तान की भूमिका तेजी से दिखाई दे रही थी। अमेरिकियों की मदद करने का दिखावा करते हुए पाकिस्तान आमतौर पर अपने नियमों से खेलता है—पहला, अफगानिस्तान में सोवियत संघ के नेता लियोनिद ब्रेझनेव के सैनिकों के

खिलाफ अंतरराष्ट्रीय स्तर पर संगठित, वित्तपोषित और समर्थित जिहाद के माध्यम से और दूसरा, आतंकवाद के खिलाफ अपने वैश्विक युद्ध में अमेरिका की मदद करने का नाटक करके।

हालाँकि, अधिक हितधारकों का मतलब केवल यह था कि त्रासदी ने एक सोप ओपेरा की तरह का आकार ले लिया था। अमेरिकी हस्तक्षेप विफल होने और तालिबान द्वारा अगस्त 2021 में बिजली की गति से अफगानिस्तान पर नियंत्रण करने के बाद से समस्या बढ़ गई है।

पश्तून आदिवासी भूमि पर 1893 में अंग्रेजों द्वारा खींची गई डूरंड रेखा अफगानिस्तान और ब्रिटिश भारत के बीच प्रभाव के क्षेत्रों का सीमांकन करने के लिए थी, जिसने पश्तूनों को अफगान पश्तून और पाकिस्तानी पश्तूनों में विभाजित कर दिया। यह स्वाभाविक ही था कि पश्तून राष्ट्रवाद पाकिस्तान और अफगानिस्तान के बीच संबंधों और इन दोनों देशों के भविष्य की अनसुलझी कुंजी बन गया।

लेखक प्रेम प्रकाश, जो अफगानिस्तान के इतिहास और इलाके से परिचित हैं, बताते हैं कि 1971 में बांग्लादेश के निर्माण के तुरंत बाद अफगानिस्तान की त्रासदी सामने आने लगी। पराजित पाकिस्तान अपने दुश्मन भारत के खिलाफ रणनीतिक गहराई की तलाश करने के लिए बेताब था। पाकिस्तान ने अफगानिस्तान में अपने चिर-परिचित अंदाज में दिलचस्पी लेनी शुरू कर दी और उसने काबुल में वामपंथी मोहम्मद दाउद खान सरकार के खिलाफ हथियार उठाने के लिए पाकिस्तान में शरण लेने वाले अफगान इसलामी समूहों को प्रोत्साहित करके देश में अशांति और विद्रोह को प्रोत्साहित किया। दिसंबर 1979 में सोवियत सैनिकों के अफगानिस्तान में प्रवेश करने के बाद पाकिस्तान की भूमिका में काफी सुधार हुआ और तब से अपने विभिन्न रूपों में जारी युद्ध बंद नहीं हुआ है। 1989 में सोवियत सैनिकों की वापसी के बाद कुछ समय के लिए पश्तून सत्ता को ताजिक, उज्बेक और हजारा जैसे अन्य जातीय समूहों द्वारा चुनौती दी गई थी, लेकिन ये तभी तक था, जब तक कि 1996 में तालिबान का दखल शुरू नहीं हुआ था। इसने अक्तूबर 2001 तक

काबुल पर राज किया और अल–कायदा और तालिबान के खिलाफ आतंक पर अपने बहुप्रचारित वैश्विक युद्ध के साथ अफगानिस्तान पर अमेरिकी हमले के बाद तेजी से टूट गया।

लेखक ने पुस्तक में यह तथ्य उल्लिखित किया है कि कैसे पाकिस्तान हर स्तर पर सोवियत सैनिकों के खिलाफ या उत्तरी गठबंधन या 'यूनाइटेड इसलामिक नेशनल फ्रंट फॉर द सॉल्वेशन ऑफ अफगानिस्तान' के खिलाफ युद्ध लड़ रहा था, जिसे मुख्य रूप से ताजिक नेता और पूर्व रक्षा मंत्री अहमद शाह मसूद के साथ जोड़ा जाने लगा। इसमें अब्दुल राशिद दोस्तम के नेतृत्व वाला उज्बेक समूह, हजारा नेता करीम खलीली और मोहम्मद मोहाकिक, पश्तून–ताजिक नेता अब्दुल्ला और खुफिया प्रमुख अमरुल्ला सालेह भी शामिल थे, जो पाकिस्तान–तालिबान गठबंधन से लड़ रहे थे।

यहाँ तक कि आतंकवाद के खिलाफ अमेरिका के वैश्विक युद्ध में भी पाकिस्तान का अपना एजेंडा था, क्योंकि उसने तालिबान और अल–कायदा के खिलाफ अमेरिकी काररवाई का समर्थन करने का नाटक किया था।

अफगानों की पीढ़ियाँ कभी भी शांति देखे बिना मर गईं। उजड़े और बेघर, अस्वस्थ और अनपढ़ रहे इन लोगों का जीवन दयनीय रहा है; यह एक ऐसी स्थिति है, जो अधिक क्रोध पैदा करती है और उन्हें आतंकी मॉड्यूल के लिए सही चारा बनाती है। फिर भी जो लोग भागने का जोखिम उठा सकते थे, वे निकल गए, जबकि बाकियों ने तालिबान के साथ समझौता कर लिया।

आज के संदर्भ में, काबुल में तालिबान के नियंत्रण के साथ, तहरीक–ए–तालिबान पाकिस्तान जैसी अन्य कट्टरपंथी ताकतें भी इसकी सफलता से प्रेरणा ले रही हैं। कट्टरपंथी इसलाम खतरनाक है, लेकिन तालिबान किस्म के अतिराष्ट्रवाद के साथ मिश्रित कट्टरपंथी इसलाम और भी खतरनाक है।

पाकिस्तान ने कट्टरपंथी इसलामवादियों को प्रोत्साहित किया और समर्थन दिया और इसके चलते अब तहरीक–ए–तालिबान जैसी अन्य कट्टरपंथी पश्तून ताकतों का उदय हुआ है, जो केवल पश्तूनों के प्रति निष्ठा रखते हैं, न कि पाकिस्तान के प्रति।

तालिबान एक मजबूत पश्तून पहचान के साथ एक इसलामवादी ताकत है, और डूरंड रेखा को स्वीकार करने के लिए तैयार नहीं है, जिसे वे ब्रिटिश साम्राज्यवादियों द्वारा बनाए गए एक कृत्रिम विभाजन के रूप में देखते हैं और मानते हैं कि अतीत में पश्तून क्षेत्र सिंधु के पश्चिमी तट तक फैला हुआ था।

तालिबान का मानना है कि वे वही हैं, जिन्होंने पहले अंग्रेजों, फिर सोवियत संघ और अंत में अमेरिकियों को हराया। तीनों शक्तियों को अफगान मुजाहिदीन और बाद में तालिबान द्वारा अफगान वीरता और उनके विश्वास, इसलाम की ताकत से पराजित माना गया था। पाकिस्तान के तमाम दावों के बावजूद, सच्चाई यह है कि पश्तून पंजाबी वर्चस्व से नाराज हैं और पंजाबियों को दिखावटी प्रवृत्ति का मानते हैं, ये सोच पश्तूनों में सिंधियों, बलूचों और मुहाजिरों के साथ समान है।

पाकिस्तान फैक्टर पर लेखक ने सुझाव दिया है कि अफगानिस्तान में शांति के लिए भारत और पाकिस्तान के बीच शांति होनी चाहिए और इसके लिए कश्मीर पर दोनों के बीच एक समझ होनी चाहिए।

भारत के साथ पाकिस्तान की निरंतर शत्रुता की नीति ने भारत विरोधी रणनीतियों और चालों को जन्म दिया है तथा इसकी इसलामी पहचान को मजबूत किया है। अफगानिस्तान के लिए दूसरी निराशा वाली बात यह रही कि तालिबान नेतृत्व के साथ अमेरिका के नेतृत्व वाली वार्त्ता, जो अफगान मूल के अमेरिकी नागरिक जलमय खलीलजाद द्वारा आयोजित की गई थी, स्पष्ट रूप से अफगान हितों को सुरक्षित करने के लिए नहीं थी, यहाँ तक कि सालेह और अहमद जिया मसूद जैसे राष्ट्रवादियों और अफगान राजनेताओं ने पाकिस्तान के पसंदीदा विकल्प, तालिबान के हक्कानी नेटवर्क के खिलाफ अपनी लड़ाई जारी रखी।

अमेरिकी लक्ष्य उन शर्तों पर अफगान दलदल से खुद को बाहर निकालना था, जो सम्मानजनक लगेंगी। अंत में, ऐसा नहीं हुआ। जब तक तालिबान का काबुल में किसी तरह का नियंत्रण रहता है, तब तक अफगानिस्तान के अपने पड़ोस और उससे परे—मध्य एशिया, पश्चिम एशिया, अफ्रीका, शिनजियांग

और भारत में कट्टरपंथी इसलामी आतंकवाद के निर्यात का एक और केंद्र बनने का खतरा कल्पना से कहीं अधिक वास्तविक है। अफगानिस्तान में सबसे अधिक समस्याएँ औपनिवेशिक शक्तियों द्वारा कृत्रिम और मनमाने ढंग से सीमांकन के कारण उत्पन्न हुई हैं, जिसके कारण मध्य-पूर्व में तुर्की , इराक, सीरिया और ईरान पर फैले कुर्द, और ईरान, अफगानिस्तान और पाकिस्तान के सीमावर्ती क्षेत्रों में फैले बलूच हमेशा ठगा हुआ महसूस करते हैं।

समस्याएँ लंबे समय से चली आ रही हैं, जो कि संदेह और शत्रुता से भरी हुई हैं। इस प्रकार, प्रेम प्रकाश की 'अफगानिस्तान : शांति की तलाश, युद्ध की राह', अफगानिस्तान के लिए आने वाली समस्याओं की समय पर याद दिलाती है और पुस्तक को आज और अधिक प्रासंगिक बनाती है।

—विक्रम सूद
पूर्व सचिव
रिसर्च एंड एनालिसिस विंग (RAW), भारत सरकार

आमुख

चारों तरफ से पड़ोसियों से घिरा देश अफगानिस्तान भारत के दिल के करीब है और भारतीय उपमहाद्वीप का एक हिस्सा है। यह हिंदुकुश के पहाड़ों से शुरू होता है और पेशावर के उपमहाद्वीप के मैदानी इलाकों तक फैला है। भारत के लिए सीमा जलालाबाद के मैदानी इलाके तोरखम से शुरू होती है। भारत और अफगानिस्तान सदियों से दोस्त रहे हैं। अफगानिस्तान उतना ही प्राचीन देश है, जितना कि भारत।

इस देश का उल्लेख महान् हिंदू महाकाव्य 'महाभारत' में भी मिलता है। इसमें कहा गया है कि गांधार के राजा शकुनि (जिसके कुछ हिस्से आज भी अफगानिस्तान में हैं), जो दुर्योधन के मामा थे, ने महाभारत के ऐतिहासिक युद्ध में भाग लिया था।

हालाँकि, अफगानिस्तान का इतिहास इससे भी पहले का है। काबुल के करीब एक पहाड़ी है, जिसे 'रिश कोह' या 'ऋषियों का पहाड़' कहा जाता है। अफगान इतिहासकारों के अनुसार, कहा जाता है कि कुछ वेदों को ऋषियों या वहाँ रहने वाले संतों द्वारा रिश कोह पर लिखा गया था।

अफगानिस्तान का एक समृद्ध इतिहास रहा है। सिकंदर महान् ने अफगानों को हराने के बाद 327 ईसा पूर्व के आसपास भारत की ओर रुख किया। अफगानिस्तान पर अलेक्जेंडर की जीत और उनकी वापसी यात्रा ने देश पर एक बड़ा 'ग्रीक प्रभाव' छोड़ा।

फिर बौद्ध धर्म अफगानिस्तान में आया, क्योंकि हिंदू राजाओं ने इसे

अपनाया। कहा जाता है कि सम्राट् कनिष्क ने अफगानिस्तान से बौद्ध भिक्षुओं को उस देश में बौद्ध धर्म का प्रचार करने के लिए चीन भेजा था। इसलाम अफगानिस्तान में सातवीं शताब्दी ईसवी के आसपास आया। ऐसा इसलिए था, क्योंकि इस देश को इसलाम में परिवर्तित करने के लिए अरबों ने सात बार हमले किए और हर बार अफगानों से पराजित हुए थे।

अफगानिस्तान के साथ अपनी सीमाओं की सुरक्षा सुनिश्चित करने के लिए पंजाब के महाराजा रणजीत सिंह ने आक्रमण किया और 1751 के बाद से इसके साथ कई युद्ध लड़े। अफगानिस्तान के अमीर अहमद शाह दुर्रानी की सेनाओं को हराने के बाद रणजीत सिंह ने उसके साथ समझौते पर हस्ताक्षर किए। समझौते के तहत महाराजा ने पेशावर घाटी पर कब्जा कर लिया, जिसमें पेशावर शहर या अफगानिस्तान की शीतकालीन राजधानी शामिल थी। उन्होंने पश्तून आबादी वाले क्षेत्रों पर भी कब्जा कर लिया, जो समझौते के दायरे में आते थे, जिनमें प्रसिद्ध खैबर दर्रा और तोरखम शामिल थे, जिन्होंने पंजाब की नई सीमा को जलालाबाद के मैदानों तक फैला दिया था। बहादुर अफगानों ने इन कब्जेवाले क्षेत्रों को पुनर्प्राप्त करने के लिए कई वर्षों तक लड़ाई लड़ी। अंतिम निर्णायक लड़ाई जमरूद के किले के लिए थी, जिसमें अफगान अपनी आखिरी साँस तक लड़े, लेकिन अंतत: रणजीत सिंह के सेनापति हरि सिंह नलवा से हार गए। पेशावर सहित कब्जे वाले क्षेत्र अब महाराजा के साम्राज्य का हिस्सा थे।

रणजीत सिंह की मृत्यु और सिख साम्राज्य के पतन के बाद अफगानों ने पेशावर घाटी और अन्य कब्जेवाले क्षेत्रों को अंग्रेजों से वापस लेने के प्रयास किए। यह एंग्लो-अफगान युद्धों की शुरुआत थी, क्योंकि अंग्रेज इन क्षेत्रों को वापस करने के लिए तैयार नहीं थे। अफगान असफल रहे और अंग्रेजों के साथ एक समझौते में, रणजीत सिंह द्वारा अफगानिस्तान के साथ निर्धारित सीमा, कुछ समायोजन के साथ, अफगानिस्तान और ब्रिटिश भारत के बीच की सीमा 'डूरंड रेखा' बन गई।

हमें यह नहीं भूलना चाहिए कि अफगानिस्तान ने आज तक पेशावर

घाटी और अन्य कब्जेवाले क्षेत्रों पर अपना दावा नहीं छोड़ा है। अफगानिस्तान में तालिबान आज इसे कैसे देखता है, यह तो आने वाला वक्त ही बताएगा। पाकिस्तान के लिए पेशावर घाटी और अन्य कब्जेवाले इलाकों को लेकर विवाद कभी न खत्म होने वाला सिरदर्द है। रिपोर्टों से पता चलता है कि सीमा पर तालिबान और पाकिस्तानी सैनिकों के बीच झगड़े हुए थे और इसके परिणामस्वरूप दोनों पक्षों में अनेक मौतें हुई थीं। अफगानों ने पाकिस्तान पर हवाई हमले का भी आरोप लगाया है। तालिबान सीमा को वैसे ही मान्यता देने से इनकार करता है। काबुल में हक्कानी के सत्ता में होने के बावजूद ऐसा हुआ है।

अफगानिस्तान और भारत के बीच संबंध हमेशा अच्छे रहे हैं, खासकर 1947 में भारत के स्वतंत्र होने के बाद से। भारत के पहले प्रधानमंत्री जवाहरलाल नेहरू ने 1950 में अफगानिस्तान का दौरा किया था। अफगानिस्तान के शाही परिवार द्वारा उनके सम्मान में दिए गए भोज में, परिवार की महिलाएँ बिना परदा उत्सव में शामिल हुईं। उन्होंने कहा कि 'भाई के सामने परदा डालने की कोई जरूरत नहीं थी।' भारत एक भाई देश था, उनके लिए प्रधानमंत्री नेहरू भी भाई थे। दोनों देशों के बीच मैत्री संधि पर हस्ताक्षर किए गए। दोनों देशों को एक साथ बाँधने वाली संधि के अलावा, भारत ने अफगानिस्तान का समर्थन करना जारी रखा और इसके विकास में मदद की।

अफगानिस्तान के राजा जहीर शाह ने महिलाओं सहित अपने लोगों की शिक्षा को प्राथमिकता दी। देश ने उनके शासनकाल के दौरान बहुत प्रगति की, जिसने मध्य युग में फँसे राष्ट्र के रूप में अपनी छवि को तोड़ने में मदद की। काबुल जैसे शहरों में एक नए अफगानिस्तान का उदय हुआ, जहाँ शिक्षा ने प्रभाव डाला था और महिलाओं ने पुरुषों के साथ कंधे-से-कंधा मिलाकर काम करना शुरू कर दिया था। हालाँकि, समाज आदिवासी बना रहा या गाँवों में अपने जिरगा या कबीले तक ही सीमित रहा। कुल मिलाकर अफगानिस्तान के लोग अपने राजा और उसके परिवार से खुश थे।

एक घटना, जो आज अफगानिस्तान की त्रासदी का अग्रदूत बनने

वाली थी, 1953 में हुई थी। जहीर शाह के पहले चचेरे भाई दाउद ने धार्मिक नेताओं के समर्थन से उसे राजा के प्रधानमंत्री पद पर नियुक्त करने के लिए मनाया। दाउद ने जल्दी ही सत्ता का प्रतिष्ठित पद हासिल कर लिया, जिससे अंततः उसे अपने पहले चचेरे भाई को नाममात्र के राजा तक सीमित करने में मदद मिली।

गुटनिरपेक्षता की अपनी नीति के साथ सुरक्षित चलने वाले जहीर शाह के विपरीत, नए प्रधानमंत्री अफगानिस्तान को सोवियत संघ के करीब ले गए। दाउद का मानना था कि सोवियत संघ के करीब रहना ही अमेरिका के करीबी पाकिस्तान के शत्रुतापूर्ण रवैए से निपटने का तरीका है। पाकिस्तान दक्षिण-पूर्व एशिया संधि संगठन (SEATO) और केंद्रीय संधि संगठन (CENTO) का सदस्य था, जो सोवियत संघ के खिलाफ शीतयुद्ध में अमेरिका के नेतृत्व में दो सैन्य गठबंधन थे।

दाउद ने पश्तूनिस्तान को लेकर भी अपना दाँव चला। भारत में ब्रिटिश शासन के अंत के दौरान उत्तर-पश्चिम सीमांत प्रांत (एनडब्ल्यूएफपी) के पश्तून लोगों के लिए एक देश पश्तूनिस्तान के निर्माण की माँग की गई थी और उसी समय पाकिस्तान का निर्माण किया गया था।

उस समय कांग्रेस सरकार द्वारा शासित एनडब्ल्यूएफपी को जनमत संग्रह में फैसला करना था कि वह भारत में शामिल होना चाहता है या पाकिस्तान में? खान अब्दुल गफ्फार खान या 'सीमांत गांधी' के नेतृत्व में पश्तून नेताओं ने एक तीसरे विकल्प की माँग की—'पश्तूनिस्तान का निर्माण,' जिसे अंग्रेजों ने ठुकरा दिया था। पाकिस्तान से अलग होने की इस माँग को जनमत संग्रह के बाद भी नहीं छोड़ा गया था। इसकी खातिर लड़ने के लिए एक आंदोलन भी शुरू किया गया था। दरअसल, पश्तूनिस्तान की माँग को लेकर 'सीमांत गांधी' ने आजाद पाकिस्तान की जेलों में करीब चौदह साल बिताए थे।

जैसे-जैसे अफगानिस्तान में सोवियत संघ का प्रभाव बढ़ता गया, इसके कई हजार छात्र उच्च शिक्षा प्राप्त करने के लिए सोवियत संघ चले गए।

यात्रा, बोर्डिंग और आवास व्यय और पॉकेट मनी सहित शिक्षा की सभी लागत सोवियत संघ द्वारा वहन की गई थी। इसके साथ ही और विशाल सैन्य सहायता, हथियारों और प्रशिक्षण के साथ, सोवियत संघ ने यह सुनिश्चित किया कि अफगान सेना एक वास्तविक लड़ाकू बल बन जाए। जब मैंने 1975 में अफगान सेना के अनुशासन और उसके बदले रूप को देखा, तो मुझे लगा, जैसे यह सोवियत सेना का ही विस्तार हो!

दाउद के प्रधानमंत्रित्वकाल में अफगानिस्तान कई मायनों में जहीर शाह की विदेश नीति से भटक गया था, हालाँकि उसने गुटनिरपेक्ष होने का दावा किया था, लेकिन उसने खुद को सोवियत संघ के साथ जोड़ लिया था। विदेश नीति में आए इस बदलाव की बदौलत अफगानिस्तान और पाकिस्तान के रिश्ते अब तक के सबसे निचले स्तर पर थे। पाकिस्तान ने 1961 में अफगानिस्तान के साथ अपनी सीमाओं को बंद कर दिया था, ऐसा संभवतः केंद्रीय खुफिया एजेंसी (सीआईए), जो सरकारी खुफिया गतिविधियों के लिए जिम्मेदार अमेरिकी संघीय एजेंसी है, की सलाह पर किया गया होगा। इस एक कृत्य ने अफगानिस्तान के व्यापार पर बुरा असर डाला, जो अंतरराष्ट्रीय व्यापार के लिए कराची बंदरगाह के माध्यम से और भारत की वाघा सीमा के माध्यम से सड़क मार्ग से पारगमन मार्ग के लिए पाकिस्तान पर निर्भर था। हालाँकि, अगर अमेरिका और पाकिस्तान को इस प्रतिबंध के कारण अफगानिस्तान को घुटनों पर लाने की उम्मीद थी, तो वे गलत थे।

पाकिस्तान के साथ अपनी सीमाएँ बंद होने के कारण अफगानिस्तान अपने व्यापार के लिए और अपनी अर्थव्यवस्था को आपदा से बचाने के लिए सोवियत संघ पर और भी अधिक निर्भर हो गया। सोवियत संघ पर यह निर्भरता अफगानिस्तान के लिए अव्यावहारिक और अलाभकारी साबित हुई। पाकिस्तान के साथ कोई समझौता नहीं होने के कारण जहीर शाह ने 1963 में दाउद को बर्खास्त करने की योजना बनाई। राजा के साथ एक फेस-सेविंग समझौते के रूप में दाउद ने इस्तीफा दे दिया। कड़वा घूँट पीते हुए उन्होंने सत्ता में वापस आने की कसम खाई और उन्होंने जुलाई 1973 में अफगान

कम्युनिस्ट पार्टी और सोवियत प्रशिक्षित सैन्य अधिकारियों की मदद से एक तख्तापलट में ऐसा ही किया। उन्होंने राजशाही को समाप्त कर दिया और अफगानिस्तान एक गणतंत्र बन गया। तख्तापलट के समय जहीर शाह इलाज के लिए इटली में थे। वे अपने परिवार के साथ इटली में रहे और अंततः वहीं बस गए।

आधुनिक अफगानिस्तान का इतिहास और देश में लोकतांत्रिक सरकार स्थापित करने में इसका संघर्ष विफलताओं से भरा रहा है। राजशाही के अंत ने अफगानों के लिए किसी भी समस्या का समाधान नहीं किया। इसके बजाय, इसने उनके लिए और अधिक समस्याएँ पैदा कर दीं, जब सम्राट् नाम की संस्था को हटा दिया गया, जो देश में अधिकांश जनजातीय कबीलों की वफादारी जीतने में कामयाब रहे थे। काबुल के प्रति अपनी वफादारी की शपथ के बावजूद, ये कबीले वस्तुतः स्वायत्त हैं। आज तक अफगान एक ऐसे देश में एक लोकतांत्रिक व्यवस्था स्थापित करने में सक्षम नहीं हो पाया है, जहाँ जनजातीय वफादारी अभी भी मायने रखती है।

अधिकांश पर्यवेक्षक यह समझने में विफल रहते हैं कि एक जनजातीय समाज में जहाँ कबीले मायने रखते हैं और प्रभुत्व रखते हैं, चीजों के काम करने के तरीके अलग हैं। जहीर शाह ने जिरगा सरदारों के साथ संबंध विकसित किए थे, जिन्हें वार्षिक नजराना (उपहार राशि) दिया जाता था। महत्त्वपूर्ण अवसरों पर राजा अहम मुद्दों पर चर्चा करने और महत्त्वपूर्ण निर्णय लेने के लिए लोया जिरगा या सभी जनजातीय प्रमुखों की एक सभा बुलाते थे। राजा द्वारा सम्मानित जनजातीय नेता तब अपने संबंधित क्षेत्रों के लिए रवाना होते थे। इस तरह राजा ने देश में एकता और शांति बनाए रखी थी।

1973 के बाद से अफगानिस्तान के राष्ट्रपति के रूप में दाउद के शासन के दौरान देश सोवियत संघ के प्रभाव में आ गया। दाउद को बाद में एहसास हुआ कि सोवियत संघ की लोहे की पकड़ से बाहर निकलने का कोई रास्ता नहीं था। अफगान सेना में समाजवादी विचारों को शामिल किया गया था, जिसे सोवियत संघ द्वारा पूरी तरह से प्रशिक्षित और सशस्त्र किया गया था।

अपनी उच्च शिक्षा पूरी करने के बाद सोवियत संघ से घर लौटते हुए हजारों छात्र कम्युनिस्ट विचारों के लिए प्रशंसा से भरे हुए थे। अफगानिस्तान की तुलना में सोवियत संघ में जीवन स्तर स्वर्ग की तरह महसूस होता था। इनमें से अधिकांश छात्रों को पूरे अफगानिस्तान में और सेना में प्रशासनिक नौकरियाँ मिलीं। अफगानिस्तान अंतत: सोवियत और पश्चिमी ब्लॉक के बीच शीतयुद्ध की साजिशों में फँसने के लिए बाध्य था।

अफगानिस्तान की त्रासदी 1971 में बांग्लादेश के जन्म के तुरंत बाद सामने आने लगी। पाकिस्तान का 'पूर्वी हिस्सा' खत्म हो गया था। हार के बाद पाकिस्तान ने फैसला किया कि उसे भारत के साथ युद्ध की स्थिति में अपनी रक्षा करने के लिए 'गहराई' की आवश्यकता है। इसके तुरंत बाद पाकिस्तान की तरफ से अफगानिस्तान में एक दोस्ताना सरकार खोजने के प्रयास शुरू हो गए। हालाँकि दिक्कत यह थी कि दोनों देशों के बीच सीमा का मुद्दा और अफगानिस्तान के साथ भारत की करीबी दोस्ती पाकिस्तान के उद्देश्य में बाधक बन रही थी।

एक सैन्य तख्तापलट ने 1978 में दाउद को उखाड़ फेंका और काबुल में एक कम्युनिस्ट सरकार की स्थापना हुई। अब पाकिस्तान काबुल में एक ऐसी सरकार खोजने की उम्मीद कैसे कर सकता था, जो उसके प्रति सहानुभूति रखती? हफीजुल्लाह अमीन ने 1979 में नूर मुहम्मद ताराकी को सत्ता से उखाड़ फेंका और मार डाला। अमीन के अमेरिकियों के संपर्क में होने के संदेह में सोवियत संघ ने 1979 में उसकी जगह बबरक करमाल को सत्ता में बिठा दिया। अमीन अपने महल पर हुए हमले में मारा गया था।

मैंने अफगान त्रासदी को करीब से देखा और कवर किया क्योंकि 1979 के अंत से ही देश को चोट पहुँचनी शुरू हो गई थी, जब करमाल ने अपने देश के मामलों में मुख्य रूप से अमेरिका, पाकिस्तान और सऊदी अरब द्वारा विदेशी हस्तक्षेप से लड़ने के लिए अफगानिस्तान में सोवियत सैनिकों को आमंत्रित किया था। यह ताराकी द्वारा दाउद से सत्ता छीनने के बमुश्किल बीस महीने बाद हो रहा था। देश में कोई शांति नहीं थी; ताराकी ने कम्युनिस्ट शासन

का विरोध करने वाले कई हजार लोगों को मार डाला था और ऐसा ही कुछ अमीन ने उसके बाद किया था।

काबुल में सोवियत सैनिकों की लैंडिंग को पश्चिमी देशों ने सोवियत संघ द्वारा अफगानिस्तान पर आक्रमण के रूप में देखा था। सीधे तौर पर आगे न बढ़ते हुए अमेरिका ने सीआईए, पाकिस्तान और सऊदी अरब के जरिए अफगानिस्तान में सोवियत संघ के खिलाफ छद्म युद्ध छेड़ दिया था। इस छद्म युद्ध को 'इसलामी उग्रवाद' भी कहा जाता है। कम्युनिस्ट सरकार के खिलाफ अफगानिस्तान को जन्म देने वाले लोगों को जगाना मुश्किल हो गया, तब अमेरिका, पाकिस्तान और सऊदी अरब की तिकड़ी द्वारा 'इसलाम इन डेंजर' का नारा लगाया गया। इसने अफगानों से अपील की, भले ही यह काम नहीं आई; क्योंकि जनता ने करमाल सरकार के खिलाफ विद्रोह नहीं किया था। इसके बाद तीनों देशों ने अफगानिस्तान में सोवियत संघ की मौजूदगी के खिलाफ लड़ाई में शामिल होने के लिए पाकिस्तान में भरती और प्रशिक्षित मुजाहिदीन लड़ाकों को शामिल किया।

शीतयुद्ध के दौर में अफगानिस्तान में एक गरम युद्ध छिड़ गया था। इसमें कई मोड़ आने वाले थे। पहला, सोवियत संघ के काफिर सैनिकों और करमाल की नास्तिक कम्युनिस्ट सरकार से लड़ने के लिए मुजाहिदीन विद्रोहियों का उदय और प्रवेश था। हालाँकि, मुजाहिदीन लड़ाके लड़ाई में ज्यादा प्रगति नहीं कर सके। इसके बाद तीनों तालिबान या कट्टर इसलामी चरमपंथियों को लेकर आए। तालिबान सैनिकों को मदरसों (इसलामी स्कूलों) में चरमपंथी इसलाम में शिक्षित लड़कों से तैयार किया गया था। इस तरह का चरमपंथी इसलाम उस समय या आज भी किसी इसलामी देश में मौजूद नहीं था।

1988-89 में सोवियत सैनिकों की वापसी ने भी अफगानिस्तान में लड़ाई को समाप्त करने में मदद नहीं की। यहाँ तक कि तीनों देश जिनेवा में किए गए वादों और आश्वासनों पर खरे नहीं उतरे, जहाँ अफगानिस्तान से सोवियत सैनिकों की वापसी के लिए एक समझौते पर हस्ताक्षर किए गए थे। इसके बाद 11 सितंबर, 2001 को अमेरिका पर अल-कायदा की तरफ से

कुख्यात 9/11 हमला कर दिया गया।

गुस्से से भरे अमेरिका ने अल-कायदा के संस्थापक ओसामा बिन लादेन को खत्म करने के लिए अफगानिस्तान में उसके संदिग्ध ठिकानों पर हवाई बम विस्फोट किए। ओसामा को व्यापक रूप से अमेरिका के खिलाफ युद्ध के अपराधी के तौर पर माना जाता है, जिसे पाकिस्तान ने कई वर्षों तक संरक्षित और समर्थित किया था। इसके कारण ही अमेरिका द्वारा अफगानिस्तान में बीस साल के युद्ध की शुरुआत हुई। युद्ध का अंत अचानक हुआ, जिसके परिणामस्वरूप 1988-89 में सोवियत सैनिकों के गरिमापूर्ण और अनुशासित निकास की तुलना में 2021 में अमेरिकी सैनिकों की जल्दबाजी में वापसी हुई।

अमेरिका द्वारा बीस साल के युद्ध के बाद, जिसके हर तरह के व्यावहारिक उद्देश्य को हासिल करने में अमेरिका विफल रहा था, पाकिस्तान को आखिरकार काबुल में एक ऐसी सरकार मिली, जो उसे लगा कि उसके प्रति सहानुभूति रख सकती थी। यह पुस्तक पाठकों के सामने अफगानिस्तान की कहानी और त्रासदी को प्रस्तुत करने का प्रयास करती है। काबुल में तालिबान के सत्ता में होने के साथ, क्या यह अफगानिस्तान का अंत है? अफगानिस्तान के लोगों ने अभी तक तालिबान सरकार को स्वीकार नहीं किया है। क्या देश को 'अफगानिस्तान का अमीरात' कहा जाएगा, जो नाम तालिबान ने अफगानिस्तान गणराज्य को दिया है? क्या यह दुनिया को आतंकवाद का निर्यात करने वाला एक कट्टर इसलामी देश बन जाएगा? क्या यह भारत, समृद्ध मध्य-पूर्व और दुनिया के लिए खतरा होगा? क्या यह अफगानिस्तान की कभी न खत्म होने वाली त्रासदी में सिर्फ एक नया अध्याय है?

प्रस्तावना पूरी करने से पहले मैं उन सभी को धन्यवाद देना चाहता हूँ, जिन्होंने जोर देकर कहा कि मैं इस पुस्तक को लिखूँ। अफगानिस्तान में मेरे समय की कहानियाँ सुनने वाले कई दोस्त मुझे याद दिलाते रहे कि उन्हें भावी पीढ़ी के लिए दर्ज करें। उनमें मेरे प्यारे दोस्त डेविड कोगन भी शामिल हैं, जो रायटर्स टेलीविजन के प्रबंध संपादक हैं और जो अफगानिस्तान से वापस भेजी जाने वाली सामग्री और उन जोखिमों को जानते थे, जिनसे मेरा

पाला पड़ा था। फिर अनीता गिल सहित अन्य लोग हैं; उनके पति हर्मी गिल; अमृत मान; डायना क्वे; सत्ती प्रकाश; मेरा बेटा संजीव प्रकाश, एशियन न्यूज इंटरनेशनल (एएनआई) के सीईओ; मेरी बहू स्मिता प्रकाश, एएनआई की मुख्य संपादक; सुरिंदर कपूर, जो एएनआई में प्रोडक्शन के प्रमुख हैं और एक लंबे समय से मेरे सहयोगी हैं, जो कई मौकों पर अफगानिस्तान में मेरे साथ थे; और मीनाक्षी, एएनआई लाइब्रेरी की प्रमुख, जिन्होंने मुझे मेरे सभी वीडियो, साक्षात्कार और विभिन्न टेप उपलब्ध कराए, जिन्हें मैं लंबे अंतराल की वजह से भूल गया था। त्रासदी को दरशाती पुस्तक में एएनआई लाइब्रेरी की तसवीरें एक और संपत्ति हैं।

अक्तूबर 2022

—प्रेम प्रकाश

नई दिल्ली

अनुक्रम

	प्रस्तावना	*7*
	आमुख	*13*
1.	अफगानिस्तान और राजशाही	25
2.	शीतयुद्ध की शुरुआत	36
3.	साम्यवादी अफगानिस्तान	46
4.	एक युद्ध का आगाज	55
5.	छद्‌म युद्ध का विस्तार	66
6.	गर्त में जाती अफगान अर्थव्यवस्था	76
7.	नजीबुल्ला का शासनकाल	84
8.	रब्बानी सरकार : तालिबान के हाथ में काबुल की सत्ता	99
9.	उत्तर से मसूद की जंग	114
10.	अमेरिका पर 9/11 का हमला और आसन्न युद्ध	125
11.	संयुक्त राष्ट्र का आगे आना और लड़ाई का जारी रहना	134
12.	पाकिस्तान फैक्टर	148
	संदर्भ-सूची	159

1

अफगानिस्तान और राजशाही

चारों ओर से जमीन से घिरा देश अफगानिस्तान पाकिस्तान, चीन, ताजिकिस्तान और उज्बेकिस्तान से घिरा हुआ है। अफगानिस्तान ऊँची पर्वतमाला वाला एक पहाड़ी देश है। दुर्भाग्य से, इसके पहाड़ हरे नहीं हैं, बल्कि रेगिस्तान की तरह बंजर हैं। मैदानी इलाकों में, काबुल सहित अन्य शहर नदियों या झरनों के किनारे स्थित हैं। काबुल नदी अपने नाम वाले शहर से होकर बहती है और प्राचीन सिल्क रोड भी इसी देश से होकर गुजरता है।

महाभारत में गांधार नाम से भी जाना जाने वाला अफगानिस्तान पौराणिक ग्रंथ में महत्त्वपूर्ण स्थान रखता है। गांधार के राजा सुबाला का एक पुत्र शकुनि और एक पुत्री गांधारी थी। पुत्री दृष्टिबाधित धृतराष्ट्र की पत्नी और कौरवों की माता थी। महाभारत में कुरुक्षेत्र युद्ध के अंत में उनके सभी 100 पुत्र मारे गए। कहा जाता है कि गांधारी ने अपने भाई को एक शाप दे रखा था कि उसके देश में कभी शांति नहीं होगी। उन्होंने शकुनि को सबसे बड़े कौरव दुर्योधन को बहकाने के लिए जिम्मेदार ठहराया। यह एक ऐसा काम था, जिसके चलते महाभारत में निर्णायक युद्ध हुआ।

महाभारत में उल्लेख पाने के अलावा, अफगानिस्तान मौर्य साम्राज्य का भी एक हिस्सा था और इसकी सीमाएँ हिंदुकुश से शुरू होती हैं। मौर्य साम्राज्य एक हिंदू साम्राज्य था, जो बाद में बौद्ध बन गया। ये मौर्य साम्राज्य के सम्राट् कनिष्क थे, जिन्होंने चीन में बौद्ध धर्म का प्रचार करने के लिए अफगानिस्तान से बौद्ध भिक्षुओं को भेजा था। सातवीं शताब्दी ईसवी के अंत

में इसलाम अफगानिस्तान में पहुँचा। देश को धर्म बदलने के लिए अरब मुसलमानों की ओर से सात बार हमले झेलने पड़े, लेकिन हर बार यह देश विजयी बनकर उभरा था।

अफगानिस्तान की आज भी सबसे बड़ी कमजोरी यह है कि इसकी कई जनजातियाँ गाँवों और घाटियों में लगभग स्वतंत्र रूप से काम करती हैं, जहाँ वे पीढ़ियों से रहते आए हैं। जैसे सरपंच का कहा भारतीय गाँवों में कानून है, वैसे ही अफगानिस्तान में एक कबीले या जनजाति के प्रमुख के पास अपने समाज में सर्वोच्च शक्ति होती है।

काबुल में किसी भी सरकार के लिए किसी कबीले के सदस्य से सीधे संपर्क करना आसान नहीं होता। यदि वे कबीला प्रमुख की उपेक्षा करते हैं, तो जीवन भर के लिए उन्हें अपना दुश्मन बनाने का जोखिम उठाते हैं। लोहिया जिरगा के लिए कबीला प्रमुख एक साथ बैठक करते हैं। गाँवों के विपरीत, विभिन्न कबीलों के लोग अफगानिस्तान के शहरों में शांति से रहते हैं। शहरों में कबीलाई वफादारी का बहुत कम प्रभाव होता है, जब तक कि कोई विशेष कबीला किसी शहर पर हावी न हो।

प्राचीन भारतीय इतिहास का अध्ययन करते समय हम प्रसिद्ध चीनी यात्री ह्वेन त्सांग से परिचित होते हैं, जिन्होंने 630 ईसवी में राजा हर्षवर्धन के शासन के दौरान भारत का दौरा किया था। अपने लेखन में, त्सांग ने अफगानिस्तान का दौरा करने का उल्लेख किया है। मुगल वंश के संस्थापक बाबर ने 1504 ईसवी में अफगानिस्तान पर हमला किया और कब्जा कर लिया तथा भारत की ओर सैन्य काररवाई के लिए उसे अपने आधार केंद्र के रूप में इस्तेमाल किया। भारत से लौटने के बाद बाबर काबुल में रहा। वहाँ उसकी मौत हुई और बाग–ए–बाबर या बाबर के बगीचे में उसे दफनाया गया।

बाद में, अफगानिस्तान के अमीर को अपने कुछ क्षेत्रों को रणजीत सिंह को सौंपने के लिए मजबूर होना पड़ा, क्योंकि बाद में अफगानों और सिखों के बीच लड़ी गई कई लड़ाइयों में रणजीत सिंह की जीत हुई थी। जमरूद में निर्णायक लड़ाई के बाद रणजीत सिंह ने पेशावर घाटी और कई पश्तून

आदिवासी क्षेत्रों पर कब्जा कर लिया, जो आज डूरंड रेखा के पाकिस्तान की ओर मौजूद हैं। उस समय की एक प्रसिद्ध पेंटिंग में काबुल में रणजीत सिंह के विजय मार्च को दिखाया गया है।

रणजीत सिंह द्वारा कब्जा की गई पेशावर घाटी में पेशावर शहर शामिल था। अफगानों ने इन क्षेत्रों पर अपना दावा कभी नहीं छोड़ा है और बाद में इन क्षेत्रों को पुनः प्राप्त करने के लिए अंग्रेजों से लड़ाई लड़ी। हालाँकि, अफगान इन क्षेत्रों को अंग्रेजों से वापस नहीं जीत सके। अफगान पेशावर और खैबर दर्रे तथा तोरखम सहित अन्य कब्जेवाले पश्तून क्षेत्रों की वापसी की माँग कर रहे हैं।

रणजीत सिंह की मृत्यु और बाद में अंग्रेजों के हाथों उनके साम्राज्य के पतन ने अंग्रेजों को अफगानिस्तान के आमने-सामने ला खड़ा किया। अंग्रेज अफगानिस्तान को भारतीय रियासतों की तरह मानना चाहते थे, जिन्होंने अंग्रेजों को अपनी सर्वोपरि शक्ति के रूप में मान्यता दे दी थी और अन्य देशों के साथ संबंधों सहित अपनी संप्रभुता और विदेश नीति उनके आगे समर्पित कर दी थी।

वास्तव में, अफगान शाही दरबार में ब्रिटिश आगंतुकों ने कभी भी राजा अमानुल्ला खान को 'महामहिम' के रूप में संबोधित नहीं किया। यह निश्चित रूप से अफगान शासक को स्वीकार्य नहीं था। वह एक भारतीय रियासत के महाराजा या नवाब नहीं थे; वह एक संप्रभु देश अफगानिस्तान के शासक थे।

अफगानिस्तान के प्रति भारत के ब्रिटिश शासकों की नीति से तंग आकर, अमानुल्लाह खान को जल्द ही एहसास हुआ कि बाहर की दुनिया से कटे रहना उनके देश की कमजोरी साबित हो रही थी। उन्होंने सोवियत संघ के साथ अपने संप्रभु देश के संबंधों को शुरू करने के लिए 1919 में मास्को में रूसी क्रांति में एक महत्त्वपूर्ण व्यक्ति 'व्लादिमीर इलिच लेनिन' से मिलने के लिए तुरंत एक दूत भेजा। लेनिन ने अफगान के दूत का बड़ी गर्मजोशी और दोस्ती के वादे के साथ स्वागत किया। दरअसल, लेनिन ने तुरंत सहायता के वादे के साथ काबुल में एक दूत भेजा। लेनिन ने अफगानिस्तान के साथ इस संबंध में मध्य एशियाई गणराज्यों से परे सोवियत संघ के प्रभाव का विस्तार करने की संभावना देखी।

इस प्रकार अफगानिस्तान विदेशी संबंधों के अपने अधिकार का दावा करने और सोवियत संघ जैसे शक्तिशाली देश द्वारा अपनी संप्रभुता को मान्यता दिलाने में सफल रहा। अमानुल्लाह खान ने तब अन्य देशों के साथ राजनयिक संबंध स्थापित करने की दिशा में कदम उठाए। इससे उन्हें अफगानिस्तान की संप्रभुता और विदेश नीति पर अंग्रेजों के हावी होने वाले खतरों को विफल करने में मदद मिली।

1921 में अमानुल्लाह खान ने मॉस्को के साथ दोस्ती की संधि पर हस्ताक्षर किए। इसमें कोई संदेह नहीं है कि इसके चलते अफगान सोवियत के और करीब हो गए, जो आधिकारिक तौर पर सोवियत संघ बनाने वाले थे। मॉस्को के लिए यह एक ऐसा कदम था, जिसके बाद अफगानिस्तान ने खुद को अपने प्रभाव के नए बढ़े हुए क्षेत्र में पाया। सोवियत संघ ने अफगानिस्तान को हथियारों और प्रौद्योगिकी की आपूर्ति शुरू कर दी, जिसमें विमान भी शामिल थे। यह अमानुल्ला खान और काबुल के लोगों के लिए खुशी और उत्साह की बात थी, हालाँकि इन सबके कबीलाई प्रमुखों के लिए बहुत मायने नहीं थे और इसका शायद ही उन पर कोई प्रभाव पड़ा हो। उनकी दुनिया उनके कबीले तक ही सीमित थी, जिनमें वे रहते थे। एक कबीला प्रमुख अपने आप में एक राजा था, क्योंकि उसका अपने समाज पर पूरा अधिकार था।

अमानुल्लाह खान ने भारत के स्वतंत्रता सेनानियों का भी स्वागत किया, जो कई बार अंग्रेजों द्वारा गिरफ्तारी से बचने के लिए अफगानिस्तान में शरण लेते थे। इससे भारत में ब्रिटिश शासक नाराज हो गए, क्योंकि अंग्रेज उम्मीद करते थे कि राजा इन 'अपराधियों' को उन्हें सौंप देगा। इस प्रकार काबुल ब्रिटिश जासूसों और उनके एजेंटों का एक केंद्र बन गया, जो उन लोगों को लक्षित करते थे, जिन्हें वे पकड़ना चाहते थे। उनके निशाने पर भारत के स्वतंत्रता सेनानी भी थे।

जैसा कि भुवन लाल ने 'द मैन इंडिया मिस्ड द मोस्ट' में वर्णित किया है कि अमानुल्लाह खान के शासन के लंबे समय बाद, भारत के 'सबसे महत्त्वपूर्ण स्वतंत्रता सेनानी' महान् नेताजी सुभाष चंद्र बोस ने अफगानिस्तान

में शरण ली थी। कलकत्ता में नजरबंद बोस 17 जनवरी, 1941 की आधी रात को नकली दाढ़ी पहने अपने घर के पिछले छोर की सीढ़ियों का इस्तेमाल करके फरार हो गए थे।

जैसा कि लाल द्वारा वर्णित है, बोस ने एम. जियाउद्दीन के नाम से कलकत्ता से पेशावर तक की यात्रा की और फिर एक दोस्ताना गाइड के साथ अफगानिस्तान की ओर पैदल चल पड़े। 28 जनवरी, 1941 को अफगानिस्तान के एक सीमावर्ती गाँव में पहुँचने के बाद बोस को पता चल गया था कि वे एक सुरक्षित देश में हैं। तब उन्होंने बर्लिन की अपनी यात्रा की योजना बनाई थी।

जिस तरह भारत के ब्रिटिश शासक भारतीयों और अफगानों के बीच सदियों पुरानी दोस्ती को समझने में नाकाम रहे, कुछ वैसा ही हाल आज बाकी दुनिया का भी है। ब्रिटिश शासन के दौरान अफगान व्यापार के लिए भारत आते थे और आमतौर पर बंगाल और बिहार तक पहुँच रखते थे। अंग्रेजों को यह पसंद नहीं था कि अमानुल्लाह खान ने विदेशों के साथ अफगानिस्तान के संबंध विकसित कर लिये थे और भारतीय स्वतंत्रता सेनानियों का वहाँ शरण लेना भी उनको बिल्कुल नहीं भाता था। अफगान सरकार पर दबाव बनाने के लिए अंग्रेजों ने भारत के माध्यम से अफगानिस्तान के पारगमन व्यापार पर प्रतिबंध लगा दिया। हालाँकि, भारत के साथ अफगानिस्तान का व्यापार बेरोक-टोक जारी रहा।

इसी समय के आसपास, अमानुल्लाह खान ने पेशावर घाटी पर अपना दावा करना शुरू कर दिया, जिसमें पेशावर शहर और डूरंड लाइन के ब्रिटिश हिस्से में पश्तून क्षेत्र शामिल थे। उनका तर्क सहज था—सिख साम्राज्य के पतन के बाद, जो अफगान क्षेत्र उस मृत साम्राज्य के कब्जे में थे, उन्हें उनके देश को वापस कर दिया जाना चाहिए।

अफगानिस्तान के शासक के रूप में अपनी स्थिति को मजबूत करने और अपने देश को ब्रिटिश दबाव से बचाने के बाद अमानुल्ला खान ने सोवियत मदद से अपने प्रशासन और सेना को मजबूत करना शुरू कर दिया।

अंग्रेजों ने उन्हें अफगानिस्तान के अमीर के रूप में मान्यता दी थी, फिर भी उन्होंने उन्हें 'योर मैजेस्टी' के रूप में संबोधित करने या उन्हें एक संप्रभु राजा के रूप में मानने से इनकार कर दिया। ऐसा इसलिए था, क्योंकि अंग्रेजों ने भारतीय रियासतों के शासकों को 'योर हाईनेस' कहकर संबोधित किया था!

एक तरफ तो अमानुल्लाह खान अफगानिस्तान से ब्रिटिश दबाव को हटाने में बार-बार सफल रहे, लेकिन वह ये महसूस नहीं कर पाए कि रूसी अपने उद्देश्यों के लिए उनका इस्तेमाल कर रहे थे। मॉस्को बड़े पैमाने पर मध्य एशियाई मुसलमानों को नियंत्रित करने के लिए अफगानिस्तान का इस्तेमाल करना चाहता था। दिलचस्प बात यह है कि राजा कुछ हिस्सों को रूस से वापस पाना चाहता था, जिन्हें सोवियत संघ ने अमू नदी के पार कब्जा कर रखा था। हालाँकि, सोवियत संघ ने कब्जेवाले क्षेत्रों को वापस करने से इनकार कर दिया। उन्होंने लगातार राजा को यह बताया कि नदी ने उनके देशों को विभाजित किया है और इस प्रकार वह उनके राष्ट्रों के बीच की सीमा थी। उन्होंने यह भी दावा किया कि नदी के उनके किनारे के किसी भी क्षेत्र पर अफगानिस्तान अपना दावा नहीं कर सकता ।

अमानुल्लाह खान ने भी अपने लोगों की बेहतरी की ओर अपना ध्यान केंद्रित किया। वह अफगानिस्तान को मध्ययुगीन काल से बाहर निकालने और इसे बीसवीं शताब्दी में लाने के लिए, अन्य उपायों के अलावा, शिक्षा में सुधार शुरू करना चाहते थे। उनके सुधारों के चलते काबुल और अन्य शहरों के चेहरे लगातार बदलने शुरू हो गए। राजा ने गाँवों और कबीलाई क्षेत्रों को नजरअंदाज किया, जहाँ लोग सख्त इसलामी मानदंडों के तहत रहते थे। उन्होंने शहरों में मदरसों को हटाकर उनकी जगह पश्चिमी शैली के स्कूलों की शुरुआत की।

महिलाओं ने भी शिक्षा प्राप्त की और परिवार के किसी पुरुष सदस्य के बिना शहरों में आने-जाने लगीं। यहाँ तक कि महिलाएँ बुर्का नहीं पहनने का विकल्प भी चुन सकती थीं।

अमानुल्लाह खान ने अफगानिस्तान में आधुनिक बुनियादी ढाँचे के

निर्माण को भी आगे बढ़ाया। वह सड़कों के नेटवर्क के माध्यम से विभिन्न कस्बों और शहरों को जोड़ना चाहते थे। इस सबमें, अफगानिस्तान का शासक उस परेशानी को भाँपने में विफल रहा, जो मुल्ला और कबीलाई मुखिया उसके लिए पैदा करने वाले थे। मुल्लाओं ने इसलाम और शरिया कानून (इसलामी धर्मवैधानिक कानून) के खिलाफ शहरों और आधुनिक शिक्षा में 'सुधारों' पर मंथन शुरू किया। इससे भी बढ़कर, उन्होंने इन सुधारों को अपने अधिकार के लिए खतरा माना।

शहरों में इसलामी मौलवियों के ज्यादा विरोध के बिना राजा शहरी क्षेत्रों में इन सुधारों को लाने में एक हद तक सफल रहे थे। ऐसा प्रतीत होता है कि वे कबीलाई प्रमुखों की शक्ति को समझने में विफल रहे, जिन्होंने राजा के लाए सुधारों को जनजातियों पर उनके नियंत्रण के लिए खतरे के रूप में देखा था। इन कबीलाई सरदारों के पास अपने लोगों पर जो शक्ति थी, वह राज्य से नहीं, बल्कि मुल्लाओं के इसलामिक संस्करण और उनके मध्ययुगीन विचारों से आई थी। मुल्लाओं ने पहले ही इन सुधारों को गैर-इसलामी करार दे दिया था। मुल्लाओं और कबीलाई प्रमुखों के गठजोड़ ने राजा के खिलाफ विद्रोह करना शुरू कर दिया।

अमानुल्लाह खान एक अधिक जिम्मेदार विधायिका और चुनाव प्रणाली के माध्यम से अफगानिस्तान में पश्चिमी शैली के लोकतंत्र को लाने के लिए उत्सुक थे। वह लोगों को सत्ता देना चाहते थे। 'क्या यह लोहिया जिरगा की जगह लेने जा रहा था?' इस सवाल ने कबीलाई प्रमुखों को परेशान कर दिया, जिन्होंने इस सुधार को अपने संबंधित समाजों पर अपने निरंकुश शासन के लिए एक स्पष्ट खतरे के रूप में देखा था।

वर्ष 1928 में एक कबीलाई विद्रोह के परिणामस्वरूप देश में पूरी तरह से अराजकता फैल गई। भारत में अंग्रेज, जो राजा के खिलाफ थे, ने आग में घी डालने का काम किया। अमानुल्लाह खान विद्रोह को नियंत्रित करने या दबाने में विफल रहे। अफगानिस्तान के लिए दुःखद बात यह थी कि देश को उभरती हुई नई दुनिया में ले जाने का यह पहला प्रयास विफल

रहा। राजा मुल्लाओं और कबीलाई प्रमुखों की इस प्रतिक्रियावादी शक्ति से नहीं लड़ सकता था, जिसे अंग्रेजों की तरफ से मदद और बढ़ावा दिया गया था। उन्होंने सन् 1929 में पद छोड़ने और स्थायी निर्वासन में इटली जाने का फैसला किया।

राजा ने अपने भाई, इनायतुल्ला खान को अपना उत्तराधिकारी नियुक्त किया और अपने परिवार के साथ देश छोड़ दिया। सुधारों और राजा के परिवार के खिलाफ हिंसा और विरोध प्रदर्शन के साथ अफगानिस्तान पूरी तरह से अराजकता की स्थिति में था। राजा के खिलाफ इस अराजक स्थिति और विद्रोह में, इनायतुल्ला खान सिर्फ तीन दिनों के लिए सत्ता में रह पाए। वह विद्रोह को नियंत्रित करने या विद्रोही नेताओं के साथ संघर्ष विराम का मसौदा तैयार करने में असमर्थ थे। विद्रोहियों के नेता हबीबुल्ला कालाकानी ने इनायतुल्ला खान को गद्दी से उतार दिया और खुद को अफगानिस्तान का 'अमीर' घोषित कर दिया।

अमानुल्लाह खान और उनके भाई के चले जाने, देश में अराजकता और एक अज्ञात कालाकानी के सत्ता सँभालने के साथ, भारत में अंग्रेजों ने इसे अफगानिस्तान में दखल देने के सही अवसर के रूप में देखा। सोवियत संघ ने बदलते हालात को दिलचस्पी के साथ देखा, लेकिन इससे अलग रहने का फैसला किया। वे अब तक काबुल में एक समर्थन आधार बनाने में कामयाब रहे थे। अंग्रेजों के विपरीत उन्होंने अफगानिस्तान के आंतरिक मामलों में सीधे हस्तक्षेप नहीं करने का फैसला किया।

अमानुल्लाह खान के शासनकाल के दौरान उनके युद्ध मंत्री नादिर शाह राजा के साथ मतभेदों के कारण भारत भाग गए थे। अंग्रेजों ने अब नादिर शाह पर अपनी कबीलाई सेना के साथ अफगानिस्तान पर हमला करने और कालाकानी को हटाने का दबाव बनाया। इस काररवाई को अंग्रेजों से समर्थन हासिल था। इसका प्रस्ताव भी उन्होंने ही तैयार किया था।

उन्हें यकीन था कि नादिर शाह उनकी मदद और स्थानीय समर्थन से विजयी होगा। यदि ऐसा होता है तो उनके पास काबुल में एक कठपुतली

शासक होगा, जो ब्रिटिश लाइन का पालन कर रहा होगा। अफगानिस्तान में प्रवेश करने पर नादिर शाह ने 15 अक्तूबर, 1929 को खुद को राजा घोषित किया। उसने हमला किया और कालाकानी को हराने में सफल रहा, जिसे 1 नवंबर, 1929 को जिंदा पकड़ लिया गया था। उस समय, लगभग एक साल तक कालाकानी भयानक रूप से अराजक अफगानिस्तान पर शासन करने में कामयाब रहा था। अंततः उसे नादिर शाह ने मार डाला।

सत्ता में आने के बाद नादिर शाह ने मुल्लाओं और कबीलाई प्रमुखों का समर्थन हासिल करने की कोशिश की। बिना देर किए, उसने पूर्व राजा द्वारा लागू किए गए सुधारों को उलट दिया। हालाँकि, नादिर शाह ने अफगानिस्तान में सड़कों और अन्य बुनियादी ढाँचे के निर्माण पर काम करना जारी रखा। अंग्रेजों को झटका लगा, क्योंकि नादिर शाह ने अपनी संप्रभुता पर जोर देना शुरू कर दिया और अंग्रेजों से समान दूरी बनाने लगा। उसने कठपुतली शासक बनने से इनकार कर दिया, जिसकी अंग्रेज उम्मीद कर रहे थे और वह चतुराई से अंग्रेजों के साथ किसी भी तरह के टकराव से बचता रहा।

नादिर शाह ने चार साल तक अफगानिस्तान पर शासन किया। उसने सोवियत संघ के साथ अपने देश के संबंधों में खटास नहीं आने दी। हालाँकि, सोवियत संघ ने एक ऐसे राजा को मंजूरी नहीं दी, जिसे लेकर वे आश्वस्त थे कि वह अंग्रेजों द्वारा समर्थित था। बाद में हाई स्कूल के छात्र अब्दुल खालिक ने 8 नवंबर, 1933 को नादिर शाह की हत्या कर दी।

जहीर शाह

नादिर शाह के बाद उनके बेटे मोहम्मद जहीर शाह ने 1933 में उनकी जगह ली। उस समय जहीर शाह उन्नीस साल के थे और उन्हें प्रशासन का बहुत कम अनुभव था। उनके तीन चाचाओं ने उनकी 'सलाहकार परिषद्' का गठन किया।

जहीर शाह ने यह सुनिश्चित करके अपने शासन की शुरुआत की कि कबीलाई प्रमुख उनके साथ हैं। यह सुनिश्चित करने के लिए एक लोहिया

जिरगा बुलाई गई थी, ताकि कबीलाई प्रमुख राजा से मिलें और उन्हें सम्मानित किया जाए।

शाही परिवार सुधारों के कार्यान्वयन पर फूँक-फूँककर कदम रखने लगा। महल की महिलाएँ सार्वजनिक जगहों पर परदे में रहतीं और किसी भी सार्वजनिक गतिविधि में हिस्सा नहीं लेती थीं। यह सब सुनिश्चित करने के लिए था कि मुल्लाओं को राजा से संघर्ष का मौका न मिलने पाए। इस प्रकार, जहीर शाह और उनके चाचाओं ने मुल्लाओं और कबीलाई प्रमुखों से निपटने में सोच-समझकर कदम उठाए।

शिक्षा को प्रोत्साहित किया गया और पूरे अफगानिस्तान में स्कूल खोले गए। फिर, जहीर शाह ने सुनिश्चित किया कि इनका मदरसों के साथ संघर्ष न होने पाए। कबीलाई प्रमुखों के समर्थन से ही कुछ कबीलाई बस्तियों में बुनियादी स्कूल खोले गए। देश में शांति का माहौल बनने लगा। भारत और दुनिया के साथ इसका व्यापार बढ़ा, जिससे लोगों में समृद्धि आई। यूरोप से अफगानिस्तान आने वाले कई आगंतुकों के साथ पर्यटन फलने-फूलने लगा। लंदन से काबुल और काबुल के रास्ते दिल्ली/कलकत्ता के लिए नियमित बस सेवाएँ शुरू हुईं। इस प्रकार, जहीर शाह अपने देश को बीसवीं शताब्दी में लाने में कामयाब रहे थे। यूरोप के साथ व्यापार और वाणिज्य से भी देश को फायदा मिला।

अमानुल्लाह खान के कदमों पर चलते हुए जहीर शाह ने सोवियत संघ और ब्रिटेन के अलावा अन्य देशों के साथ संबंध बनाने शुरू कर दिए। सितंबर 1934 में अफगानिस्तान को 'लीग ऑफ नेशंस' में शामिल किया गया था। 'लीग ऑफ नेशंस' का गठन प्रथम विश्वयुद्ध के बाद किया गया था, ठीक वैसे ही जैसे द्वितीय विश्वयुद्ध के बाद संयुक्त राष्ट्र (यूएन) का गठन किया गया था। 'लीग ऑफ नेशंस' में शामिल होकर अफगानिस्तान अब राष्ट्रों के वैश्विक परिवार का सदस्य बन गया था। यह ध्यान दिया जाना चाहिए कि अफगानिस्तान ने द्वितीय विश्वयुद्ध के दौरान किसी का पक्ष नहीं लिया और इससे अलग रहा या, जैसा कि कुछ लोग कहेंगे, तटस्थ रहा। जहीर

शाह कबीलाई प्रमुखों को अफगानिस्तान में राजशाही स्वीकार कराने में भी सफल रहे और यहाँ तक कि इसे मजबूत भी किया।

अफगान आज भी 1933 से 1973 तक अफगानिस्तान पर जहीर शाह के शासनकाल को अब तक के सबसे अच्छे दौर के रूप में याद करते हैं, जो उस देश के हिस्से आया है। वह दौर अफगानिस्तान के लोगों के लिए सबसे शांतिपूर्ण और समृद्ध था, जिसमें देश विकास की ओर बढ़ रहा था।

□

2
शीतयुद्ध की शुरुआत

द्वितीय विश्वयुद्ध मानवता द्वारा देखा गया अब तक का सबसे खूनी युद्ध है। युद्ध के पूरे इतिहास में सबसे ज्यादा, लगभग पचास मिलियन (पाँच करोड़) लोग मारे गए। इस आँकड़े में बड़े पैमाने पर बमों से हुए हमलों में मारे गए सैनिक और नागरिक, दोनों शामिल हैं। इन हताहतों के अलावा, नाजी जर्मनी द्वारा किए गए नरसंहार में लगभग साठ मिलियन (छह करोड़) यहूदी होलोकॉस्ट के शिकार हुए थे। जर्मनी में रहने वाले यहूदियों को देश के संकटों और जर्मनी के शोषण के लिए जिम्मेदार ठहराते हुए एडॉल्फ हिटलर और उनकी नेशनल सोशलिस्ट जर्मन वर्कर्स पार्टी, जिसे 'नाजी पार्टी' के नाम से भी जाना जाता है, ने उनके खिलाफ बड़े पैमाने पर भेदभावपूर्ण अभियान शुरू किया। इसके परिणामस्वरूप कई यहूदी देश से भागने पर मजबूर हुए। उनमें से कई बुद्धिजीवी और वैज्ञानिक थे, जिनमें उल्लेखनीय सैद्धांतिक भौतिक विज्ञानी अल्बर्ट आइंस्टीन भी शामिल थे।

यहूदियों को समाज से बाहर निकालने के लिए नवंबर 1938 में नाजी पार्टी ने पूरे जर्मनी में उनके खिलाफ दंगे शुरू कर दिए : आराधनालय जलाए गए, सैकड़ों लोग मारे गए, महिलाओं के साथ बलात्कार किया गया, बच्चों को स्कूलों में जाने से रोक दिया गया और यहूदी व्यवसायों को नष्ट कर दिया गया। सितंबर 1939 में जर्मनी ने पोलैंड पर हमला किया और वहाँ यहूदियों को मारना शुरू कर दिया। पोलैंड के आक्रमण के जवाब में, ब्रिटेन और फ्रांस ने जर्मनी पर युद्ध की घोषणा की। यह द्वितीय विश्वयुद्ध की शुरुआत थी।

जैसे ही जर्मन सेना ने यूरोप के बड़े हिस्से पर कब्जा करना शुरू किया, इसने यहूदियों को सामूहिक गोलीबारी में और बाद में गैस चैंबर्स में मारना शुरू कर दिया। इन गैस चैंबर्स में से सबसे कुख्यात पोलैंड के ऑशविट्ज में है और अभी भी 'कंसंट्रेशन कैंप' के नाम से संरक्षित है।

इंग्लिश चैनल को पार करते हुए और फ्रांस के समुद्र तटों पर उतरते हुए, अमेरिका के सर्वोच्च कमांडर ड्वाइट आइजनहावर के नेतृत्व में मित्र देशों की सेनाओं ने 6 जून, 1944 को जर्मनी पर बड़े पैमाने पर जवाबी हमला शुरू किया। इससे पहले, उच्च सम्मानित जनरल इरविन रोमेल के नेतृत्व में जर्मनों को 1941 में टैंकों की लड़ाई में उत्तरी अफ्रीका में एक बड़ी हार का सामना करना पड़ा था।

इस जर्मन हमले में ब्रिटिश भारतीय सेना की चौथी कैवलरी डिवीजन ने बड़ी भूमिका निभाई थी। 1943 में सोवियत संघ में, जर्मन सेना बर्फ से जमे स्टालिनग्राद में फँस गई थी। जनरल फ्रेडरिक पॉलस के नेतृत्व में लगभग 91,000 सैनिकों और चौबीस अन्य जनरलों ने सोवियत संघ की रेड आर्मी के सामने आत्मसमर्पण कर दिया। युद्ध के शुरुआती चरणों में जर्मन वायुसेना के फ्लाइंग बमों के कारण हुए विनाश के जवाब में अमेरिका और ब्रिटिश वायुसेना द्वारा हवाई बमबारी ने अधिकांश जर्मन शहरों को नष्ट कर दिया। 1945 की शुरुआत में, हिटलर ने महसूस किया कि जर्मनी की हार आसन्न थी। अप्रैल के अंत तक, मित्र राष्ट्रों ने कमोबेश जर्मनी पर कब्जा कर लिया था और जर्मन आत्मसमर्पण की तारीख 8 मई, 1945 तय की गई थी।

यहाँ तक कि जब ये गतिविधियाँ चल रही थीं, तब वहीं दूसरी तरफ एक और तूफान उठ रहा था। मित्र राष्ट्रों को अचानक एहसास हुआ कि जोसेफ स्टालिन की रेड आर्मी मित्र राष्ट्रों से पहले शहर पर कब्जा करने के उद्देश्य से बर्लिन की ओर अग्रसर थी। यह महसूस करते हुए कि कुछ भयावह चल रहा है, अमेरिकी सेना भी बर्लिन की ओर दौड़ी। दोनों पक्ष लगभग एक ही समय में बर्लिन पहुँचे। परिणामस्वरूप शहर विभाजित हो गया: सोवियत संघ ने पूर्वी बर्लिन और मित्र राष्ट्रों ने पश्चिम बर्लिन पर कब्जा कर लिया। यह

शीतयुद्ध की शुरुआत थी, जो 1990 में समाप्त हो सका।

शीत युद्ध में आँख तरेरने की तुलना में और भी बहुत कुछ हो रहा था। 1917 की क्रांति के बाद, जिसके दौरान रूस में शाही सरकार को उखाड़ फेंका गया था और बोल्शेविक सत्ता में आए थे, सोवियत संघ मध्य एशियाई गणराज्यों को मिलाने की तरफ बढ़ गया और उन्हें सोवियत समाजवादी गणराज्य संघ (यूएसएसआर) का हिस्सा बना दिया था; लेकिन कम्युनिस्ट क्रांति ने इन सबसे परे देखा। इसका उद्देश्य 1919 में लेनिन द्वारा स्थापित 'कॉमिंटर्न' या 'कम्युनिस्ट इंटरनेशनल' के माध्यम से समूचे विश्व पर प्रभुत्व कायम करने का था। 'कॉमिंटर्न' का गठन दुनिया में साम्यवाद का प्रचार करने और इसे सोवियत संघ की कम्युनिस्ट पार्टी के नियंत्रण में लाने के लिए किया गया था। इसमें इस्तेमाल किया गया नारा था 'दुनिया के मजदूर एकजुट हों'। दुनिया भर में, कम्युनिस्ट पार्टियों को 'कॉमिंटर्न' द्वारा दिए गए निर्देशों को पूरा करने के लिए बाध्य किया गया था।

मध्य एशिया को अपने संघ में समाहित करने के बाद सोवियत संघ के लिए अफगानिस्तान की ओर देखना और उसे यूएसएसआर के दायरे में लाने की कोशिश करना स्वाभाविक था, भले ही उसे संघ का हिस्सा नहीं बनाया जाता। भारत में ब्रिटिश शासक पहले से ही ऐसी या इससे अधिक की अपेक्षा कर रहे थे। सोवियत संघ बलूचिस्तान (अब पाकिस्तान में) के तट पर स्थित ग्वादर के गरम पानी के बंदरगाह को भी अपने आधिपत्य में लाने को अगले लक्ष्य के रूप में देख रहा था। ग्वादर ब्रिटिश भारत के कब्जे में था। इस प्रकार अफगानिस्तान की ओर सोवियत विस्तार की शतरंजी चाल का बड़ा खेल शुरू हुआ।

अपने संबंधित सहयोगियों द्वारा समर्थित अमेरिका और सोवियत संघ अब शीतयुद्ध में एक-दूसरे के आमने-सामने थे। अमेरिका के खेमे में पश्चिमी यूरोप था, जबकि सोवियत संघ के पास पूर्वी यूरोप था। अमेरिका साम्यवाद की अपनी विचारधारा को फैलाने वाले सोवियत संघ का विरोध कर रहा था और इसे अपनी पूँजीवादी जीवन शैली के लिए खतरे के रूप में देखता था।

जैसे–जैसे साल बीतते गए, दोनों गुटों ने अन्य देशों पर अपना प्रभाव बढ़ाने की कोशिश की। भारत ने 15 अगस्त, 1947 को स्वतंत्रता प्राप्त की और स्वतंत्रता आंदोलन के दौरान संस्थापकों द्वारा निर्धारित उद्देश्य के अनुसार एक स्वतंत्र विदेश नीति अपनाई। यद्यपि ब्रिटिश भारतीय सेना ने द्वितीय विश्वयुद्ध में एक प्रमुख भूमिका निभाई थी और भारी संख्या में जान–माल का नुकसान हुआ था, इसके बावजूद, आजाद भारत ने शीतयुद्ध के दौरान खुद को गुटनिरपेक्ष रखने का फैसला किया।

स्टालिन ने द्वितीय विश्वयुद्ध के बाद पूर्वी यूरोप पर लगभग नियंत्रण कर लिया था। अमेरिका के साथ परमाणु बराबरी हासिल करने के बाद स्टालिन ने अपनी सेनाओं का विस्तार करना और उन्हें भारी हथियार देना शुरू कर दिया। अमेरिका ने इसे पश्चिमी यूरोप और खुद, दोनों के लिए खतरे के तौर पर देखा। 'मार्शल प्लान' नामक एक कार्यक्रम के तहत बड़े पैमाने पर कार्यक्रमों के जरिए अमेरिका ने जर्मनी सहित पश्चिमी यूरोप के देशों को द्वितीय विश्वयुद्ध के मलबे से खुद को उबारने और फिर से विकसित करने में मदद की।

अमेरिका ने खुद को परमाणु हथियारों से लैस करना और अपने सशस्त्र बलों का विस्तार करना शुरू कर दिया। इसके तहत उसने पश्चिमी यूरोप में अपने कुछ सैनिकों को तैनात करने का भी फैसला किया। दोनों गुटों के बीच खुद को नवीनतम और सबसे घातक हथियारों से लैस करने के लिए हथियारों की दौड़ भी शुरू हो गई थी। अमेरिका ने आगे बढ़कर हाइड्रोजन बम का परीक्षण किया, जो परमाणु बम की तुलना में कहीं अधिक घातक हथियार है।

दो राजनीतिक ब्लॉक, समय के साथ, सैन्य ब्लॉक बन गए। 'उत्तरी अटलांटिक संधि संगठन' (नाटो), जिसे 1949 में स्थापित किया गया था, में पश्चिमी यूरोप के राष्ट्र शामिल थे और इसका नेतृत्व अमेरिका ने किया था। पूर्वी यूरोप के राष्ट्रों ने 'वारसा संधि' का गठन किया और सोवियत संघ ने उनका नेतृत्व किया। अमेरिका और ब्रिटेन द्वारा दो समानांतर संगठन भी बनाए गए थे। एसईएटीओ (SEATO) में ऑस्ट्रेलिया, न्यूजीलैंड, फिलीपींस,

थाईलैंड, पाकिस्तान, ब्रिटेन और अमेरिका जैसे राष्ट्र शामिल थे जबकि सेंटो (CENTO) में ब्रिटेन और अमेरिका के अलावा ईरान, इराक, पाकिस्तान और तुर्की शामिल थे।

कई राष्ट्र, जिनमें विशेष रूप से भारत भी शामिल था, इस स्थिति के साथ सहज महसूस नहीं करते थे। अपनी स्वतंत्र विदेश नीति को बनाए रखने के लिए गुटनिरपेक्षता के सिद्धांत को पहले ही अपनाने के बाद भारत ने इंडोनेशिया, पाकिस्तान, श्रीलंका और बर्मा (अब म्यांमार) जैसे देशों से इसमें शामिल होने और गुटनिरपेक्षता को औपचारिक रूप देने का आग्रह किया। अप्रैल 1955 में इंडोनेशिया के बांडुंग में एशियाई और अफ्रीकी देशों का एक सम्मेलन आयोजित किया गया था, जिसमें दुनिया में नए स्वतंत्र और उभरते राष्ट्रों की भूमिका पर चर्चा की गई थी, जो अब शीतयुद्ध की चपेट में थे। यह बैठक भारत, इंडोनेशिया, पाकिस्तान, श्रीलंका और बर्मा द्वारा प्रायोजित थी। पाकिस्तान पहले से ही SEATO और CENTO से गठबंधन कर रहा था, लेकिन फिर भी गुटनिरपेक्ष राष्ट्रों का हिस्सा था! सोवियत संघ के साथ गठबंधन करने वाले चीन को नेहरू द्वारा सम्मेलन में लाया गया था। सम्मेलन ने नेहरू द्वारा पंचशील या शांतिपूर्ण सह-अस्तित्व के पाँच सिद्धांतों को मंजूरी दी। इन सिद्धांतों में अन्य देशों के मामलों में हस्तक्षेप न करना और शांतिपूर्ण सह-अस्तित्व शामिल था। उस समय चीन अंतरराष्ट्रीय स्तर पर स्वीकार्यता चाह रहा था। चीनी प्रधानमंत्री चाउ एन-लाई सम्मेलन में अपने भाषणों से उपस्थित देशों का समर्थन हासिल करने के प्रयास में बहुत तार्किक ढंग से बात रख रहे थे। बांडुंग सम्मेलन के अंत तक गुटनिरपेक्ष आंदोलन (एनएएम) की नींव रख दी गई। नेहरू, मिस्र के गमाल अब्देल नासिर और यूगोस्लाविया के मार्शल जोसिप ब्रोज टीटो ने यूगोस्लाविया में एक बैठक में हाथ मिलाया और इस तरह 'एनएएम' के रूप में इसे जाना जाने लगा। हालाँकि, मार्शल टीटो का यूगोस्लाविया एक कम्युनिस्ट देश था, लेकिन यह पूर्वी यूरोप के राष्ट्रों पर सोवियत संघ के प्रभुत्व का विरोध करता था।

अफगानिस्तान द्वितीय विश्वयुद्ध में तटस्थ रहा था, भले ही यह नाजी

जर्मनी के काफी करीब था। मित्र राष्ट्रों के हमले के बाद ईरान को युद्ध में खींचे जाने के बाद यह संबंध प्रभावित हुआ था। सोवियत संघ पहले से ही अफगानिस्तान को अपने प्रभाव-क्षेत्र में लाने के लिए उत्सुक था। सोवियत संघ पहले से ही अफगानिस्तान को भारी सहायता प्रदान कर रहा था, जिसमें अफगान सेना को हथियार और प्रशिक्षण देना शामिल था। छात्रों को सोवियत संघ में उच्च शिक्षा के अवसरों की पेशकश की गई थी। कई हजार अफगान छात्र इसके लिए यूएसएसआर जाने लगे थे। ये छात्र न केवल अच्छी तरह से शिक्षित होकर लौटे, बल्कि कम्युनिस्ट विचारधारा में विश्वास के साथ भी वापस आए।

अफगानिस्तान में जहीर शाह का शासन और विकास के उनके प्रयास देश का चेहरा बदल रहे थे। अन्य देशों के साथ उसके संबंध मैत्रीपूर्ण थे और इनमें भी यह भारत के बहुत करीब था। जब नेहरू 1955 में उनके सम्मान में दिए गए भोज के लिए अफगानिस्तान गए, तो शाही परिवार की महिलाओं ने उत्सव के लिए अपने घूँघट छोड़ दिए, क्योंकि 'भाई के सामने घूँघट की कोई आवश्यकता नहीं थी'। 1961 में अफगानिस्तान भी गुटनिरपेक्ष आंदोलन में शामिल हो गया।

सोवियत संघ अफगानिस्तान के गुटनिरपेक्ष आंदोलन में शामिल होने से खुश नहीं था, लेकिन इस मामले में वह कुछ कर भी नहीं सकता था, क्योंकि जहीर शाह अपने देश में बहुत लोकप्रिय थे। 1973 में, जब राजा चिकित्सा उपचार के लिए इटली में थे, तभी उनके चचेरे भाई दाउद, जो सोवियत संघ के करीबी थे, ने राजशाही को समाप्त करने और अफगानिस्तान को गणतंत्र घोषित करने के लिए एक तख्तापलट कर दिया। उन्होंने खुद को देश का राष्ट्रपति घोषित किया। उन्होंने अमेरिका के सहयोगी पाकिस्तान के खिलाफ तीखे आरोप लगाकर सोवियत संघ का चतुराई से इस्तेमाल किया था। उन्होंने पश्तूनिस्तान के निर्माण के लिए अपने समर्थन की भी घोषणा की।

1947 में भारत और पाकिस्तान के विभाजन के बाद से ही पाकिस्तान के पश्तून एक अलग मातृभूमि की माँग कर रहे थे। उनके नेता खान अब्दुल

गफ्फार खान ने भारत की आजादी में हिस्सा लिया था और वे एक स्वतंत्रता सेनानी थे। उन्हें अहिंसा के गांधीवादी सिद्धांतों में उनके विश्वास के लिए 'सीमांत गांधी' के नाम से जाना जाता था। वे भारतीय राष्ट्रीय कांग्रेस के बहुत सक्रिय सदस्य थे और विभाजन के खिलाफ थे। जब उन्हें एहसास हुआ कि अंग्रेज देश को विभाजित करने के लिए अड़े हुए हैं, तो उन्होंने भी माँग कर दी कि पश्तूनों के लिए एक तीसरा देश बनाया जाए। अंग्रेजों ने इस माँग को नकार दिया, लेकिन सीमांत गांधी ने 1947 के बाद भी पश्तूनिस्तान के लिए संघर्ष जारी रखा। पश्तूनिस्तान के लिए दाउद के समर्थन ने पाकिस्तान से प्रतिशोध लिया, जिसके चलते पाकिस्तान ने चारों ओर से जमीन से घिरे अफगानिस्तान पर पारगमन व्यापार प्रतिबंध लगा दिया। इस वजह से दाउद को इस मुद्द्दे पर चुप हो जाना पड़ा और नतीजतन प्रतिबंध हटा दिए गए।

दाऊद के शासनकाल में अफगान सेना को सोवियत संघ से और ज्यादा सहायता मिली, जितनी जहीर शाह के समय में मिलती थी। अफगान अधिकारियों को प्रशिक्षण के लिए सोवियत संघ भेजा गया था। अपनी वापसी और अफगानिस्तान में तैनात सोवियत प्रशिक्षकों के समर्थन के चलते, इन अफगान अधिकारियों ने सेना के भीतर कम्युनिस्ट विचारधारा को विकसित किया, जो रेड आर्मी का एक 'आभासी विस्तार' बन गया। उसकी छोटी वायुसेना के साथ भी यही कहानी थी, जिसे अफगानिस्तान ने सोवियत सहायता की मदद से बनाया था।

सोवियत संघ में अपनी उच्च शिक्षा पूरी करने के बाद घर लौट रहे हजारों अफगान छात्रों के लिए यूरोपीय जीवन के संपर्क में अचानक आ जाना जन्नत के सफर की तरह महसूस हुआ। वे अफगानिस्तान में गरीबी के जीवन की तुलना में रईसी में रहते थे। भले ही कम्युनिस्टों के रूप में नहीं, लेकिन वे सोवियत प्रणाली में विश्वास के साथ स्वदेश लौटे। पीपुल्स डेमोक्रेटिक पार्टी ऑफ अफगानिस्तान (पीडीपीए) या अफगान कम्युनिस्ट पार्टी को सोवियत संघ का समर्थन प्राप्त था। अफगानिस्तान अपने सत्तारूढ़ अभिजात वर्ग के माध्यम से सोवियत संघ के बहुत करीब आ गया था, जिसने देश को अपने

प्रभाव-क्षेत्र के रूप में मान रखा था।

अमेरिका दाउद के नेतृत्व में अफगानिस्तान पर जीत हासिल करना चाहता था। अमेरिका नहीं चाहता था कि सोवियत संघ अफगानिस्तान को नियंत्रित या प्रभावित करे। अमेरिका के पास पेशावर में एक गुप्त एयरबेस था, जहाँ से लॉकहीड यू-2 जासूसी विमान सोवियत संघ के ऊपर से उड़ान भरते थे। अमेरिका ने दाउद के साथ दोस्ती करने के लिए ईरान के शाह का इस्तेमाल किया। अफगानिस्तान की तरह ईरान भी गुटनिरपेक्ष आंदोलन का सदस्य था।

हालाँकि, ईरान के अमेरिका के साथ बहुत करीबी संबंध थे। ईरान के शाह ने दाउद से न केवल दोस्ती की पेशकश की, बल्कि अफगानिस्तान को वित्तीय सहायता का आश्वासन भी दिया। ईरान के शाह अप्रैल 1978 में काबुल में गुटनिरपेक्ष आंदोलन के विदेश मंत्रियों की एक बैठक की मेजबानी करने के लिए दाउद को राजी करने में कामयाब रहे। हालाँकि सोवियत संघ ने सार्वजनिक रूप से कभी भी अपनी भावनाओं को व्यक्त नहीं किया, लेकिन अफगानिस्तान में गुटनिरपेक्ष देशों के विदेश मंत्रियों की बैठक का विचार उसे कभी पसंद नहीं आया।

यूएसएसआर अफगानिस्तान के गुटनिरपेक्ष आंदोलन में शामिल होने से नाखुश था। उसने मार्शल टीटो को गुटनिरपेक्ष आंदोलन में शामिल होकर सोवियत प्रभाव से बचते और दूर जाते हुए देखा था। ईरान के शाह ने अफगानिस्तान को सोवियत संघ से दूर करने के लिए उसे हर तरह की सहायता देने का वादा किया था। सोवियत संघ ने इसे ईरान के माध्यम से उसके प्रभाव क्षेत्र में प्रवेश करने के अमेरिका के तरीके के रूप में माना था। शीतयुद्ध के दौरान यूएसएसआर और अमेरिका के बीच एक अलिखित समझ कायम हुई थी कि वे एक-दूसरे के भू-राजनीतिक क्षेत्र में हस्तक्षेप नहीं करेंगे।

27-28 अप्रैल, 1978 की रात को पीडीपीए ने अफगान सशस्त्र बलों के समर्थन से दाउद की सरकार को उखाड़ फेंका। सेना और उनके टैंक राष्ट्रपति भवन में घुस गए। राष्ट्रपति के अंगरक्षकों ने उन्हें महल में प्रवेश

करने से रोकने के लिए लड़ाई लड़ी, लेकिन वे ज्यादा कुछ नहीं कर पाए और दाउद, घर की महिलाओं और बच्चों सहित उनके पूरे परिवार की हत्या के साथ यह विद्रोह खत्म हो गया। जाहिर है, सोवियत संघ ने काबुल में गुटनिरपेक्ष आंदोलन के विदेश मंत्रियों की बैठक को रोकने के लिए तेजी से काम किया था।

तख्तापलट के बाद एक साक्षात्कार में, अफगानिस्तान के नए कम्युनिस्ट शासक ताराकी ने कहा कि दाउद को आत्मसमर्पण करने का विकल्प दिया गया था, लेकिन उन्होंने लड़ने का विकल्प चुना और मारे गए। वही हाल उनके परिवार के सदस्यों का भी हुआ। गुटनिरपेक्ष देशों के विदेश मंत्रियों के सम्मेलन के बारे में एक सवाल के जवाब में उन्होंने सिर्फ इतना कहा कि इसे रद्द कर दिया गया है।

सोवियत संघ अब अफगानिस्तान में एक कम्युनिस्ट सरकार स्थापित करने में सफल रहा था, जो उसके साथ गठबंधन में बनी रहेगी। अफगानिस्तान की गुटनिरपेक्षता खत्म हो चुकी थी। जैसा कि इस तरह के अधिकांश कम्युनिस्ट तख्तापलटों के साथ होता है, एक क्रांतिकारी परिषद् ने देश का प्रभार सँभाला। पीडीपीए के अध्यक्ष ताराकी अब देश के राष्ट्रपति भी थे। परिषद् द्वारा लिये गए आरंभिक निर्णयों में देश का नाम बदलकर डेमोक्रेटिक रिपब्लिक ऑफ अफगानिस्तान करना भी था। ताराकी सरकार ने देश के झंडे को भी पारंपरिक इसलामी हरे से किसी भी अन्य कम्युनिस्ट देश की तरह लाल झंडे में बदल दिया। अफगानिस्तान अब पूरी तरह सोवियत संघ का सहयोगी था।

दाऊद के खिलाफ तख्तापलट ने अफगानिस्तान के लोगों के बीच कोई हिंसक प्रतिक्रिया तो नहीं दी थी, लेकिन देश का नाम और इसके झंडे को बदलने से ताराकी बेहद अलोकप्रिय हो गया था। लोग कभी भी जहीर शाह के खिलाफ तख्तापलट करने को लेकर दाउद से खुश नहीं थे, लेकिन उन्होंने ताराकी के नेतृत्व में तख्तापलट के नेताओं द्वारा दाउद के परिवार की महिलाओं और बच्चों की हत्या को उचित नहीं ठहराया।

काबुल में सरकार का प्रभार सँभालने के बाद, ताराकी ने अन्य उपायों के साथ आगे बढ़ना शुरू कर दिया, जिन्हें अधिकांश कम्युनिस्ट तानाशाह अपनाते हैं। उन्होंने कई बुद्धिजीवियों को गिरफ्तार किया और उन्हें कुख्यात पुल-ए-चरखी जेल भेज दिया। गिरफ्तारी के डर से विपक्षी नेता देश छोड़कर भाग गए। उन्होंने कई अधिकारियों को उनके प्रशासनिक पदों से हटा दिया और उनकी जगह कम्युनिस्ट अधिकारियों को बिठा दिया। उन्होंने अफगानिस्तान को एक पूर्ण कम्युनिस्ट राष्ट्र में बदल दिया।

□

3

साम्यवादी अफगानिस्तान

अप्रैल 1978 में पीडीपीए और सोवियत संघ द्वारा पूरी तरह से प्रशिक्षित और सशस्त्र अफगान सेना द्वारा तख्तापलट के बाद देश में ताराकी के नेतृत्व में एक कम्युनिस्ट सरकार सफलतापूर्वक स्थापित हो गई। एक कम्युनिस्ट पार्टी को आम तौर पर शीर्ष से मजबूती से नियंत्रित एक एकीकृत समूह होने की उम्मीद की जाती है, लेकिन पीडीपीए के दो गुट थे—परचम और खलक। इन गुटों के नेताओं, ताराकी और अमीन (खल्क गुट) और करमाल (परचम गुट) की अपनी महत्त्वाकांक्षाएँ थीं।

जिस तरह अप्रैल में तख्तापलट ने अफगानिस्तान में दाउद को उखाड़ फेंका था, उसी तरह पड़ोसी ईरान में मोहम्मद रजा पहलवी, जिसे मोहम्मद रजा शाह के नाम से भी जाना जाता है, वह शिया इसलामी नेता अयातुल्ला रुहोल्लाह खुमैनी के आंदोलन के कारण परेशान था। वह शाह के तहत ईरान के आधुनिकीकरण और पश्चिमीकरण के खिलाफ थे, जिनके पास एक धर्मनिरपेक्ष रवैया था— महिलाएँ शिक्षित थीं, काम करती थीं और सार्वजनिक रूप से पश्चिमी पोशाक पहनती थीं।

संक्षेप में, ईरान एक ओर यूरोपीय राष्ट्र बनने की ओर अग्रसर था, जो मुसलिम धर्मगुरुओं को नामंजूर था। अजीब बात है कि ईरान की कम्युनिस्ट पार्टी भी शाह के खिलाफ आंदोलन में शामिल हो गई थी। एक कम्युनिस्ट पार्टी का हाथ मिलाना या धर्मगुरु का समर्थन करना इससे पहले कभी नहीं सुना गया था। ईरान की कम्युनिस्ट पार्टी और खुमैनी दोनों ने शाह को बाहर

करने का लक्ष्य रखा। कम्युनिस्टों को उम्मीद थी कि वे बाद में खुमैनी से निपटने में सक्षम होंगे, लेकिन ऐसा कभी नहीं हुआ।

पहलवी को 11 फरवरी, 1979 को उखाड़ फेंका गया था। शिया इसलामी क्रांति सफल हुई। राजशाही को समाप्त कर दिया गया और ईरान में धर्मगुरुओं का शासन स्थापित किया गया। शाह और उनका परिवार मिस्र के लिए रवाना हो गया। जब खुमैनी ने ईरानी महिलाओं को काम करने से रोकना चाहा तो महिलाओं ने प्रदर्शन किए। अपने खिलाफ प्रदर्शन के दबाव को महसूस करते हुए धर्मगुरुओं ने समझौता किया और महिलाओं को काम करने की अनुमति फिर से बहाल कर दी गई।

रजा शाह पहलवी के जाने के साथ ही ईरान अब एक इसलामी सरकार के अधीन हो गया था और अफगानिस्तान में एक कम्युनिस्ट सरकार के उदय होने के साथ होने वाली घटनाओं को लेकर काफी चिंतित हो गया था। खुमैनी सरकार भी अमेरिका के खिलाफ थी और सऊदी अरब और पाकिस्तान दोनों के साथ उसके संबंध भी सौहार्दपूर्ण नहीं थे।

ताराकी ने अफगानिस्तान में एक पत्रकार के रूप में अपना कॅरियर शुरू किया था, लेकिन यह लंबे समय तक नहीं चला, क्योंकि उन्हें राजनीति में अधिक रुचि थी। उन्होंने सोवियत क्रांति और सोवियत सरकार की नीतियों की प्रशंसा की। समान विचार साझा करने वाले ताराकी और करमाल ने 1 जनवरी, 1965 को अफगानिस्तान में एक कम्युनिस्ट पार्टी शुरू करने का फैसला किया था। उन्होंने इसे 'पीडीपीए' नाम दिया। ताराकी ने 1965 में संसदीय चुनाव लड़ा, लेकिन हार गए। उसके बाद उन्होंने पार्टी और उसके कैडर बेस को बढ़ाने में अपना समय बिताया। समय आने पर सोवियत संघ के समर्थन और सशस्त्र बलों की ताकत के जरिए उन्होंने 27-28 अप्रैल, 1978 की रात को दाउद सरकार को उखाड़ फेंका।

अन्य देशों के कम्युनिस्ट नेताओं की तरह, ताराकी ने खुद को नायक के रूप में चित्रित करने की कोशिश की, जो अब राष्ट्र का नेतृत्व कर रहा था। उसने उन लोगों के प्रति क्रूरता की एक निश्चित डिग्री के साथ अफगानिस्तान

पर शासन करने की कोशिश की, जो कम्युनिस्ट विचारधारा को स्वीकार नहीं कर रहे थे। देश को 'प्रतिक्रियावादी तप्वों' से मुक्त कराने के इस अभियान के तहत उसके विरोधी पीडीपीए असंतुष्टों सहित कई सौ हजार लोग मारे गए थे। अफगान बुद्धिजीवियों को काबुल की 'पुल-ए-चरखी' जेल में कैद कर दिया गया था।

ताराकी ने पार्टी के भीतर विरोधियों से निपटने के लिए पार्टी के लोकतांत्रिक उपायों का भी इस्तेमाल किया। उन्हें विदेशों में राजदूत बनाकर भेज दिया। अफगान लोगों से निपटने के ताराकी के तरीके करमाल जैसे असंतुष्ट नेताओं को स्वीकार्य नहीं थे, इसलिए ताराकी ने करमाल को अफगानिस्तान के राजदूत के रूप में चेकोस्लोवाकिया भेजा।

अफगानिस्तान के एक बहुत ही रूढ़िवादी समाज पर ताराकी अपने विचारों को लागू करने की जल्दी में लग रहा था, जबकि अफगान इसलाम में गहराई से विश्वास करते थे। उन्होंने खेतिहर मजदूरों के बीच बाँटने के लिए बड़े जमींदारों से जमीनें छीन लीं। सुधार की यह कवायद कबीलाई नेताओं को रास नहीं आई, जिनके पास जमीन का बड़ा हिस्सा था। उन्हें डर था कि वे अपनी अन्य संपत्तियों और शक्तियों को खो देंगे। ताराकी ने महिलाओं की शिक्षा में तेजी लाने, उन्हें सार्वजनिक जीवन में आगे बढ़ने और शरिया कानून को समाप्त करने की दिशा में तत्काल कदम उठाए। ये सभी सुधार, वे चाहे जितने भी बढ़िया रहे हों, कबीलाई नेताओं या बड़े पैमाने पर अफगानों को बिल्कुल पसंद नहीं आ रहे थे। वे इन्हें पसंद कर भी कैसे सकते थे, जबकि उनकी जमीनें छीनी जा रही हों और शरीया कानून खत्म किया जा रहा हो, जिसके बल पर वे अपने समाज पर राज करते थे? कबीलाई प्रमुखों के अलावा, अफगानिस्तान में अन्य बड़े जमींदार सेना के अधिकारी, वरिष्ठ नौकरशाह और पूर्व शाही परिवार के सदस्य थे। ताराकी की सरकार अलोकप्रिय थी, क्योंकि जिस तरह से उसने देश का नाम और झंडा बदला था, उसे अब व्यावहारिक रूप से सभी लोग नापसंद करते थे।

उसके खिलाफ इस गुस्से का फायदा उठाते हुए, अमीन, जो ताराकी

का करीबी सहयोगी था, ने राष्ट्रपति के खिलाफ जाने का फैसला किया। पीडीपीए जिस दिशा में जा रहा था, उस दिशा को लेकर सोवियत भी ताराकी से नाखुश थे और उन्होंने उनसे पार्टी की एकता और ताकत सुनिश्चित करने का आग्रह किया।

हालाँकि, पीडीपीए में विभिन्न गुटों और व्यक्तियों के अहंकार को सँभालना तारकी के वश की बात नहीं थी और वह अपने नेतृत्व में उन्हें एकजुट नहीं कर सका। ताराकी ने अफगानिस्तान में कुछ सोवियत सैनिकों की भी माँग की थी। सोवियत संघ द्वारा अनुरोध को अस्वीकार कर दिया गया था, क्योंकि यह महसूस किया जा रहा था कि शासन की रक्षा के लिए अफगान सेना पर्याप्त रूप से मजबूत थी। सोवियत नेतृत्व चाहता था कि पीडीपीए एकजुट हो और अफगानिस्तान के लोगों का विश्वास जीते।

अमीन ताराकी के नेतृत्व वाले अफगानिस्तान में उपप्रधानमंत्री थे, जिन्होंने देश के राष्ट्रपति और प्रधानमंत्री, दोनों के पदों पर कार्य किया था। यह महसूस करते हुए कि ताराकी की नीतियाँ अफगानिस्तान के लोगों के बीच अलोकप्रिय हो गई थीं, अमीन ने गुप्त रूप से ताराकी को उखाड़ फेंकने के लिए संपर्क बढ़ाने शुरू कर दिए।

बताया जाता है कि अमीन पाकिस्तान के संपर्क में था और आरोप था कि वह अपने लोगों के जरिए काबुल में अमेरिकी दूतावास के संपर्क में भी था। काबुल सोवियत जासूसों से भरा हुआ था, जो सत्ता के खेल में शामिल प्रमुख खिलाड़ियों की आवाजाही पर नजर रखते थे।

काबुल में अमेरिकी राजदूत एडोल्फ डब्स की 14 फरवरी, 1979 को काबुल के एक होटल में हत्या कर दी गई थी। यह आरोप लगाया गया था कि वह अमीन के आदमियों के साथ बातचीत के लिए व्यक्तिगत रूप से काबुल होटल गए हुए थे, उसी दौरान उनकी हत्या कर दी गई। उनकी मृत्यु आज तक एक रहस्य बनी हुई है, क्योंकि उनके हत्यारे अज्ञात थे; सोवियत एजेंटों की भूमिका हमेशा संदिग्ध रही है। एक अन्य संस्करण में कहा गया है कि डब्स को अमेरिकी विरोधी तत्वों द्वारा अगवा कर लिया गया था और काबुल

के होटल में ले जाया गया, जहाँ उनको बचाने के लिए भेजे गए अफगान सुरक्षा बलों के हमले के दौरान उसे मार दिया गया था। हालाँकि, यह स्पष्ट है कि उनकी हत्या का उद्देश्य अमेरिका को अफगानिस्तान में हस्तक्षेप नहीं करने की चेतावनी या सोवियत संघ ने काबुल में कम्युनिस्ट सरकार को कैसे सँभाला, इसे बताना भर था।

लोगों की प्रतिक्रिया से बेफिक्र ताराकी अफगानिस्तान में अपनी सुधार योजनाओं को आगे बढ़ा रहा था। इन सुधारों के खिलाफ लोगों में नाराजगी अब तक के उच्चतम स्तर पर थी। अधिकांश बुद्धिजीवियों और कई पत्रकारों को इन सुधारों का विरोध करने या अपनी चिंताओं को व्यक्त करने की वजह से जेल में डाल दिया गया था।

नतीजा यह हुआ कि ताराकी एक ऐसी स्थिर सरकार दे पाने में विफल रहा था, जो अफगानिस्तान के लोगों को मंजूर होती। हालाँकि उसने पीडीपीए की अध्यक्षता की, लेकिन वह अपने नेतृत्व में इसके कई गुटों को एकजुट करने में विफल रहा।

अधिकांश कम्युनिस्ट देशों के मामले में, एक बार जब पार्टी किसी देश पर कब्जा कर लेती है, तो उसका नेता हिंसा की मदद से लोगों को दबाकर और विरोधियों के खात्मे से राष्ट्र को नियंत्रित करने में सक्षम होता है। लेनिन ने ऐसा ही किया और स्टालिन ने भी क्रूर तरीके से सोवियत संघ में लाखों लोगों को मार डाला। यही कहानी चीन में भी दोहराई गई। माओत्से तुंग के देश पर नियंत्रण करने के बाद, कम्युनिस्ट वर्चस्व सुनिश्चित करने के लिए लाखों लोगों को कथित तौर पर मार दिया गया था। यह दौर अभी खत्म नहीं हुआ है, क्योंकि चीन इस समय शिनजियांग में उइगर मुसलमानों को अपने वश में करने में जुटा हुआ है। हालाँकि, चीन लगातार इस आरोप का खंडन करता रहा है।

अफगानिस्तान में भी, ताराकी ने असंतोष को नियंत्रित करने के लिए अन्य उपायों के अलावा, बड़े पैमाने पर हत्याओं का इस्तेमाल किया। साम्यवाद की विचारधारा को अफगानों के गले से नीचे उतारने की उसकी

कमजोरी न केवल पीडीपीए में उनके विरोधियों के लिए, बल्कि सोवियत संघ के लिए भी स्पष्ट थी। इस सबने शीतयुद्ध की सेनाओं, विशेष रूप से अमेरिका को काबुल में हस्तक्षेप की साजिश रचने के लिए पर्याप्त समय दिया।

अमीन भी उतना ही क्रूर था, शायद उससे भी ज्यादा। वह अमेरिका में पढ़ा-लिखा था और उसने अमेरिकी जीवन शैली के लिए एक पसंद विकसित की थी। अमेरिका से लौटने के बाद उसके पास एकमात्र राजनीतिक कदम ताराकी के पीडीपीए में शामिल होना था। थोड़े ही दिनों में वह ताराकी की नजरों में कम्युनिस्ट विचारधारा में विश्वास करने वाले एक कद्दावर व्यक्ति के रूप में उभर आया। तारकी के शागिर्द के रूप में पार्टी में अमीन का उदय अभूतपूर्व था, लेकिन उसके अपने विचार और महत्त्वाकांक्षाएँ थीं।

अमीन ने मार्च 1979 में अफगानिस्तान के उपप्रधानमंत्री के रूप में कार्यभार सँभाला था। अपने बॉस, प्रधानमंत्री को खुश रखने के लिए, अमीन विपक्ष को दबाने के कार्य की कमान सँभालने के लिए आगे बढ़ा। फिर वह दिन भी आया, जिसकी उसने पहले से योजना बना रखी थी और ताराकी को खुश रखते हुए उस दिन का इंतजार किया था। 14 सितंबर, 1979 को उसने ताराकी को पद से हटा दिया और खुद को अफगानिस्तान का राष्ट्रपति घोषित कर दिया।

ताराकी की तरह अमीन भी अफगानिस्तान के लोगों को मंजूर नहीं था। सोवियत संघ ने भी कम्युनिस्ट पार्टी के प्रति उसकी निष्ठा पर संदेह किया। उसके काबुल स्थित अमेरिकी दूतावास से संपर्क करने की खुफिया रिपोर्ट थी। बताया जाता है कि अमीन पाकिस्तान के संपर्क में भी था। संदेह था कि उसके लोग डब्स के साथ बातचीत कर रहे थे।

अमीन के शासन की अवधि, पहले ताराकी के तहत उपप्रधानमंत्री के रूप में और फिर 1979 में थोड़े समय के लिए राष्ट्रपति के रूप में, बड़ी संख्या में लोगों की हत्या से चिह्नित की जाती है। जिस किसी पर भी उसके शासन के खिलाफ होने का संदेह था, उसे मार दिया गया। उसे अफगानों

के हत्यारे के रूप में जाना जाने लगा। उसने वह सबकुछ किया, जिससे कम्युनिस्ट पार्टी के शासन से अफगानों को नफरत हो और उसकी छवि एक ऐसे व्यक्ति की थी, जो इसलाम के खिलाफ था। कुछ अफगान अभी भी मानते हैं कि अमीन गैर-कम्युनिस्ट तरीके से काम कर रहा था। वह इसलामी धर्मगुरुओं के खिलाफ काम कर रहा था, जिन्होंने उसका विरोध भी किया था। कई इसलामी विद्वानों की हत्या कर दी गई थी और अमीन के इन कृत्यों ने अफगानिस्तान में इसलामी उग्रवाद और चरमपंथ को जन्म दिया।

सोवियत संघ अमीन की उन सभी हरकतों से बेहद परेशान था, जो वह साम्यवाद के नाम पर कर रहा था। उसके और इससे पहले ताराकी द्वारा की गई क्रूरता और हत्याओं ने अफगानिस्तान के लोगों को दृढ़ता से कम्युनिस्ट विरोधी बना दिया था। अमीन के कृत्यों ने अफगानों को केवल सोवियत संघ और पीडीपीए से नफरत बढ़ाने का काम किया। सोवियत इंटेलिजेंस का यह भी मानना था कि अमीन अमेरिका के साथ कुछ आपसी समझ की घोषणा करने वाला था। इसलिए सोवियत संघ तेजी से आगे बढ़ा। इसके लोगों ने अफगान सैनिकों के समर्थन से ताजबेग पैलेस पर हमला किया, जहाँ अमीन रह रहा था। ऑपरेशन में अमीन के कई गार्ड और उसका बेटा मारा गया और अमीन की हत्या कर दी गई। इससे अफगानिस्तान में पीडीपीए के खल्क गुट का शासन खत्म हो गया। हालाँकि, यह अफगानिस्तान में कम्युनिस्ट शासन का अंत नहीं था।

करमाल ने राष्ट्रपति का पद सँभाला

पीडीपीए के परचम गुट का नेता करमाल अफगानिस्तान लौट आया और उसने देश के राष्ट्रपति पद का कार्यभार सँभाल लिया। यह कहना अतिशयोक्ति नहीं होगी कि उसे सोवियत संघ द्वारा ही स्थापित किया गया था। राष्ट्रपति के रूप में कार्यभार सँभालते ही उसने जो पहला काम किया, वो यह था कि 'विदेशी हस्तक्षेप से अफगानिस्तान को बचाने' के लिए सोवियत सैनिकों को आमंत्रित कर दिया।

करमाल पीडीपीए के संस्थापकों में से एक था, लेकिन जैसा कि पहले बताया गया था, पार्टी अपने नेताओं के बीच आंतरिक मतभेदों से ग्रस्त थी। इसके चलते अंततः पार्टी दो गुटों में विभाजित हो गई : करमाल के नेतृत्व वाला परचम (ध्वज) गुट और ताराकी और अमीन के नेतृत्व वाला खल्क (लोग) समूह। करमाल के समूह ने दाउद, उनके वाम समर्थक कार्यों और उनकी सोवियत समर्थक समूह नीतियों को आगे बढ़ाया। हालाँकि, यह सब लंबे समय तक नहीं चला, क्योंकि दाउद ईरान के शाह के माध्यम से अमेरिका के करीब जाने की कोशिश कर रहा था। इस कृत्य के परिणामस्वरूप दाउद के खिलाफ तख्तापलट हुआ और उसे फाँसी दे दी गई।

करमाल, जो अब राष्ट्रपति के रूप में काबुल में वापस आ गए थे, ने देश में शांति लाने की कोशिश की। हालाँकि, उनको असफल होना ही था, क्योंकि देश में सोवियत सैनिकों को बुलाने के उनके कार्य से अफगानिस्तान के लोग नाराज हो गए और उनके खिलाफ नफरत बढ़ती गई।

जब मैं अमीन की हत्या के बाद के घटनाक्रमों का दस्तावेजीकरण करने के लिए एक समाचार कैमरामैन-पत्रकार के रूप में काबुल पहुँचा, तो मैंने हर जगह सोवियत सैनिकों को देखा। अधिक-से-अधिक सैनिक रोजाना देश में उतरते या सड़क मार्ग से पहुँचते थे और अफगानिस्तान के अन्य शहरों में चले जाते थे। देश के लोगों ने सोचा कि उनका राष्ट्र जल्द ही सोवियत संघ में बिल्कुल उसी तरह शामिल हो जाएगा, जैसे अन्य मध्य एशियाई देश, जो यूएसएसआर का हिस्सा हो चुके थे।

करमाल ने लोगों की सहानुभूति जीतने के लिए सभी बुद्धिजीवियों और पीडीपीए विरोधियों को पुल-ए-चरखी जेल से रिहा कर दिया। उन्होंने साम्यवाद का विरोध करने वाले समूहों का विश्वास जीतने के लिए उनमें से कई को सरकार में शामिल किया।

दुर्भाग्य से, पीडीपीए को एक ऐसी पार्टी के रूप में जाना जाने लगा था, जो इसलाम का विरोध करती थी और जिसने अफगानिस्तान में सोवियत सैनिकों को आमंत्रित किया था। जैसे-जैसे देश कम्युनिस्ट रास्ते पर चलता

गया, पश्चिमी शक्तियों, विशेष रूप से अमेरिका ने, पाकिस्तान और सऊदी अरब के समर्थन से, अफगानिस्तान में 'इसलाम खतरे में' के आकर्षक नारे को बुलंद किया। कबीलाई नेताओं ने ताराकी के तहत पीडीपीए की नीतियों को न केवल इसलाम के लिए, बल्कि अपने कुलों पर उनके शासन के लिए भी खतरे के रूप में देखा।

अमेरिका, पाकिस्तान और सऊदी अरब अब सोवियत सैनिकों की उपस्थिति के खिलाफ किसी तरह के स्थानीय प्रतिरोध को उकसाना चाहते थे। हालाँकि, ऐसा हो नहीं पाया। अफगानिस्तान के लोग हमेशा की तरह अपने दैनिक जीवन में ही मशगूल रहे। शायद उन्हें लगा कि कम्युनिस्ट सरकार सोवियत सैनिकों के खिलाफ किसी भी आंदोलन को हिंसक रूप से कुचल देगी।

आगे चलकर परिदृश्य बदलने के लिए अमेरिका, सऊदी अरब और पाकिस्तान की तिकड़ी की तैयार की गई योजना के तहत मुजाहिदीन लड़ाकों का उदय हुआ। इसलाम के नाम पर लड़ने के लिए पाकिस्तान द्वारा काम पर रखे गए और प्रशिक्षित मुजाहिदीन लड़ाकों का मतलब था—सोवियत सैनिकों के खिलाफ गुरिल्ला युद्ध की शुरुआत।

तीनों के हिस्से के रूप में पाकिस्तान द्वारा मुजाहिदीन लड़ाकों की यह भरती और प्रशिक्षण, अफगानिस्तान की त्रासदी की शुरुआत थी। मुजाहिदीन लड़ाकों का आंदोलन अहिंसक नहीं होने वाला था। वे पूरी तरह से सशस्त्र लड़ाके थे, जिन्हें अब सोवियत और अफगान सैनिकों पर हमला करने और अफगानिस्तान में उनकी उपस्थिति के खिलाफ गुरिल्ला युद्ध शुरू करने की उम्मीद थी।

□

4

एक युद्ध का आगाज

अफगानिस्तान जितनी प्राचीन भूमि है, उतना ही यह एक बहुजातीय राष्ट्र भी है। पश्तून सबसे बड़ा समूह या अफगान आबादी का 40 प्रतिशत हिस्सा हैं। पाकिस्तान में भी पेशावर घाटी और पेशावर शहर सहित बड़े क्षेत्र है, जहाँ पश्तून रहते हैं। इन क्षेत्रों को रणजीत सिंह ने अफगानिस्तान से छीन लिया था और फिर ये उनके साम्राज्य का हिस्सा बन गए। अफगानिस्तान में दूसरा सबसे बड़ा जातीय समूह ताजिक है। इसके बाद हजारा, उज्बेक, तुर्कमेन, बलूच, थोड़े-बहुत मंगोलों के अलावा कुछ अन्य जातियाँ भी हैं। अफगानिस्तान में इसलाम के आने के बाद से भले ही पश्तूनों ने देश पर शासन किया है, लेकिन वे सभी सद्भाव से रहते हैं।

अपने लंबे इतिहास में, अफगानिस्तान ने जो सबसे शांतिपूर्ण और समृद्ध अवधि देखी, वह हिंदू और बौद्ध युगों के दौरान थी। यह मौर्य साम्राज्य के उदय के साथ शुरू हुई। चंद्रगुप्त मौर्य ने अपनी जीत के बाद सिकंदर महान् द्वारा छोड़ी गई एक ढहती प्रणाली को सँभालने के लिए अपना साम्राज्य बनाया। अफगानिस्तान के तब चीन और उत्तर के देशों के साथ गहरे व्यापारिक संबंध थे। यह भारतीय उपमहाद्वीप का एक हिस्सा था, जो हिंदुकुश रेंज से शुरू होता था। प्रसिद्ध सिल्क रोड इसी देश से होकर गुजरती थी।

जब बौद्ध धर्म अफगानिस्तान में आया, तो सम्राट् कनिष्क ने अफगानिस्तान से बौद्ध भिक्षुओं को वहाँ उपदेश देने के लिए चीन भेजा। दुनिया में बुद्ध की दो सबसे बड़ी मूर्तियाँ बामियान में थीं। बामियान की घाटी

में एक विशाल पहाड़ी चट्टान में उकेरी गई ये मूर्तियाँ अफगानिस्तान की समृद्धि का प्रतीक थीं। इन मूर्तियों ने मार्च 2001 तक आधुनिक समय में दुनिया भर के पर्यटकों को आकर्षित किया। वर्ष 2001 में तालिबान के सह-संस्थापक मुल्ला उमर ने घोषणा की कि मूर्तियाँ सिर्फ मूर्तियाँ हैं और उन्हें नष्ट करने का आदेश दिया। विश्व इतिहास में, यह एक राष्ट्र की संस्कृति और इतिहास पर किए गए सबसे खराब हमलों में से एक है। इतिहास या विरासत के लिए कोई सम्मान नहीं होने के कारण, तालिबान ने व्यवस्थित रूप से अफगानिस्तान को अपने ऐतिहासिक रूप से समृद्ध अतीत के सभी सबूतों से छुटकारा दिलाने की कोशिश की है।

यहाँ यह उल्लेख करना अनुचित नहीं होगा कि पाकिस्तान में भी, विशेष रूप से स्वात, बलूचिस्तान और कुछ पश्तून क्षेत्रों में, बौद्ध युग के छोटे और बड़े स्मारक हैं। मैंने इनमें से कई स्मारकों को देखा, जब मैंने 1961 में महारानी एलिजाबेथ के पाकिस्तान के राजकीय दौरे के दौरान एक पत्रकार के रूप में स्वात का दौरा किया था। अधिकारियों के साथ मेरी बातचीत के आधार पर मुझे बताया गया कि कई स्थानीय लोग इन स्मारकों को नष्ट करना चाहते हैं; स्थानीय लोगों के अनुसार बौद्ध धर्म और हिंदू धर्म में कोई अंतर नहीं था। हालाँकि, अधिकांश स्मारक किसी तरह बच गए हैं।

अफगानिस्तान के लिए वर्तमान संकट रणजीत सिंह के साम्राज्य के पतन के साथ शुरू हुआ। राजनीतिक कुप्रबंधन, भ्रष्टाचार, आंतरिक विभाजन और एंग्लो-सिख युद्ध, जो महाराजा की मृत्यु के बाद हुए, अंततः साम्राज्य के विघटन का कारण बने। इसका अंत तब हुआ, जब 13 जनवरी, 1849 को मुल्तान के पास बंदूकों की प्रसिद्ध लड़ाई में अंग्रेजों ने उसे हरा दिया। अंग्रेजों ने पंजाब पर कब्जा कर लिया और अब अफगानिस्तान की सीमाओं तक उत्तर भारत पर उनका नियंत्रण था।

ब्रिटिश अफगानिस्तान के अमीर को शासक के रूप में पूर्ण मान्यता देने के इच्छुक नहीं थे। वे उनके साथ किसी भी अन्य भारतीय महाराजा की तरह व्यवहार करना चाहते थे, जिन्होंने अपने राज्य पर अंग्रेजों की संप्रभुता

को स्वीकार किया और संचार, रक्षा और विदेशी मामलों का उनके सामने आत्मसमर्पण कर दिया। अंग्रेज उन्हें 'महामहिम' के रूप में संबोधित नहीं करेंगे, अमीर अमानुल्लाह खान को यह मंजूर नहीं था। उन्हें एहसास हुआ कि यह सब इसलिए हो रहा है, क्योंकि अफगानिस्तान ने खुद को अलग-थलग कर रखा है। अफगानिस्तान को इस अलगाव से बाहर निकालने के लिए उसने सोवियत संघ के अलावा यूरोप के अन्य देशों के साथ संबंध विकसित करने शुरू कर दिए।

ब्रिटिश सोवियत संघ पर नजर रख रहे थे, जिसे लेकर उन्हें संदेह था कि बलूचिस्तान के तट पर ग्वादर के बंदरगाह तक पहुँच हासिल करने के लिए वे अफगानिस्तान का उपयोग करेंगे। तब यह ब्रिटिश भारत का हिस्सा था। यह योजना सोवियत संघ को अरब सागर के गरम पानी तक पहुँच प्रदान करेगी, कुछ ऐसा, जो अंग्रेजों को संदेह था कि सोवियत तलाश रहे थे। इसका मतलब भारत में अंग्रेजों को चुनौती देना होता! इस हरकत को आम बोलचाल में 'ग्रेट गेम' के रूप में जाना जाता है, जो ब्रिटिश और सोवियत संघ के बीच एक प्रतिद्वंद्विता थी, जिसके परिणामस्वरूप अंग्रेजों ने अमानुल्ला खान के साथ हेर-फेर करने की कोशिश की, ताकि वह अपने देश में सोवियत संघ को पहुँच प्रदान न करे। हालाँकि, अफगान चतुर थे और भारत के ब्रिटिश शासकों द्वारा उन पर डाले गए दबाव का विरोध करने के लिए उन्होंने अन्य यूरोपीय देशों के साथ संबंध विकसित किए। यह सब इतिहास है और एक अलग कहानी है। दाउद द्वारा जहीर शाह के खिलाफ तख्तापलट निस्संदेह रूप से अफगानिस्तान की प्रगति और समृद्धि के लिए एक ऐतिहासिक आपदा रहा। देश उस रास्ते पर कभी वापस नहीं आ सका। इसके अलावा अफगानों के लिए एक बड़ी त्रासदी आकार लेने लगी और देश की परेशानी तब शुरू हुई, जब करमाल ने सोवियत संघ से अनुरोध किया कि वह अफगानिस्तान में सेना भेजे, ताकि उसे विदेशी हस्तक्षेप से बचाने में मदद मिल सके। अफगानों ने इस कदम का स्वागत नहीं किया। दिसंबर 1979 के अंत में अफगानिस्तान में मेरे आगमन के तुरंत बाद, जब करमाल ने राष्ट्रपति के रूप में कार्यभार

सँभाला, तो मैंने काबुल में लगभग हर जगह सोवियत सैनिकों को देखा। सोवियत संघ ने राजधानी में गश्त करने के लिए अपने टैंक और बख्तरबंद वाहनों को भी हवाई मार्ग से भेजा था।

अफगानों ने सोवियत सैनिकों के आगमन को अपने देश पर आक्रमण के रूप में माना। बाहर की दुनिया, खासकर अमेरिका, ने भी ऐसा ही व्यवहार किया। करमाल के खिलाफ अफगान गुस्से की आग को हवा देने के लिए अमेरिका, पाकिस्तान और सऊदी अरब की प्रचार मशीनरी काम कर रही थी।

यह दावा करते हुए इसे तूल दिया गया कि सोवियत संघ ने अफगानिस्तान पर हमला किया है और वह इसे यूएसएसआर का हिस्सा बनाने जा रहा है। करमाल ने अफगानों के बीच अपनी सरकार को स्वीकार्य बनाने के लिए हरसंभव कदम उठाने की कोशिश की, जैसे कि असंतुष्ट नेताओं को शामिल करना, ताकि उनकी सरकार को एक व्यापक आधार वाली राष्ट्रीय सरकार की तरह दिखाया जा सके; लेकिन उन्हें उन बुद्धिजीवियों या राजनेताओं से ज्यादा समर्थन नहीं मिला, जो साम्यवाद के विरोधी थे।

तथ्य यह था कि करमाल की सरकार पीडीपीए की कम्युनिस्ट सरकार थी। पाकिस्तान, सऊदी अरब और अमेरिका ने अफगानिस्तान में 'खतरे में इसलाम' का नारा लगाया। इसके साथ ही उन्होंने दिखाया कि किस तरह से उन मध्य एशियाई इसलामी देशों में इसलाम का लगभग सफाया हो गया था, जो सोवियत संघ का हिस्सा थे। उन्होंने आरोप लगाया कि सोवियत उन देशों को नास्तिक राज्यों में बदलने के लिए उत्सुक थे, जो साम्यवाद में विश्वास करते थे।

अमेरिका तकनीकी रूप से अलग रहा, लेकिन युद्ध के वित्तपोषण में पाकिस्तान के साथ काम करने के लिए अपनी खुफिया एजेंसी का इस्तेमाल किया। सऊदी अरब भी पाकिस्तान के सहयोग से करमाल सरकार के खिलाफ काम कर रहा था। सीआईए और सऊदी अरब सोवियत संघ को बाहर निकालने के लिए अफगानिस्तान में हिंसक आंतरिक आंदोलन करने के लिए पाकिस्तान को भारी मात्रा में धन प्रदान कर रहे थे। चार्ली विल्सन एक

अमेरिकी कांग्रेस के प्रतिनिधि थे, जिन्होंने अफगानिस्तान में सोवियत संघ के खिलाफ युद्ध लड़ने के लिए सीआईए को भारी धन देने का समर्थन किया और इसे सुनिश्चित किया।

काबुल में सोवियत सैनिकों की विशाल उपस्थिति को देखने के बाद मैंने मध्य अफगानिस्तान में एक व्यापार और पारगमन केंद्र गजनी का सड़क मार्ग से यात्रा करने का फैसला किया और देखा कि वहाँ क्या हो रहा था! पाठकों को याद रखना चाहिए कि गजनी महमूद गजनी का घर था, जिसने भारतीय इतिहास के अनुसार गुजरात के तट पर प्रसिद्ध और समृद्ध सोमनाथ मंदिर पर हमला किया था। गजनी के महमूद ने सोने, हीरे और नकदी को लूटने के लिए मंदिर पर सत्रह बार हमला किया, ताकि वह हर हमले के बाद अमीर हो सके। जैसे ही मैं गजनी की ओर गया, मैंने पाया कि सोवियत सैनिक शहर को 'आक्रमणों' से बचाने के लिए काबुल के चारों ओर खाई खोद रहे हैं। करमाल सरकार के खिलाफ गुस्से के बावजूद, सोवियत सैनिकों की उपस्थिति के खिलाफ स्थानीय प्रतिरोध का कोई संकेत नहीं था। क्रोध अंदर-ही-अंदर पनप रहा था।

सोवियत सैनिकों के खिलाफ हिंसक प्रतिक्रिया की कमी से निराश सीआईए, पाकिस्तान और सऊदी अरब ने अब अफगानिस्तान में गुरिल्ला हमलों को अंजाम देने के लिए मुजाहिदीन लड़ाकों को अफगानिस्तान में पेश किया। दुनिया को बताया गया कि मुजाहिदीन लड़ाके अफगानिस्तान से थे और इसलाम की रक्षा के लिए लड़ रहे थे।

वास्तव में, मुजाहिदीन लड़ाकों को पाकिस्तान में उसकी खुफिया एजेंसी, इंटर-सर्विसेज इंटेलिजेंस (आईएसआई) ने काम पर रखा था और प्रशिक्षित किया गया था और उन्हें अफगान शरणार्थी शिविरों या पाकिस्तान के पश्तून क्षेत्रों से उठाया गया था। पश्तूनों को भाड़े के लड़ाके होने के लिए जाना जाता था। मुजाहिदीन लड़ाकों में कई पाकिस्तानी भी थे। चूँकि उन्हें पारिश्रमिक मिलता था, इसलिए तथाकथित मुजाहिदीन लड़ाके अनिवार्य रूप से भाड़े के सैनिक थे।

जब भी काफिले पर छापामार हमला होता था या सैनिकों पर गोलीबारी होती थी, तो सोवियत संघ उस क्षेत्र को निशाना बनाता था, जिसमें उन्हें संदेह था कि मुजाहिदीन लड़ाके रह रहे थे। प्रशिक्षण के बाद पाकिस्तान छोड़ने पर मुजाहिदीन लड़ाके अफगान गाँवों या कस्बों में जाकर अपने छिपने का ठिकाना खोजते थे, भले ही उनका वहाँ स्वागत नहीं किया जाता था। लेकिन भारी हथियारों से लैस मुजाहिदीनों का विरोध करने की हिम्मत सभी गाँववालों में नहीं होती थी।

मुजाहिदीनों की हरकतों के प्रतिशोध के तौर पर सोवियत सैनिक उन गाँवों को निशाना बनाते थे, जहाँ आतंकियों के छिपने का संदेह होता। इस तरह की काररवाई में गाँवों या शहरों का भारी नुकसान होता। मुजाहिदीन लड़ाकों के क्षेत्र को साफ करने के लिए सोवियत या अफगान बलों के हमलों में कई ग्रामीण मारे जाते थे। यह अफगान और सोवियत दोनों सेनाओं के लिए एक कठिन स्थिति थी। अगर वे मुजाहिदीन लड़ाकों को उस इलाके से खाली नहीं कराते हैं, जहाँ उनके छिपे होने का संदेह था, तो वे और हमलों के खतरे की जद में आ जाते। मुजाहिदीन को एक गाँव से साफ करने का मतलब था कि ग्रामीणों को भी समान रूप से नुकसान! नागरिक आबादी पर इस तरह के हमलों ने काबुल सरकार की लोकप्रियता को कम कर दिया और इसके परिणामस्वरूप व्यापक रूप से घृणा फैलने लगी।

अफगानों ने नागरिक आबादी पर उन हमलों के लिए सीधे तौर पर सरकार को जिम्मेदार ठहराया। मुजाहिदीन लड़ाकों के पास संख्या में जो कमी थी, उसकी भरपाई उन्होंने आमने-सामने की लड़ाई लड़ने के बजाय गुरिल्ला युद्ध का इस्तेमाल करके किया। आमने-सामने की कुछ लड़ाइयाँ हुई थीं और इनके परिणामस्वरूप कई मुजाहिदीन लड़ाके मारे गए थे।

गुरिल्ला हमलों से सोवियत और अफगान सैनिकों के मनोबल को तोड़ने के अलावा भी उन्हें काफी नुकसान हुआ। इस लड़ाई के कारण सैकड़ों-हजारों अफगानों को अपने गाँवों का सुकून छोड़कर पलायन कर जाना पड़ा। जब मुजाहिदीन गुरिल्ला गाँवों में पहुँचते थे, या गुरिल्लाओं की तलाश में

अफगान या सोवियत सैनिकों का हमला होता था, तब अपना नुकसान बचाने के लिए वे या तो पाकिस्तान या ईरान में ग्रामीण शरणार्थी के रूप में पनाह लेने चले जाते थे। उन्होंने महसूस किया कि अगर मुजाहिदीन उनके बीच दिखाई देते हैं, तो उनका जीवन सुरक्षित नहीं है।

अफगानिस्तान में छद्म युद्ध लड़ने के लिए अमेरिका सीआईए और सऊदी अरब के माध्यम से भारी रकम खर्च कर रहा था। वास्तव में, यह सोवियत संघ के खिलाफ अमेरिका द्वारा एक युद्ध था, जो अफगानिस्तान में इसलाम की रक्षा के नाम पर लड़ा जा रहा था। पाकिस्तान को श्रमशक्ति के साथ युद्ध का समर्थन करने और शरणार्थियों की देखभाल करने के लिए दोनों देशों—सऊदी अरब और अमेरिका— से काफी अच्छी तरह से पुरस्कृत किया जा रहा था। अफगानिस्तान अब शीतयुद्ध का शिकार हो गया था, जिसे उसकी धरती पर सोवियत और अमेरिकी गुटों के बीच 'गरम युद्ध' के रूप में लड़ा जा रहा था।

कभी खुशहाल और समृद्ध देश रहा अफगानिस्तान अब गंभीर मंदी और व्यापारिक नुकसान का सामना कर रहा था। कारोबार ठप होने की कगार पर पहुँच गए थे, जिसमें खास तौर पर आकर्षक निर्यात को काफी नुकसान हुआ था। अमीर या जो यात्रा करने का खर्च उठा सकते थे, वे यूरोप और उत्तरी अमेरिका के देशों में चले गए। इस प्रकार अफगानिस्तान इन शिक्षित, संपन्न नागरिकों से वंचित होने लगा था।

बहुत सारे लोगों ने अपने देश के लिए हार मान ली थी। उन्हें एक ऐसे देश में कोई भविष्य नजर नहीं आ रहा था, जहाँ युद्ध का कोई अंत नहीं था। सोवियत सैनिक अब अफगानिस्तान में हर जगह फैले हुए थे, क्योंकि मुजाहिदीन लड़ाके हर जगह अपना सिर उठा रहे थे। सोवियत संघ और उसके नेताओं ने अपने लोगों के लिए अफगानिस्तान में अपनी उपस्थिति को उचित ठहराते हुए कहा कि उन्हें उनके भाई देश द्वारा आमंत्रित किया गया था। अमेरिका, सऊदी अरब और पाकिस्तान ने अपने लोगों के लिए इस युद्ध को कम्युनिस्टों को हराने और अफगानिस्तान में इसलाम को बचाने

के अपने प्रयास के रूप में उचित ठहराया।

मुजाहिदीन लड़ाके दुनिया की सबसे अच्छी प्रशिक्षित सेनाओं में से एक— सोवियत सेना से लड़ रहे थे। हालाँकि, उनके गुरिल्ला हमलों ने सोवियत और अफगान सेनाओं को नुकसान पहुँचाया था, लेकिन वे सफलता प्राप्त नहीं कर सके। सोवियत और अफगान सेनाओं को भी गुरिल्लाओं को खत्म करने में मुश्किल हो रही थी। अफगानिस्तान युद्ध का मैदान बन गया था, जहाँ शीतयुद्ध के परिणामस्वरूप कंधे से दागी जाने वाली स्ट्रिंगर मिसाइलों जैसे नए हथियारों का परीक्षण किया जा रहा था।

काबुल में, करमाल अपनी सरकार को व्यापक बनाने में विफल साबित हो रहे थे। कोई भी उनके साथ तब तक शामिल नहीं होना चाहता था, जब तक कि उनके द्वारा आमंत्रित सोवियत सैनिक अफगानिस्तान में मौजूद थे। यदि सोवियत संघ की इच्छा काबुल में एक व्यापक आधार वाली सरकार कायम रखने की थी, तो यह काफी हैरान करने वाली बात थी कि जहीर शाह को काबुल लौटने और अपने देश की कमान सँभालने के लिए क्यों नहीं तैयार किया गया—जबकि वह अपने लोगों के बीच काफी सम्मानित थे और सोवियत संघ के साथ भी उनके संबंध ठीक थे! वे अफगानिस्तान में शांति वापस ला सकते थे और देश सोवियत संघ के प्रभाव क्षेत्र में भी बना रहता, जैसा कि दाउद या उससे भी पहले जहीर शाह के युग के दौरान था।

अफगानिस्तान के उत्तर में पंजशीर वहाँ के अत्यधिक सम्मानित ताजिक नेता अहमद शाह मसूद के पूरी तरह कब्जे में था। मसूद ने मुजाहिदीन लड़ाकों को अपने क्षेत्र के पास भटकने या अपने लोगों के साथ सोवियत सैनिकों से लड़ने की इजाजत नहीं दी। अगर कभी मसूद सोवियत सेना के खिलाफ अपनी लड़ाई में किसी भी समस्या में होते, तो वह ताजिकिस्तान भाग सकते थे। हालाँकि, वह शायद ही कभी मुसीबत में रहे। रणनीतिक सालंग सुरंग भी उनके नियंत्रण में थी, जो सोवियत बलों के लिए उनकी रसद आपूर्ति पाने का महत्त्वपूर्ण जरिया थी। चूँकि सोवियत सेना मसूद पर काबू पाने में सक्षम नहीं थी, इसलिए वे सुरंग तक पहुँच के लिए हर बार उनके साथ संघर्ष

विराम पर बातचीत करते थे। मसूद ने इस अवधि का उपयोग अपनी सेनाओं को मजबूत करने के लिए किया।

अफगानिस्तान में छद्म युद्ध अब पूरे देश में फैलने लगा था। चूँकि युद्ध बिना किसी निर्णायक काररवाई के जारी रहा, ऐसे में अफगान सेना से पलायन होने लगे। वे सोवियत संघ की सहायक सेना के रूप में लड़ रहे थे, लेकिन स्थितियाँ विपरीत होने लगी थीं। कई अफगान अधिकारियों और सैनिकों को यह स्थिति पसंद नहीं आई। इसलिए वहाँ ज्यादा-से-ज्यादा सेना छोड़ने के मामले सामने आने लगे। एक घटनाक्रम, जो मुझे याद है, वह 1980 के आसपास हुआ था। मुझे जलालाबाद ले जाया गया, ताकि यह दिखाया जा सके कि कैसे अफगान सेना मुजाहिदीन लड़ाकों को खोजने और खत्म करने के लिए इलाकों की तलाशी ले रही है। अभ्यास के अंत में मुझे पता चला कि इस ऑपरेशन के दौरान ही करीब आधा दर्जन अफगान सैनिक अपने हथियारों के साथ गायब हो गए और कथित तौर पर सोवियत सेना के खिलाफ लड़ाई में शामिल होने के लिए चले गए।

गुरिल्ला युद्ध के खिलाफ लड़ना कभी भी किसी भी सेना के लिए आसान नहीं रहा है। सभी सेनाओं को अन्य सेनाओं के खिलाफ पारंपरिक युद्ध लड़ने के लिए प्रशिक्षित किया जाता है। भारत में पाठकों को याद होगा कि सिखों के दसवें गुरु, गुरु गोबिंद सिंह ने जब यह पाया कि मुगल सम्राट् औरंगजेब के साथ सभी शांतिपूर्ण प्रस्ताव कुटिलता के साथ उसके ही पक्ष में तैयार किए गए थे, तब उन्होंने 'खालसा' का गठन किया था। गुरु गोबिंद सिंह अपने खालसा सेनानियों की तुलना युद्ध में 1,25,000 विरोधियों के साथ करते थे।

जब खालसा गुरिल्लाओं ने मुगल सेना को नुकसान पहुँचाना शुरू किया, तो उनका मनोबल गिरने लगा। नुकसान को रोकने के लिए वे कुछ भी नहीं कर पा रहे थे। गुरिल्ला हमला करने या स्नाइपर फायर में कुछ मुगल सैनिकों को मारने के बाद खालसा गायब हो जाते थे। दृढ़ संकल्पित खालसा को शक्तिशाली मुगल बल को हराने में बहुत लंबा समय नहीं लगा। इसने उत्तर

भारत-पंजाब में मुगल साम्राज्य का अंत कर दिया और वहाँ सिख शासकों के उद्‌भव में मदद की।

मुजाहिदीन गुरिल्लाओं की रणनीति विभिन्न प्रकार के नुकसान का कारण बन रही थी : सड़कों को उड़ा दिया गया, सैनिक मारे गए, वाहनों पर दूर से हमला किया गया आदि। अगर मुजाहिदीन लड़ाके ये पाते थे कि स्थानीय आबादी गुरिल्लाओं का समर्थन नहीं कर रही है, तो इसका मतलब होता था कि उन पर भी आतंकी हमला किया जाएगा। सोवियत और अफगान सेनाओं में हताहतों की संख्या बढ़ने लगी। जैसा कि पहले कहा गया था, मुजाहिदीन लड़ाकों के अपने क्षेत्र में दिखाई देते ही नागरिकों का पलायन शुरू हो जाता था।

सीआईए ने मुजाहिदीन लड़ाकों को कंधे पर रखकर दागी जाने वाली स्टिंगर मिसाइलों से लैस करना शुरू कर दिया था, ताकि सोवियत हेलीकॉप्टरों को मार गिराकर उनका परीक्षण किया जा सके। कंधे पर रखी जाने वाली और गरम माहौल में काम करने वाली ये मिसाइलें विमानों के इंजनों पर हमला करने के लिए तैयार की गई थीं। इनकी सफलता इस बात पर निर्भर करती थी कि गुरिल्ला उससे लक्ष्य पर कितनी अच्छी तरह निशाना साधकर फायर कर सकता है। इसी तरह अन्य हथियारों का भी परीक्षण किया गया।

स्टिंगर ने नागरिक उड़ानों को भी हमले की जद में लाकर इसे संवेदनशील बना दिया। कई अंतरराष्ट्रीय एयरलाइंस ने अफगान हवाई क्षेत्र से बचना शुरू कर दिया। काबुल में जाने वाली भारत जैसे देशों की वाणिज्यिक उड़ानें स्टिंगर मिसाइलों की चपेट में आने से बचने के लिए फ्लेयर्स यानी गरम चमक छोड़ती थीं। इसका मतलब था कि अगर विमान पर मिसाइल दागी जाती है, तो इसे नष्ट किया जा सकता है। फिर भी, उन दिनों जब भी मैं काबुल में उड़ान भरता था, तो मुझे हमेशा डर लगता था।

अफगानिस्तान की समस्याओं के राजनीतिक समाधान तक पहुँचने के लिए करमाल के प्रयास विफल हो गए थे। वह अपने देश में शांति कायम नहीं कर सका। पेशावर में रहने वाले उनके विरोधियों ने उनकी पहल का कोई

जवाब नहीं दिया। मुल्लाओं और इमामों को शांत करने और उन्हें आश्वस्त करने के उनके सभी प्रयास विफल हो गए थे कि इसलाम खतरे में नहीं था।

सीआईए, पाकिस्तान और सऊदी अरब की रणनीति भी फेल होती दिख रही थी। इसमें कोई संदेह नहीं है कि मुजाहिदीन गुरिल्ला हमलों से बुरी तरह से प्रभावित सोवियत बलों ने न तो यह संकेत दिया कि काबुल में कम्युनिस्ट सरकार गिर जाएगी और न ही यह जाहिर हुआ कि सोवियत सैनिक अफगानिस्तान से लौट जाएँगे। सोवियत सैनिक देश को सुरक्षित करने और अमेरिका के नेतृत्व में चल रहे छद्‌म युद्ध की चुनौती का सामना करने के लिए पूरे अफगानिस्तान में फैल गए थे। द्वितीय विश्वयुद्ध के बाद दोनों देशों ने दुश्मनी की कसम खा रखी थी।

□

5

छद्म युद्ध का विस्तार

काबुल में कम्युनिस्ट सरकार को नुकसान पहुँचाने या हटाने में नाकामी के बाद अमेरिका और उसके सहयोगी, सऊदी अरब और पाकिस्तान, अब अफगानिस्तान के गाँवों और घाटियों में बलवा फैलाना चाहते थे। सोवियत सेना पहले ही पूरे अफगानिस्तान में फैल चुकी थी। अमेरिका और उसके सहयोगियों ने महसूस किया कि पाकिस्तान की सीमा से लगे प्रांतों, जैसे नांगरहार, पकतिया आदि में ऐसा करना आसान था। 1980 के दशक की शुरुआत में मुजाहिदीन लड़ाकों की संख्या इतनी बड़ी नहीं थी कि वे आमने-सामने की लड़ाई शुरू कर सकें। वे गुरिल्ला हमले कर सकते थे, नुकसान पहुँचा सकते थे और गायब हो सकते थे। चूँकि मुजाहिदीन के कई लड़ाके अफगान शरणार्थी शिविरों से भरती किए गए थे, इसलिए वे अपने देश और इसकी स्थलाकृति को अच्छी तरह से जानते थे। इस तरह, हर हमला गुरिल्लाओं को कुछ सफलता दिलाता।

गाँवों या कस्बों में सिविल सरकार के अधिकारी मुजाहिदीन लड़ाकों के सीधे निशाने पर थे। उनका उद्‍देश्य लोगों के बीच से अफगानिस्तान की सरकार की मौजूदगी को हटाना था, जिसका प्रतिनिधित्व ये अधिकारी गाँवों और कस्बों में कर रहे थे। यदि कोई सरकारी अधिकारी मौजूद नहीं होता, तो मुजाहिदीन लड़ाकों की मौजूदगी भी अज्ञात रहती। उनके आकाओं को लगा कि अगर मुजाहिदीन लड़ाकों के डर से सरकारी अधिकारी भाग गए, तो ग्रामीणों को विद्रोहियों से अधिक डर होगा। इस प्रकार, ग्रामीणों को

सहयोग करने के लिए मजबूर किया जा सकता है। सरकारी अधिकारियों की अनुपस्थिति का मतलब इन गाँवों में काबुल सरकार का कोई प्रभाव का न होना था। हालाँकि, जैसे ही मुजाहिदीन कस्बों या गाँवों के आसपास दिखाई देते, कई अफगान नागरिक पाकिस्तान या ईरान की तरफ भाग जाते, क्योंकि वे खामियाजा नहीं भुगतना चाहते थे।

अफगानिस्तान के उत्तर में बसा एक सुंदर शहर बल्ख, उन जगहों में से एक था, जहाँ सरकारी अधिकारियों को आतंकवाद का सबसे ज्यादा नुकसान उठाना पड़ा था। यह मुजाहिदीनों के सीधे खतरे में आ गया था। बल्ख एक प्राचीन शहर है, जो इस क्षेत्र के सबसे धनी शहरों में से एक था और ऐतिहासिक रिकॉर्ड के शुरुआती दिनों में इसका उल्लेख मिलता है। यह उत्तर भारत की लोककथाओं में भी चित्रित किया गया है। कभी बैक्ट्रिया की राजधानी रहे बल्ख पर 330 ईसा पूर्व सिकंदर महान् ने हमला किया था। इसे चंगेज खान के नेतृत्व में मंगोलों ने भी तहस-नहस कर दिया था, लेकिन हर बार यह उठ खड़ा हुआ। ख्वाजा अबू नस्र की दरगाह के खँडहर, जिससे प्रेरणा लेकर नई दिल्ली में सब्ज बुर्ज का निर्माण हुआ, अभी भी वहाँ खड़े हैं।

बचपन में अपने पिता और अन्य लोगों से बल्ख के बारे में बहुत कुछ सुनने के बाद मैंने शहर का दौरा करने का फैसला किया। मैं एक जीवंत शहर देखने के लिए उत्सुक था, क्योंकि मुझे बताया गया था कि यह 1,00,000 से अधिक की आबादी वाला शहर था। मैं हैरान रह गया, जब मुझे बताया गया कि वहाँ जाना खतरनाक होगा, क्योंकि बड़ी संख्या में मुजाहिदीन लड़ाकों ने शहर पर कब्जा कर लिया है। फिर भी, मैंने बल्ख जाने और सच्चाई का पता लगाने का फैसला किया।

जैसे ही मैं शहर के द्वार पर पहुँचा, चहारदीवारी के ऊपर खड़े एक शख्स ने मेरे दुभाषिए और मुझे सावधान रहने की चेतावनी दी, यह बताते हुए कि शहर बंद है, उसने हमें हमारी यात्रा का उद्देश्य बताने के लिए कहा। मेरे दुभाषिए ने उसे समझाया कि हम हिंदुस्तान से हैं और बस, बल्ख को देखना

चाहते हैं। आदमी समझ नहीं पा रहा था कि कोई बरबाद, सुनसान शहर क्यों देखना चाहेगा?

उसने हमें सलाह दी कि अगर कोई हमसे पूछे तो उसे बताएँ कि हम हिंदुस्तान से आए हुए भारतीय हैं। इसके बाद, हमने शहर में प्रवेश किया, लेकिन प्रशासन नाम की कोई चीज वहाँ नजर नहीं आई; बस, एक सुनसान शहर हमारी आँखों के सामने था। शहर में सबकुछ बंद था और कुछ पुलिसकर्मियों के अलावा कोई भी नजर नहीं आ रहा था। अफगान सेना का भी कोई नामो-निशान नहीं था। हमने एक खुली चाय की दुकान देखी और वहाँ एक कप चाय पीने का फैसला किया।

चाय की दुकान के मालिक ने हमें बताया कि मुजाहिदीन के कई लड़ाके शहर के इर्द-गिर्द मौजूद थे, हालाँकि शहर में उनकी मौजूदगी नहीं थी। यहाँ के निवासियों ने मुजाहिदीन लड़ाकों के डर से भागकर शहर छोड़ दिया था, क्योंकि उन्हें विनाश का पूरा यकीन था। इस स्थिति से मैं निराश था, तो हमने सुनसान शहर को वैसे ही कवर किया, जैसा वह था। इसके बाद मैं, मेरी कैमरा टीम, मेरा दुभाषिया शहर से बाहर आ गए और उसकी दीवार पर एक आखिरी नजर डाली और वहाँ से लौट गए।

बल्ख की यात्रा ने मुझे एहसास दिलाया कि अमेरिका, सऊदी अरब और पाकिस्तान की प्रचार मशीनरी ने लोगों को कितना डरा दिया है! यह आश्चर्य की बात नहीं थी कि मुजाहिदीन लड़ाकों की धमकी के परिणामस्वरूप न केवल आबादी शहर छोड़ गई थी, बल्कि नागरिक प्रशासन भी गायब हो गया था।

हालाँकि, मैं इस बात से हैरान था कि इलाके में अफगान या सोवियत सैनिकों की गैरमौजूदगी क्यों थी! मैं यह समझ नहीं सका। मेरे दुभाषिए ने बताया कि सेना जल्द ही अंदर जाने वाली है। मुझे आश्चर्य हुआ कि सेना अब एक सुनसान शहर में क्या करेगी, एक ऐसा शहर, जिसने बिना किसी लड़ाई के लगभग आत्मसमर्पण कर दिया था! क्या शहर और उसके लोगों की रक्षा करना उनका काम नहीं था?

मैं मजार-ए-शरीफ के पास एक सरकारी गेस्ट हाउस में रह रहा था। कुछ सोवियत 'सलाहकार' भी वहाँ रह रहे थे। ये रूसी दारी बोलते थे, वह भाषा, जिसका उपयोग अधिकांश अफगान करते हैं, और स्थानीय प्रशासकों, सुरक्षा एजेंसियों और पुलिस को मुजाहिदीन लड़ाकों से क्षेत्रों को नियंत्रित करने, सँभालने और बचाने के तरीके के बारे में मार्गदर्शन, सलाह और प्रशिक्षण देने के लिए वहाँ थे। बल्ख में स्थानीय अधिकारी और पुलिस साफतौर पर विफल हो रहे थे। बल्ख की निराशाजनक यात्रा से पता चला कि अफगानिस्तान के अधिकांश कस्बों और शहरों में लड़ाई के डर से प्रशासन अब ढह रहा था।

मजार-ए-शरीफ, या मजार, जैसा कि अफगान इसे संदर्भित करते हैं, की मेरी यात्रा पर मुझे एहसास हुआ कि शहर अभी भी जीवंत था। इसकी एक वजह तो यह थी कि ये सोवियत सेना के ठिकानों में से एक था। दूसरी वजह यह थी कि वारलॉर्ड अब्दुल राशिद दोस्तम, जो अधिकांश सरदारों की तरह, एक भाड़े के सैनिक, लेकिन एक बहुत ही अमीर शख्स ने इसे नियंत्रित कर रखा था। उनका निवास बेहद शानदार कहा जाता था, जिसमें स्विमिंग पूल, रोमन मूर्तियाँ आदि थे, जिससे वह एक विशाल महल का नजारा देता था। मुझे कबीलाई क्षेत्रों में भारी हथियारों से लैस उनके लोगों को देखने के लिए ले जाया गया, जहाँ स्थानीय नेता और युवा दोस्तम को लेकर काफी उत्साहित थे। वह निश्चित रूप से इन लोगों की देखभाल करते थे, क्योंकि वे सभी प्रकार के हथियारों से अच्छी तरह से लैस होने के अलावा उनको अच्छी तरह से खिलाते-पिलाते और भुगतान करते थे।

मजार-ए-शरीफ कराकुल टोपी के लिए प्रसिद्ध है, जो वहाँ पाई जाने वाली कराकुल भेड़ के बच्चे की त्वचा से बनाई जाती है। मजार-ए-शरीफ में भी हजरत अली की दरगाह है। इस तीर्थस्थल को 'ब्लू मसजिद' के नाम से भी जाना जाता है। हजरत अली की मुख्य दरगाह इराक के नजफ में है। मजार-ए-शरीफ दरगाह अच्छी तरह से बनाया गया सुंदर स्मारक है। कई लोग अफगानिस्तान और विदेशों से हर दिन इस पवित्र स्थल की यात्रा करते

हैं। हमने इस पवित्र स्थल का दौरा किया और सैकड़ों लोगों को निडर होकर घूमते हुए पाया। दक्षिण में जलालाबाद था, जो नांगरहार प्रांत का एक बड़ा शहर था; उसकी एक बड़ी आबादी थी। यह पाकिस्तान की सीमा के करीब था, जहाँ से मुजाहिदीन लड़ाके अफगानिस्तान में घुसपैठ कर रहे थे। लड़ाई के बावजूद, बहुत लंबे समय तक शहर इससे प्रभावित नहीं हुआ। जलालाबाद में अफगान हिंदुओं और सिखों की एक छोटी आबादी भी थी। पाकिस्तान की सीमा के करीब होने के कारण शहर में आश्चर्यजनक रूप से मुजाहिदीन लड़ाकों की ज्यादा गतिविधि नहीं देखी गई थी।

हालाँकि, मुजाहिदीन लड़ाके आसपास के क्षेत्रों, विशेष रूप से कबीलाई इलाके में घुसपैठ कर रहे थे, और इससे अधिकांश निवासी हिंसा से बचने के लिए भाग रहे थे। लोगों ने अपने बीच में मुजाहिदीन लड़ाकों की मौजूदगी को नापसंद किया, क्योंकि सर्च ऑपरेशन के हिस्से के रूप में अफगान या सोवियत सैनिकों का हमला आमतौर पर तूफान से पहले की शांति का संकेत देता था।

पाकिस्तान की सीमाओं के करीब के प्रांतों, जैसे नांगरहार, पकतिया, खोस्त और कुनार में मुजाहिदीन लड़ाकों की बड़े पैमाने पर घुसपैठ देखी जा रही थी। सोवियत और अफगान सैनिक विद्रोहियों को साफ करने के लिए जल्दी से इन इलाकों में चले गए। गुरिल्लाओं से लड़ने के लिए न तो सोवियत सैनिकों और न ही अफगान सैनिकों को प्रशिक्षित किया गया था। पहाड़ी इलाके ने उनकी परेशानी और बढ़ा दी। इन स्थानों के विपरीत, घुसपैठियों पर नजर रखने के लिए सोवियत और अफगान सैनिकों की एक मंडली ने जलालाबाद को घेर लिया। हालाँकि, यह युद्ध फैल रहा था, लेकिन जलालाबाद तक नहीं पहुँचा था। शहर में सोवियत और अफगान दोनों सेनाओं की अच्छी मौजूदगी थी। यहाँ के जैतून के बगीचों की अच्छी तरह से देखभाल की गई थी।

जहाँ तक मैं बता सकता था, अफगानिस्तान पर पूर्व में हुए असफल हमलों के बारे में जानकारी की कमी की वजह से हालात पर तेजी से काबू

पाने की बेताबी को सोवियत सेना की विफलता का एक संभावित कारण माना जा सकता है। जैसा कि मैंने पहले लिखा है, यह केवल रणजीत सिंह और उनके जनरल, हरि सिंह नलवा, जोरावर सिंह आदि ही थे, जो अपने उद्देश्य को प्राप्त करने के तुरंत बाद देश छोड़ने से पहले अफगानों को वश में करने में कामयाब रहे थे। हालाँकि, यह भी एक तथ्य है कि अफगान उन क्षेत्रों को वापस पाने में सक्षम नहीं हो पाए, जिसको उन्हें शांति के बदले रणजीत सिंह को सौंपने के लिए मजबूर किया गया था। महाराजा की रणनीति अफगानिस्तान में अपनी किसी भी सेना को नहीं छोड़ने की थी।

मुजाहिदीन विद्रोहियों और सोवियत सैनिकों के सामने पैदा हुई समस्याएँ खुद में अनोखी थीं। हालाँकि, मुजाहिदीन के अधिकांश लड़ाके कट्टरपंथी इसलामी विचारधारा से पूरी तरह से जुड़े हुए थे और भाड़े के सैनिक थे, लेकिन वे अफगानिस्तान के लिए किसी राष्ट्रवादी के रूप में नहीं लड़ रहे थे। सोवियत सैनिकों को जिस समस्या का सामना करना पड़ रहा था, वह मुख्य रूप से नागरिकों को बगैर नुकसान पहुँचाए मुजाहिदीन लड़ाकों से एक इलाके को साफ करने की थी।

जहाँ तक काबुल की करमाल सरकार की बात है, तो अफगानिस्तान के लोगों को उससे कोई सहानुभूति नहीं थी। वे उसे अफगान सरकार के रूप में नहीं, बल्कि सोवियत संघ द्वारा उन पर थोपी गई सरकार मानते थे। उनके लिए, यह एक नास्तिक और इसलाम विरोधी कम्युनिस्ट सरकार थी। करमाल अपने विरोधियों के साथ संबंध सुधारने या गैर-कम्युनिस्ट नेताओं को लाकर अपनी सरकार को लोकप्रिय बनाने में विफल रहे थे। देश के हालात से नाखुश सोवियत संघ समस्या के समाधान में करमाल के प्रयासों में ज्यादा कुछ जोड़ पाने में सक्षम नहीं था।

चल रही लड़ाई ने न केवल यहाँ के पर्यटन को तबाह कर दिया, बल्कि अफगानिस्तान में व्यापार को भी खत्म कर दिया। पाकिस्तान ने चारों ओर से जमीन से घिरे इस देश के लिए व्यापार बाधाएँ पैदा करना जारी रखा, जो अपने माल की आवाजाही के लिए कराची बंदरगाह पर निर्भर था। निर्यात खेप

किसी-न-किसी कारण से बंदरगाह पर रोकी जाती रही। अफगान मुद्रा के मूल्य में लगातार गिरावट आई, जिससे लोगों पर मुद्रास्फीति का दबाव पैदा हुआ। हालाँकि अफगान चतुर थे। उनकी कम्युनिस्ट सरकार सोवियत संघ को प्रदान की गई सुविधाओं के बदले शुल्क वसूल रही थी। ऐसा लगता था, जैसे वे सोवियत संघ को अपने देश में होने के लिए चार्ज कर रहे थे! यह उनके लिए अच्छा राजस्व था, हालाँकि, मैं आँकड़े प्राप्त नहीं कर सका। बाजार में, रूबल के लिए कोई सम्मान नहीं था और काबुल के मुद्रा बाजार में इसमें बहुत कम या कोई व्यापार नहीं होता था। अफगानिस्तान में, सोवियत मुद्रा अब तक के सबसे निचले स्तर पर थी।

जैसे-जैसे साल बीतते गए, मुजाहिदीन लड़ाकों के हमले और सोवियत संघ के खिलाफ अमेरिका और उसके सहयोगियों का छद्म युद्ध देश के अन्य प्रांतों में भी फैल गया। न केवल सोवियत सैनिकों के बीच हताहतों की संख्या बढ़ रही थी, बल्कि यूएसएसआर का इस युद्ध पर खर्च भी बढ़ता जा रहा था।

कुछ क्षेत्रों में चीजें और भी ज्यादा खराब थीं। 1982 में हेरात पहुँचने पर मैंने पाया कि हवाई अड्डे पर कोई टैक्सी नहीं थी; बख्तरबंद सोवियत वाहन हवाई अड्डे से यात्रियों को शहर में ले जाते थे। ऐसा इसलिए था, क्योंकि हवाई अड्डे से शहर के रास्ते में पड़ने वाली आबादी सोवियत सैनिकों की दुश्मन थी। मुजाहिदीन के लड़ाके वहाँ अच्छी तादाद में थे और हवाई अड्डे से आने वाले वाहनों पर गोलीबारी करते थे। अपने जीवन में पहली बार टैक्सी के रूप में मैंने एक बख्तरबंद कार में यात्रा का पहला अनुभव लिया।

हेरात अफगानिस्तान के सबसे पुराने और तीसरे सबसे बड़े शहरों में से एक है। यह अपनी शराब के लिए जाना जाता था, विशेष रूप से एक इतालवी वाइनरी के सहयोग से अफगानों ने एक बहुत अच्छी रेड वाइन बनाई। ग्रामीण इलाके अंगूर के बागों से भरे हुए थे। हेरात पर अलेक्जेंडर द ग्रेट ने अपने विश्व विजय अभियान के दौरान हमला किया था और इसके इतिहास का एक बड़ा हिस्सा सिल्क रूट व्यापार से भी जुड़ा हुआ था।

वास्तव में, जब सिल्क रूट चालू था, तब हेरात दक्षिण एशियाई और

मध्य एशियाई गणराज्यों के बीच एक व्यापारिक केंद्र था। हेरात के माध्यम से भारत के साथ भी व्यापार किया जाता था। यह शहर अफगानिस्तान के दो बड़े और प्रसिद्ध कुलों, दुर्रानी और खिलजी का भी आधार रहा है। वास्तव में, नई दिल्ली में अपने कुछ समय के शासन के दौरान खिलजी ने हौज खास का निर्माण कराया था।

इस प्रकार, यह कोई संयोग नहीं है कि एक ऐतिहासिक शहर होने के नाते हेरात में कई प्राचीन स्मारक हैं, जिनमें विशाल मसजिद या जामी मसजिद शामिल है। इसे सुल्तान घियाथल-दीन मुहम्मद इब्न सैन यानी मोहम्मद गोरी ने बनवाया था। यहीं से मोहम्मद गोरी ने भारत पर हमला किया और 1192 में हरियाणा में तराइन की दूसरी लड़ाई में पृथ्वीराज चौहान को हराया। पहली लड़ाई पृथ्वीराज चौहान ने 1191 में जीती थी। जहीर शाह के अधीन हेरात एक जीवंत शहर था और तब चारों ओर समृद्धि भी थी। अपनी यात्रा के दौरान मैंने जो हेरात देखा, वह खस्ताहाल था। मेरे लिए यह समझना स्वाभाविक था कि मुजाहिदीन लड़ाकों और अफगान बलों के बीच सड़क पर लड़ाइयाँ हो रही थीं। मैं जिस होटल में रह रहा था, वह बुरी तरह क्षतिग्रस्त हो गया था और उसका पूरा स्टाफ भी नहीं था। मुझे रिसेप्शनिस्ट-मालिक ने सूचित किया था कि कई स्टाफ सदस्य अपने गाँवों में वापस चले गए हैं और फिर युद्ध से बचने के लिए अपने परिवारों के साथ पाकिस्तान भाग गए हैं।

हेरात एक घाटी में स्थित है और हरि नदी इसके माध्यम से बहती है। अफगानिस्तान के अधिकांश अन्य शहरों की तरह हेरात की आबादी 0.5 मिलियन (पाँच लाख) थी। यह प्रांत की राजधानी के तौर पर भी कार्य करता था, जो उत्तर में ईरान और तुर्कमेनिस्तान की सीमाओं पर स्थित है। इस प्रकार, इस पर कुछ फारसी प्रभाव था। इसके कई लोग फारसी बोलते थे, हालाँकि, प्रांत की आबादी काफी हद तक बहु जातीय थी।

जब मैं हेरात में था, तो मैंने पहली बार बुजकाशी का प्रसिद्ध खेल देखा। इस खेल में, घोड़ों पर सवार दो टीमें एक भेड़ के बच्चे की त्वचा ले जाती हैं, जो अखाड़े के दोनों छोर पर लक्ष्यों में जमा होती है। मैं भी उस भारी भीड़ का

हिस्सा था, जो दो टीमों के बीच मैच देखने आई थी और उत्साह से भरी हुई थी। दोनों टीमों के उत्साही समर्थक उन्हें गोल करने के लिए प्रेरित कर रहे थे।

पंजशीर की तरह, हेरात प्रांत में भी, सोवियत संघ के खिलाफ लड़ाई का नेतृत्व एक स्थानीय गुरिल्ला कमांडर ने किया था। मसूद के साथ इस्माइल खान काफी दोस्ताना था। यह आरोप लगाया गया था कि वह मुजाहिदीन लड़ाकों के प्रति सहानुभूति रखता है, ताकि सोवियत संघ के खिलाफ उसका इस्तेमाल किया जा सके। हेरात ने अतीत में भारत में अंग्रेजों द्वारा रूसी और फारसी प्रभाव से बचाने के प्रयासों को देखा था, ताकि उस प्रभाव को भारत तक पहुँचने से रोका जा सके। हेरात का इतिहास अपने आप में पूरी गंभीरता से पढ़ा जाता है।

हेरात प्रांत की अर्थव्यवस्था हमेशा से सेहतमंद रही है, क्योंकि इसमें कुछ बड़ी संगमरमर की खदानें और संगमरमर तराशने के उद्योग थे। यह प्रांत अफगानिस्तान द्वारा दुनिया भर में बेचे जाने वाले उत्कृष्ट केसर का लगभग 90 प्रतिशत भी उगाता है। यह केसर बहुत उच्च गुणवत्ता का है। चूँकि कृषि मुख्य गतिविधि थी, इसलिए प्रांत अफीम पर नहीं, बल्कि अंगूर के बागों, केसर और समृद्ध बागवानी पर निर्भर था। अफगानिस्तान में लड़ाई ने हेरात में शिक्षा क्षेत्र को बुरी तरह प्रभावित किया था। शहर के विश्वविद्यालय में नामांकन की दर में लगातार गिरावट देखी जा रही थी। मैंने विश्वविद्यालय का दौरा किया, जहाँ युवा पुरुष और महिलाएँ एक साथ पढ़ते थे।

भले ही मुझे हेरात सुरक्षित पहुँचने के लिए एक बख्तरबंद कार का इस्तेमाल करना पड़ा, लेकिन मुझे यह जानकर खुशी हुई कि यह शहर अपने आप में व्यस्त था। काबुल के विपरीत, इस शहर में सोवियत सैनिक नहीं देखे जाते थे। महिलाएँ सरकारी कार्यालयों में काम करती थीं। ईरान और हेरात के बीच सीमा चौकी पर सशस्त्र महिलाओं को देखकर मुझे सुखद आश्चर्य हुआ। मैंने इससे पहले कभी सशस्त्र अफगान महिलाओं को नहीं देखा था। सभी स्मारकों का दौरा करने और विश्वविद्यालय के कुछ प्रोफेसरों के साथ बात करने के बाद, मैं काबुल वापस चला गया। जिस तरह से शहर था, उससे

देखकर तो मुझे दुःख हुआ, लेकिन इसके लोग अभी भी इसे पुनर्जीवित करने की कोशिश कर रहे थे।

छद्म युद्ध अब अफगानिस्तान के अधिकांश हिस्सों में फैल चुका था। अर्थव्यवस्था के अपने सबसे निचले स्तर पर होने के साथ, अफगानिस्तान, जो पहले से ही एक गरीब देश था, अब भूख के कारण व्याकुल था। सोवियत संघ ने उस पर कुछ हद तक लगाम लगाने के लिए खाद्यान्न की आपूर्ति जारी रखी। हालाँकि, संघर्ष तेजी से फैल रहा था, जिससे व्यवसायों और नौकरियों की कमी के कारण पहले से ही पीड़ित लोगों को अत्यधिक कठिनाई हो रही थी। इस युद्ध को लड़ने वाले तीन सहयोगियों के हितों का टकराव था। अमेरिका सऊदी अरब के समर्थन से सोवियत संघ और उसके साम्यवाद को हराना चाहता था। पाकिस्तान का अपना उद्देश्य काबुल में एक ऐसी इसलामी सरकार स्थापित करना था, जो भले उस पर निर्भर न हो, लकिन उसके प्रभाव में जरूर हो। यह युद्ध दो दुश्मनों के बीच की लड़ाई नहीं थी, जिनकी सेनाएँ एक निर्णायक लड़ाई लड़तीं और इसे अपने स्वाभाविक अंजाम तक ले जातीं!

इस मामले में कहा जाता है कि सोवियत सेना तो देश और उसकी कम्युनिस्ट सरकार को विदेशी हस्तक्षेप से बचाने के लिए थी, लेकिन गुरिल्ला हमलों के कारण उसे नुकसान हो रहा था। 1986 के अंत तक इस संघर्ष का कोई अंत नहीं दिख रहा था, जिसे दुनिया एक युद्ध के रूप में समझ रही थी।

□

6

गर्त में जाती अफगान अर्थव्यवस्था

अफगानिस्तान में कोयला, ताँबा, लौह अयस्क, नमक, लिथियम, सल्फर, जस्ता, तेल, प्राकृतिक गैस के साथ-साथ सोने और चाँदी सहित 1,200 से अधिक खनिज संसाधन हैं, लेकिन इनका पूरी तरह से दोहन नहीं किया जा सका है। अगर इन संसाधनों और धातुओं का 10 या 15 प्रतिशत भी खनन किया जाता तो अफगानिस्तान एक समृद्ध देश होता! उत्तरी अफगानिस्तान पन्ना, रूबी और लापिस लाजुली जैसे कीमती पत्थरों से भरा हुआ है। वास्तव में इन पत्थरों ने मसूद को अपनी सेनाओं के लिए हथियार और अन्य सामग्री खरीदने में मदद की थी और पंजशीर के लोगों को एक अच्छा जीवन मुहैया कराया था।

जहीर शाह के शासनकाल को अफगानों द्वारा हाल के दिनों में अपने जीवन में सबसे शांतिपूर्ण अवधि के रूप में याद किया जाता है, इसके बावजूद, राजा ने अपने देश में उपलब्ध खनिज संसाधनों या कीमती धातुओं के विकास पर ज्यादा ध्यान नहीं दिया। अफगानिस्तान की अर्थव्यवस्था काफी हद तक कंधार से फलों के निर्यात और वितरण या विदेशी सरकारों, विशेष रूप से सोवियत संघ से सहायता पर निर्भर रही। काबुल सूखे फलों और कालीनों के निर्यात का एक बड़ा केंद्र रहा है।

यह कई लोगों के लिए आश्चर्य की बात हो सकती है, लेकिन अफगानिस्तान मुद्राओं में सौदा करने वाले दुनिया के चंद देशों में से एक रहा है। काबुल का मुद्रा बाजार भले ही छोटा था, लेकिन इसने तेजी से कारोबार

किया। आमतौर पर यह उम्मीद की जाती है कि एक जीवंत मुद्रा बाजारवाले देश की अर्थव्यवस्था भी सुदृढ़ होगी। अफगानिस्तान के केंद्रीय बैंक 'द अफगानिस्तान बैंक' ने मुद्रा बाजार की रिपोर्ट के आधार पर विनिमय की दरें तय कीं; इस मुद्रा बाजार की ताकत ऐसी ही थी।

1980 के दशक के मध्य तक अफगानिस्तान की मुद्रा 'अफगानी' काफी मजबूत मुद्रा थी। एक दौर में जब 1 डॉलर आधिकारिक तौर पर (INR) 21 का होता था और खुले बाजार में 25 और 30 रुपए के बीच विनिमय किया जाता था, तब 1 डॉलर की कीमत 15 से 18 अफगानी हुआ करती थी। हालाँकि, अफगानिस्तान में रूबल का लगभग कोई मूल्य नहीं था। वास्तव में, सोवियत मुद्रा आज भी दुनिया में कहीं भी स्वीकार नहीं की जाती है।

अफगानों को बड़े व्यापारियों और साहूकारों के रूप में जाना जाता है। काबुल में स्थित लोग मध्यम वर्ग के व्यापारियों, उद्योगपतियों और व्यापारियों के लिए पूँजी का मुख्य स्रोत थे। ऐसे कई लोग थे, जिन्होंने भारत को साहूकारी व्यवसाय में प्रवेश करने के लिए प्रेरित किया। काबुलीवालों के रूप में जाने वाले लोगों ने पश्चिम बंगाल और बिहार में अपना व्यापार किया। भारत में कई कहानियाँ हैं कि कैसे काबुलीवालों ने भारत में अपने लिए घर बनाया, जिसमें नोबेल पुरस्कार विजेता रवींद्रनाथ टैगोर की 'काबुलीवाला' नामक एक बहुप्रसिद्ध कहानी भी शामिल है। हालाँकि, अमीन के बाद ताराकी ने अफगानिस्तान में साहूकारों के कारोबार पर प्रतिबंध लगा दिया। कम्युनिस्ट सरकार के इन कदमों ने देश की अर्थव्यवस्था को गंभीर झटका दिया। लड़ाई फैलने के बाद यह स्थिति और खराब हो गई।

दाउद के खिलाफ अप्रैल 1978 के तख्तापलट के बाद अफगानिस्तान में कम्युनिस्ट सरकार का उदय कृषि के लिए एक बड़ा झटका साबित हुआ। ताराकी ने बड़े भूस्वामियों से भूमि का अधिग्रहण करके और इसे भूमिहीन किसानों के बीच वितरित करके भूमि सुधार किए थे। मगर इस सुधार को जिस तरह अंजाम दिया गया था, वह एक त्रासदी ही थी। भूमिहीनों में बाँटने के लिए पर्याप्त भूमि थी, जिससे काफी मात्रा में उपज पैदा करने में सक्षम

होती, लेकिन बाँटी जाने वाली जमीन का आकार काफी छोटा था, क्योंकि इरादा यह था कि उन्हें सहकारी समितियों और किसानों में एक साथ भूमि तक जोड़ा जाना चाहिए। हालाँकि, अशिक्षित किसान सहकारी समितियों के बारे में बहुत कम जानते थे और ऐसी संरचनाओं में शामिल होने में कोई दिलचस्पी नहीं रखते थे। दुनिया भर के किसान आमतौर पर ऐसी सहकारी समितियों के खिलाफ होते हैं, जैसा कि चीन में देखा गया था, जब माओ त्से तुंग ने इसे लागू किया था, जिससे देश में अकाल पड़ गया था। ताराकी के सुधारों ने नए जमींदारों को अपनी छोटी जोतों को गिरवी रखने या बेचने से भी मना किया। नतीजतन, कई नए जमींदार चाहते थे कि मूल मालिक जमीन वापस ले लें और उन्हें पहले की तरह जोतने के लिए नियोजित करें। भूमि के विशाल हिस्सों के अधिकांश पूर्व मालिक वरिष्ठ पदों पर सरकार के लिए काम करते थे या सेना में अधिकारी थे या कबीलाई कुलों के प्रमुख थे, उन्हें उनसे छीनी गई भूमि के लिए कोई मुआवजा नहीं मिला।

मोहम्मद नजीबुल्लाह, जिन्हें आमतौर पर 'डॉ. नजीब' के नाम से जाना जाता है, ने 1987 में जब देश की बागडोर सँभाली, तो उन्हें इन भूमि 'सुधारों' के बारे में पता था। वे इस नीति से कभी सहमत नहीं थे, लेकिन वे इस तरह के पथभ्रष्ट सुधारों को रोकने की स्थिति में नहीं थे। तब उनके विरोध का नतीजा यह हो सकता था कि ताराकी उन्हें मरवा सकता था। अपनी सरकार को गैर-कम्युनिस्ट के रूप में पेश करने के अपने प्रयासों के हिस्से के रूप में, नजीबुल्लाह ने इनमें से कई गलतियों को सुधारने के लिए तत्काल कदम उठाए। हालाँकि दुर्भाग्य से, अर्थव्यवस्था को नुकसान पहले ही हो चुका था।

काबुल निर्यात के सामानों के लिए मुख्य वितरण केंद्र था—मुख्य रूप से ताजे और सूखे फल, कालीन और तेल सहित जैतून के उप-उत्पाद शामिल थे। देश में खाद्यान्न, खाना पकाने का तेल, कपड़ा और अन्य उपभोक्ता वस्तुओं की भारी माँग के कारण उनका आयात किया जाता था। दैनिक उपयोग और विलासिता के उत्पादों के लिए आयात की जाने वाली अधिकांश वस्तुओं को पश्तून क्षेत्र में लांडी कोटाल के रास्ते से पाकिस्तान में तस्करी

किया जाता था। लांडी कोटाल और पाकिस्तान के पश्तून कबीलाई इलाकों ने कभी भी पाकिस्तान की संप्रभुता को स्वीकार नहीं किया है, जो पहले से अंग्रेजों ने उनके ऊपर थोप दी थी। अंग्रेज इलाके में अपने राजनीतिक एजेंट के कार्यालय के माध्यम से कबीलाई प्रमुखों को वार्षिक अनुदान देकर जनजातियों को वफादार बनाए रखते थे। लैंडलॉक होने के कारण, अफगानिस्तान केवल कराची बंदरगाह या हवाई मार्ग से दुनिया के साथ व्यापार कर सकता था। भारत के साथ, यह पाकिस्तान के माध्यम से या हवाई मार्ग से या भूमि मार्ग से व्यापार कर सकता है। हालाँकि, देश में लड़ाई के कारण भूमि मार्ग अकसर अफगान व्यापारियों के लिए बंद कर दिया जाता था।

बागवानी को भी नुकसान हुआ, क्योंकि हिंसा के कारण किसान काबुल के बाजार में अपनी उपज नहीं ले जा सके। भारत के लिए भूमि मार्ग पाकिस्तान द्वारा अधिकांश समय बंद कर दिया जाता था और इसलिए उत्पादों को भारत में भी नहीं भेजा जा सकता था। यह शायद पाकिस्तान द्वारा अपने व्यापारियों की मदद करने के लिए किया जाता था! उन्होंने कीमतों की बात आने पर अफगानों का शोषण करने के लिए स्थिति का लाभ उठाया—उन्होंने अफगानों से सस्ते में उत्पाद खरीदे और इसे ऊँची कीमत पर बेच दिया या भारत में तस्करी की। कंधार में फलों का व्यापार प्रभावित हुआ, क्योंकि मुजाहिदीन लड़ाकों ने इस क्षेत्र में घुसपैठ की। वहीं उपभोक्ता सामानों के लिए कारोबार सामान्य रूप से चलता रहा, जिसे अफगानिस्तान कराची के माध्यम से आयात कर रहा था। इन सामानों का मुख्य बाजार पाकिस्तान था, जहाँ लांडी कोटल से इन सामानों की तस्करी की जाती थी।

सोवियत सैनिकों के आगमन से पहले जो पर्यटन फल-फूल रहा था, उसे एक बड़ा झटका लगा था। देश में विदेशी पर्यटकों का आगमन शून्य हो गया था। लड़ाई से पहले, कई पर्यटक कार से यूरोप से अफगानिस्तान की यात्रा करते थे। यहाँ तक कि लंदन से काबुल और लंदन से दिल्ली वाया काबुल के लिए नियमित बस सेवाएँ भी चलती थीं। मुजाहिदीन लड़ाकों के कारण भारत से आने वाले यात्री भी अब देश से दूर रहते थे। इसका मतलब

था कि प्रमुख होटलों में बहुत सारे खाली कमरे थे, जबकि बजट यात्रियों को पूरा करने वाले छोटे होटल बंद हो गए थे। अफगान हस्तशिल्प और प्राचीन वस्तुओं को बेचने वाली दुकानें भी बंद होने लगीं या इक्का-दुक्का ग्राहकों के आने की आस में यूँ ही सामान दुकानों में लटके पड़े रहे।

दुनिया भर के देश आमतौर पर विदेशी निवेश को प्रोत्साहित करते हैं, लेकिन अफगानिस्तान ने अपने शांतिपूर्ण दिनों में भी इसकी अनुमति नहीं दी। जैसा कि मुझे बताया गया था कि इसके पीछे का उद्‌देश्य अफगान व्यापारियों को विदेशी भागीदारों को लाए बिना अपने व्यवसायों को बढ़ाने के लिए प्रोत्साहित करना था। इस प्रकार, अफगानिस्तान में बाजार, जो अब अपनी सबसे बड़ी मंदी के दौर में थे, उनको विदेशी निवेश से कोई समर्थन नहीं मिला। साहूकारों को भी ताराकी ने निष्कासित कर दिया था। पर्यटन के अंत का मतलब निचले और मध्यम स्तर पर भी बड़े पैमाने पर नौकरियों का नुकसान था। प्रभावित लोगों और व्यवसायों में गाइड, टैक्सी चालक, फूड आउटलेट आदि शामिल थे।

दुर्भाग्य से, सोवियत सैनिकों की मौजूदगी बाजारों के लिए व्यवसाय में बदलाव नहीं ला सकीं, क्योंकि वे सैनिक खुले बाजार से कुछ खरीदते ही नहीं थे। इसके अलावा, सोवियत सैनिकों के पास खरीदारी करने के लिए केवल रूबल ही थे, लेकिन दुकानदारों को सोवियत मुद्रा में कोई दिलचस्पी नहीं थी। मुझे याद है कि 1981 में मैं काबुल के प्राचीन बाजार में एक दुकान पर गया था, और जब दुकानदार ने सरकार की तरफ से मुझे दिए गए 'माइंडर' (सुरक्षाकर्मी) को देखा तो नाराज हो गया था।

कहने को तो वह मेरी सुरक्षा के लिए मौजूद था, लेकिन उसका असली काम मुझ पर नजर रखना और अफगानिस्तान सरकार को रिपोर्ट करना था, जो भी मैं एक पत्रकार के रूप में कवर कर रहा था। उसे देखकर दुकान मालिक ने उसे और सरकार को जमकर कोसा कि देश और कारोबार के साथ सरकार ने क्या किया है! उसने मुझे बताया कि वे नहीं चाहते थे कि कोई सोवियत सैनिक खरीदारी करने के लिए उनकी दुकान में आए, क्योंकि उनके

पास कोई डॉलर नहीं रहता था। चूँकि रूबल बेकार था, तो सोवियत सैनिक आमतौर पर कुछ खरीदारी के लिए वस्तु विनिमय के लिए रूसी शैम्पेन या कैवियार लाते थे; पर वह उन्हें भी नहीं चाहता था। मुझे यह सुनकर और इलाके की सभी दुकानों पर पसरे सन्नाटे को देखकर काफी दुःख हुआ। कई दुकानें बंद भी हो चुकी थीं। खुशहाल समय में, यह सड़क हमेशा विदेशी पर्यटकों से भरी रहती थी। जब मैंने 1975 में देश का दौरा किया था और आगे चलकर लड़ाई शुरू होने से पहले मैंने खुद यह सब देखा था।

मैंने 1975 में काबुल से लगभग तीस मिनट की ड्राइव पर स्थित एक बहुत अच्छे रिजॉर्ट शहर इस्तालिफ का दौरा किया था। इस जगह पर विदेशी और स्थानीय, दोनों तरह के आगंतुकों की भीड़ थी। दुकानों में तेजी से कारोबार हो रहा था। जब मैंने 1982 में शहर का दौरा किया, तो मुझे पता चला कि यह एक आभासी भूत शहर बन चुका था। कई सुंदर ऊँचे पेड़, जो सैकड़ों साल पुराने थे, युद्ध के कारण काट दिए गए थे। मुजाहिदीन लड़ाकों के इलाके में होने के डर से ज्यादातर दुकानें, गेस्ट हाउस और छोटे होटल बंद हो गए थे और निवासियों ने शहर छोड़ दिया था। एक जगह जो नीले अफगान मिट्टी के बरतनों के लिए प्रसिद्ध थी, वहाँ अब इसे बनाने वाले कुम्हार नहीं बचे थे। इस रिजॉर्ट शहर की गिरावट अफगानिस्तान की गिरती अर्थव्यवस्था की एक सच्ची तसवीर थी।

अप्रैल 1978 में दाउद के खिलाफ तख्तापलट के साथ शुरू हुई अस्थिरता 1979 के अंत में सोवियत सैनिकों के आगमन के साथ कम हो गई। 1982 तक, यह अनुमान लगाया गया था कि लगभग चालीस लाख अफगानों ने पाकिस्तान और ईरान में शरण ली थी। जैसे-जैसे छद्म युद्ध जारी रहा, देश छोड़ने वालों की संख्या बढ़ती चली गई। देश से इतनी बड़ी संख्या में लोगों के जाने का सीधा असर अफगान कृषि पर पड़ा। देश छोड़कर भागने वालों में बड़ी संख्या गाँवों से थी।

अफगानिस्तान की अर्थव्यवस्था कभी भी विशेष रूप से शानदार नहीं थी, क्योंकि यह अपने प्राकृतिक संसाधनों का बहुत सीमित दोहन करने वाला एक

गरीब देश था। यह काफी हद तक शीतयुद्ध के दोनों गुटों से बाहरी सहायता और भारत जैसे देशों से मदद पर निर्भर था। भारत से सहायता ज्यादातर स्वास्थ्य क्षेत्र से जुड़ी थी। युद्ध के कारण, अर्थव्यवस्था अब सोवियत संघ से सहायता पर कहीं अधिक निर्भर हो गई थी। पश्चिमी देशों ने मदद नहीं की।

काबुल में सरकार ने शायद ही गिरती अर्थव्यवस्था पर कोई ध्यान दिया। ताराकी या अमीन या करमाल की कम्युनिस्ट सरकारों ने अफगान पारगमन व्यापार की मात्रा या माल कहाँ जा रहा है, इस पर नजर नहीं रखी। चूँकि विभिन्न स्तरों पर भ्रष्टाचार था, इसलिए कदाचार में लिप्त लोगों में से किसी को भी कभी पकड़ा नहीं गया। कहा जाता है कि पाकिस्तान में उपभोक्ता वस्तुओं की इस कालाबाजारी और तस्करी ने भी देश की अर्थव्यवस्था को नुकसान पहुँचाया। कराची के रास्ते अफगानिस्तान को आयातित उपभोक्ता और लक्जरी वस्तुओं पर लगने वाले सीमा शुल्क से पाकिस्तान को काफी राजस्व प्राप्त हो सकता था, लेकिन उसे भारी नुकसान हो रहा था। लांडी कोटल के माध्यम से तस्करी में आए ये सामान ही बड़े पैमाने पर पाकिस्तान में बिक्री के लिए उपलब्ध थे।

लड़ाई से मामूली बुनियादी ढाँचे को भारी नुकसान हो रहा था। बारूदी सुरंग विस्फोटों के कारण कई क्षेत्रों में सड़कें क्षतिग्रस्त कर दी गईं, जो एक आम युद्धकालीन रणनीति थी। काबुल से जलालाबाद जाने वाली सड़क इतनी सुगम हुआ करती थी कि कोई भी तीन से चार घंटे में कार से दूरी तय कर सकता था। शहरों के बीच एक बस सेवा भी थी। हालाँकि, अब वह सब खत्म हो गया था। सड़क मार्ग से यात्रा करने से न केवल कार को नुकसान होता था, बल्कि दस से बारह घंटे या उससे भी अधिक समय लगता था।

1990 तक काबुल हवाई अड्डे के आसपास की पहाड़ियों को मुजाहिदीन लड़ाकों ने अपने कब्जे में ले लिया था। इससे हवाई यात्रा जोखिम भरा मामला बन गया था। 1979 के अंत में अफगानिस्तान में सोवियत सैनिकों के प्रवेश के बाद काबुल और पश्चिमी देशों के बीच यात्री और कार्गो दोनों उड़ानों को रोक दिया गया था। जैसा कि पहले बताया जा चुका है, इसके

परिणामस्वरूप पर्यटन का पतन हो गया था और यूरोपीय देशों के साथ आयात और निर्यात व्यापार भी लगभग मृतप्राय हो गया था।

अफगानिस्तान से यूरोपीय देशों को एक प्रमुख मूल्यवर्धित निर्यात उच्च गुणवत्ता वाले अफगान कालीनों का था। इन कालीनों को यूरोप में अत्यधिक कीमतों पर बेचा जाता था। यूरोप को अपने गुणवत्तावाले सामानों का निर्यात करने में विफलता के परिणामस्वरूप न केवल काबुल में निर्यातकों को, बल्कि कालीन बुनकरों को भी भारी नुकसान हुआ। वे कालीन बुनाई में कम समय के लिए और बेहद खराब भुगतान पर रखे जाते थे, लेकिन वे इस कला में पारंगत थे। सोवियत संघ को निर्यात सीमित थे और ये पश्चिमी यूरोप के साथ खत्म हुए व्यापार की भरपाई नहीं कर सकते थे।

युद्ध के परिणामस्वरूप पाकिस्तान, ईरान और मध्य एशियाई गणराज्यों के करीब कुछ क्षेत्रीय अफगान प्रांतों में स्थानीय व्यापार का विकास हुआ। मसूद ने अपने प्रांत के लिए हथियार और सामान खरीदने के लिए पंजशीर में खनन किए गए कीमती पत्थरों का इस्तेमाल किया। उन्होंने ताजिकिस्तान के माध्यम से व्यापार किया। उन्होंने पंजशीर की देखभाल की, जिसने अपनी अर्थव्यवस्था विकसित की थी। इसी तरह, हेरात ने ईरान के साथ अपना व्यापार विकसित किया। कांधार ने पाकिस्तानी व्यापारियों के साथ भी ऐसा ही किया।

संसाधनों की जरूरत पूरी करने के लिए काबुल में सरकार ने करंसी नोटों की छपाई का सहारा लिया। इससे महँगाई बढ़ी, जिससे पहले से ही युद्ध का दर्द झेल रहे लोगों का जीना मुश्किल हो गया। मुद्रास्फीति का मतलब खाद्य और अन्य आवश्यक वस्तुओं की कीमतों में वृद्धि थी। प्राकृतिक गैस, जो सोवियत संघ को अफगानिस्तान का प्रमुख निर्यात था, को भी नुकसान उठाना पड़ा; क्योंकि गैस क्षेत्रों वाले क्षेत्र मुजाहिदीन लड़ाकों के तेज हमलों की चपेट में आ गए थे। तोड़-फोड़ को रोकने के लिए गैस क्षेत्रों को बंद कर दिया गया और कुओं पर ढक्कन लगा दिए गए। अफगानिस्तान की अर्थव्यवस्था युद्ध से भले ही नष्ट न हुई हो, लेकिन इससे बुरी तरह प्रभावित अवश्य हुई थी। □

7

नजीबुल्ला का शासनकाल

काबुल में करमाल सरकार अफगानिस्तान के लोगों के बीच अलोकप्रियता के चार्ट में सबसे ऊपर रही। अपने प्रशासन के आधार को व्यापक बनाने और अफगानिस्तान में सोवियत सैनिकों को बुलाने के लिए उन्हें जिम्मेदार ठहराने के अलावा उनके देश ने उन्हें अपनी सभी समस्याओं के लिए भी दोषी ठहराया, जिसमें व्यापार में गिरावट, पर्यटन का खात्मा, शिक्षित लोगों के बीच बढ़ती बेरोजगारी आदि बातें शामिल थीं।

मई 1986 में सोवियत संघ की कम्युनिस्ट पार्टी के नए महासचिव मिखाइल गोर्बाचेव ने करमाल को पीडीपीए महासचिव के रूप में अपना पद छोड़ने के लिए कहा। उनको सरकार से भी जाना पड़ा। इसके बाद नजीबुल्लाह ने करमाल से सरकार की बागडोर सँभाली। नजीबुल्लाह हमादा जनजाति से ताल्लुक रखने वाले पश्तून नेता थे, जो काफी सरल व्यक्तित्व रखते थे और इसी वजह से उनका पार्टी में काफी तेजी से उदय हुआ था। उन्होंने अफगानिस्तान की खुफिया और सुरक्षा एजेंसी खदामत-ए-ऐतल'आत-दौलती (केएचएडी) को बहुत कुशलता से चलाया था और बाद में उन्हें पीडीपीए पोलित ब्यूरो में नियुक्त किया गया था। वे जनजातियों और कबीलाई प्रमुखों की स्वायत्तता का सम्मान करने के पक्ष में भी थे। यह कुछ ऐसा था, जो उनसे पहले के कम्युनिस्ट नेताओं ने नहीं किया था।

पदभार सँभालने के तुरंत बाद नजीबुल्लाह ने देश में शांति लाने की दिशा में काम करना शुरू कर दिया। अफगानिस्तान में लड़ाई को समाप्त करने

की दिशा में आगे बढ़ते हुए उन्होंने विपक्षी नेताओं से संपर्क करना शुरू कर दिया। यहाँ तक कि उन्होंने मुजाहिदीन लड़ाकों को लड़ाई छोड़ने और सरकार के भीतर रोजगार हासिल करने के लिए प्रोत्साहित करने के लिए एक प्रणाली भी स्थापित की थी। उनकी पहल को आंशिक सफलता भी मिली, क्योंकि उनमें से कुछ ने आत्मसमर्पण कर दिया और उन्हें तुरंत अफगान मिलिशिया का हिस्सा बना दिया गया। सरकार में काम करने के लिए उन्होंने कुछ बुद्धिजीवियों को आकर्षित भी किया था।

नजीबुल्लाह को इसका श्रेय जाता है कि उन्होंने एक दलीय प्रणाली को समाप्त करते हुए अन्य सभी दलों को सक्रिय होने और राष्ट्रीय राजनीति में भाग लेने के लिए कहा। उन्होंने अपने नए संविधान में इसलाम को अफगानिस्तान का आधिकारिक धर्म भी बनाया और समाजवाद या समाजवादी अर्थव्यवस्था के सभी संदर्भों को हटा दिया। उन्होंने पीडीपीए का नाम बदलकर 'वतन पार्टी' (पार्टी ऑफ द नेशन) कर दिया। वे चाहते थे कि उनकी सरकार को गैर-कम्युनिस्ट के रूप में देखा जाए। इसे हासिल करने के लिए उन्होंने कम्युनिस्ट पार्टी को लगभग अस्वीकार कर दिया। अपनी सरकार को व्यापक और राष्ट्रीय बनाने के लिए उन्होंने पेशावर के अफगान नेताओं से भी संपर्क किया।

नजीबुल्लाह ने सितंबर 1986 में एक 'राष्ट्रीय समझौता आयोग' की स्थापना की, ताकि सभी पक्ष एक साथ आ सकें और अफगानिस्तान की सेवा करने के लिए संभावनाएँ तलाश सकें। नजीबुल्लाह अपने प्रयासों के प्रति ईमानदार थे, भले ही उन्हें पेशावर स्थित विपक्षी नेताओं से सकारात्मक प्रतिक्रिया नहीं मिली।

पेशावर में बैठे विपक्षी नेता आईएसआई के एक तरह से नियंत्रण में थे और पाकिस्तान को नजीबुल्लाह की पहल पसंद नहीं आई; क्योंकि यह आशंका थी कि उनके ऐसा करने से काबुल में पाकिस्तान समर्थक सरकार स्थापित करने का उद्देश्य विफल हो जाएगा।

हालाँकि, नजीबुल्लाह अफगान सरकार पर लगा साम्यवाद का ठप्पा

हटाने और उसके बचे-खुचे अवशेषों को खत्म करने की अपनी योजनाओं पर आगे बढ़े। नए संविधान में, उन्होंने राज्य के प्रमुख को विधायिका के प्रति पूरी तरह से जवाबदेह बनाया। वास्तव में, नजीबुल्लाह एक लोकतांत्रिक अफगानिस्तान की दिशा में काम कर रहे थे, जहाँ देश में एक निर्वाचित सभा होती। देश में एक बहुदलीय प्रणाली के साथ उन्होंने स्थानीय चुनावों की प्रक्रिया भी आगे बढ़ाई। इन सभी कदमों तथा कुछ व्यवसायों और व्यापार के पुनरुद्धार ने उन्हें अपने पूर्ववर्तियों करमाल, अमीन और ताराकी के विपरीत लोगों के लिए अधिक स्वीकार्य बनाने में मदद की। पाकिस्तान की झुँझलाहट बढ़ाने और अपने पूर्ववर्तियों के विपरीत, नजीबुल्लाह ने लोगों के खिलाफ क्रूर उपायों का इस्तेमाल नहीं किया।

ब्रेझनेव की मौत और गोर्बाचेव के सत्ता में आने के बाद से मॉस्को में चल रहे घटनाक्रम पर नजीबुल्लाह नजर बनाए हुए थे। अफगान सरकारों के अधिकांश प्रमुख, विशेष रूप से दाउद के बाद से, अपने आर्थिक और सैन्य अस्तित्व के लिए पूरी तरह सोवियत संघ पर निर्भर थे। हालाँकि सोवियत संघ सैन्य शक्ति में एक विश्व शक्ति के रूप में उभरा था, लेकिन यहाँ के नागरिक समृद्ध नहीं थे। यहाँ तक कि सोवियत संघ में दैनिक जरूरत के सामानों की आपूर्ति अनियमित थी। मॉस्को में दफ्तरों में कर्मचारियों के लिए हमेशा एक बैग लेकर जाना आम चलन था। वो इसलिए कि अगर दुकानों में अचानक कुछ उपलब्ध हो गया तो उसे खरीद लिया जाए! अर्थव्यवस्था का पूरा ध्यान, जो सिर्फ सार्वजनिक क्षेत्र था, हथियारों के निर्माण पर था। उपभोक्ता वस्तुओं का निर्माण बहुत कम होता था।

गोर्बाचेव ने मॉस्को में कार्यभार सँभाला

मॉस्को में सत्ता में आने के बाद से गोर्बाचेव ने अर्थव्यवस्था, राज्य व्यय और कम्युनिस्ट शासन की सोवियत प्रणाली में सुधार की नीति को प्रभावित करने वाले मुद्दों पर अपना ध्यान केंद्रित करना शुरू किया। गोर्बाचेव को अपने पार्टी तंत्र से भी निपटना पड़ा, जो उनके प्रस्तावित सुधारों से उत्साहित

नहीं था और राज्य नियंत्रण की यथास्थिति चाहता था। इस विरोध के बावजूद, गोर्बाचेव ने आगे बढ़ने तथा पार्टी और सरकार के कामकाज को लोकतांत्रिक बनाने का फैसला किया। जैसा सुधार उन्होंने पेश किया गया था, उसने गोर्बाचेव के पक्ष और विपक्ष दोनों तरफ प्रतिक्रियाएँ पैदा कीं। उन्होंने यह भी महसूस किया था कि सोवियत संघ अफगानिस्तान में युद्ध जारी रखने की स्थिति में नहीं था। यह न केवल लोगों की जान ले रहा था, बल्कि देश की नाजुक अर्थव्यवस्था को भी नुकसान पहुँचा रहा था। इस सब मंथन के बीच सोवियत संघ ने अफगानिस्तान में लड़ने और उस देश में साम्यवाद को बचाने की इच्छाशक्ति खो दी।

यहाँ तक कि जब ये सभी घटनाक्रम मॉस्को में हो रहे थे, नजीबुल्लाह ने अफगानिस्तान के शासन में सुधार शुरू कर दिया था। वे जानते थे कि करमाल द्वारा अफगानिस्तान में सोवियत सैनिकों को बुलाने के बाद पाकिस्तान, सऊदी अरब और अमेरिका के दखल से उनके देश में युद्ध शुरू हुआ था। वर्ष 1979 के अंत में सोवियत सैनिकों के आगमन ने अफगानिस्तान के लोगों को नाराज कर दिया था। कम्युनिस्ट सरकार अलोकप्रिय थी और उसे इसलाम के खिलाफ माना जाने लगा था। यह अफगान लोगों की मंजूरी हासिल करने की उम्मीद नहीं कर सकती थी, क्योंकि देश करमाल के बुलाए गए सोवियत सैनिकों से भरा हुआ था।

अफगानिस्तान में युद्ध ने देश की अर्थव्यवस्था को बरबाद कर दिया था और हर तरफ अशांति पैदा कर दी थी, जिससे लाखों लोगों को पाकिस्तान और ईरान में शरण लेने के लिए मजबूर होना पड़ा था। कई अफगान हिंदुओं और सिखों ने भारत, यूरोप और कनाडा में अपना रास्ता बना लिया था। अफगानिस्तान वास्तव में अमेरिका और सोवियत संघ के बीच छद्म युद्ध का शिकार हो गया था और इसका सबसे ज्यादा नुकसान वहाँ के लोगों को हुआ था। नजीबुल्लाह जानते थे कि अगर उन्हें अपने लोगों की स्वीकृति हासिल करनी है, तो सोवियत सैनिकों को जाना होगा। इसे ध्यान में रखते हुए उन्होंने अपनी सरकार से साम्यवाद के सभी संकेतों को हटाने के लिए कदम उठाए।

वे नहीं चाहते थे कि उनकी सरकार पर भी कम्युनिस्ट होने का ठप्पा लग जाए।

नजीबुल्लाह ने एक और कमी पाई कि अफगान सेना उतनी मजबूत नहीं थी, जितनी 1978–79 में हुआ करती थी। सोवियत सेना के आगमन ने अफगान सेना को दूसरे नंबर पर ढकेल दिया था; इसके साथ ही अफगान सेना के कई सैनिक और अधिकारी सेना छोड़ चुके थे। उन्होंने महसूस किया कि अफगान सेना को मुजाहिदीन और अन्य विद्रोहियों से लड़ना चाहिए था। अब वे चाहते थे कि अफगान सेना सोवियत सैनिकों की जगह ले ले और उसे बरकरार रखने में सक्षम हो। उन्होंने अफगान सेना को देश की रक्षा की जिम्मेदारी लेने के लिए तैयार करना शुरू कर दिया। उन्होंने सेना में भरती की संख्या बढ़ाते हुए उन्हें हथियारों से लैस करने के लिए सोवियत संघ से भारी हथियार सहायता पर जोर दिया। सेना के लिए हथियार प्राप्त करने के लिए उनके पास उपलब्ध यह एकमात्र जरिया था। वे वरिष्ठ सैन्य अधिकारियों का विश्वास जीतने में सक्षम थे, जो उनकी योजना से सहमत थे। वे सोवियत सेना के जल्द ही अफगानिस्तान छोड़ने के विचार से भी खुश थे।

सोवियत संघ ने भी नजीबुल्लाह की बढ़ती अफगान सेना को लैस करने के लिए हथियार सहायता के अनुरोध पर सकारात्मक प्रतिक्रिया व्यक्त की। जब गोर्बाचेव ने अफगानिस्तान से सोवियत सेना की वापसी के विषय पर चर्चा की तो उन्हें यह जानकर हैरानी हुई कि नजीबुल्लाह बिना किसी अनुनय-विनय के उनके प्रस्ताव पर सहमत थे। नजीबुल्लाह की एकमात्र शर्त यह थी कि उनकी सरकार के लिए सोवियत आर्थिक और हथियार सहायता तब तक जारी रहनी चाहिए, जब तक कि अफगानिस्तान में स्थितियाँ सामान्य नहीं हो जातीं और देश खुद की देखभाल करने में सक्षम नहीं हो जाता। गोर्बाचेव सहमत हो गए और उन्होंने नजीबुल्लाह की माँग स्वीकार कर ली। इन कदमों की बदौलत नजीबुल्लाह को लोगों के बीच अफगान समर्थक नेता के रूप में स्वीकारा जाने लगा। उनके लिए अतिरिक्त लाभ यह था कि वे एक पश्तून नेता थे।

इस बीच सोवियत संघ में, गोर्बाचेव अपने सुधार कार्यक्रमों पर आगे

बढ़ रहे थे, जिससे वहाँ भी बड़े स्तर पर मंथन शुरू हो गया था। आंद्रेई सखारोव या सोवियत हाइड्रोजन बम के जनक सहित असंतुष्ट, जो पहले देश से भाग गए थे, लौटने लगे। लोकतंत्र लाने का कदम ऐसा था, जिसमें सोवियत समाज की कार्यशैली को झिंझोड़ देने की ताकत थी, जिसे कई दशक तक नियंत्रित करने के लिए लोहे के पंजों का इस्तेमाल किया गया था। अमेरिका ने इन सुधारों का स्वागत किया। उसे पता था कि इससे 'दुनियाभर के मजदूरो! एक हो जाओ…' का नारा देकर पूरी दुनिया में इसे फैलाने की आशंका वाली कम्युनिस्ट प्रणाली कमजोर की जा सकेगी।

सत्ता में आने के तुरंत बाद गोर्बाचेव ने अमेरिका के साथ अपने देश के संबंधों को सुधारने की पहल शुरू कर दी थी। सोवियत संघ के प्रमुख के रूप में गोर्बाचेव के साथ अमेरिका और सोवियत संघ के बीच संबंधों में नाटकीय रूप से सुधार हुआ। उनका लक्ष्य शीतयुद्ध को समाप्त करने की कोशिश करना था, जिसकी वजह से उनके देश को अफगानिस्तान के मामलों में शामिल होना पड़ा था और इसके नतीजे के तौर पर अमेरिका के साथ छद्म युद्ध शुरू हो गया था। गोर्बाचेव इस बात को लेकर चिंतित थे कि उनके लोगों को लगता था कि अमेरिका ने न केवल अफगानिस्तान में सोवियत संघ को हरा दिया है, बल्कि उसने साम्यवाद को भी मिटा दिया है। युद्ध की वजह से सोवियत संघ को भारी कीमत चुकानी पड़ी थी; उसका राज्य तंत्र हिल गया था और उसकी अर्थव्यवस्था भी कमजोर हुई थी।

अफगानिस्तान में मारे जा रहे सोवियत सैनिकों की बढ़ती संख्या ने सोवियत संघ में प्रभावित परिवारों के बीच भारी नाराजगी पैदा कर दी थी। अमेरिका ने भी 1979 के बाद से अफगानिस्तान में सोवियत सेना के खिलाफ पाकिस्तान और मुजाहिदीन लड़ाकों का समर्थन करने में भारी मात्रा में पैसा खर्च किया था। अमेरिकी व्यय लगभग 75 डॉलर से 100 मिलियन डॉलर के साथ शुरू हुआ, लेकिन प्रतिवर्ष लगभग 1 बिलियन डॉलर तक बढ़ गया। वहीं, पाकिस्तान एक आदर्श स्थिति में था, क्योंकि सारा पैसा उसके माध्यम से ही खर्च किया जा रहा था; इनमें मुजाहिदीन लड़ाकों को मजबूत करने

के लिए कंधे से दागी जाने वाली मिसाइलों, नाइट–विजन चश्मे और अन्य आधुनिकतम हथियारों पर हद से ज्यादा खर्च किया जा रहा था। खर्च के जो आँकड़े सार्वजनिक किए गए, वे सीआईए द्वारा वास्तविक अघोषित रूप से खर्च की गई रकम के आसपास भी नहीं थे। सीआईए के पास अकूत पैसा सीक्रेट फंड के तौर पर मौजूद था।

सोवियत सैनिकों की वापसी

अफगानिस्तान से सोवियत सैनिकों की वापसी के मुद्दे पर नजीबुल्लाह के सहमत होने के बाद गोर्बाचेव ने अब इस विषय पर अमेरिका के साथ औपचारिक संपर्क किया। वह यह सुनिश्चित करना चाहते थे कि उनके सैनिकों की वापसी व्यवस्थित, शांतिपूर्ण और गरिमापूर्ण तरीके से की जाए। उन्होंने पाया कि अमेरिका भी जल्दी ही सोवियत सैनिकों की वापसी के लिए समान रूप से उत्सुक था। अफगानिस्तान से वापसी के तौर–तरीकों पर बातचीत जिनेवा में अफगानिस्तान, पाकिस्तान, सोवियत संघ और अमेरिका के प्रतिनिधियों के बीच 1987 के आसपास शुरू हुई थी। सोवियत संघ एक दृढ़ आश्वासन चाहता था कि अफगानिस्तान से वापसी और सोवियत सीमा की ओर ड्राइविंग करते समय उसके सैनिकों पर हमला नहीं किया जाएगा। मुजाहिदीन लड़ाकों को नियंत्रित करने वाले पाकिस्तान से इसकी गारंटी मिलने की उम्मीद थी।

अपने सैनिकों की वापसी के बदले में, सोवियत संघ अमेरिका और पाकिस्तान से एक दृढ़ प्रतिबद्धता चाहता था कि जैसे ही सोवियत सैनिक अफगानिस्तान से वापस जाएँगे, मुजाहिदीन लड़ाकों को सहायता बंद हो जानी चाहिए। सोवियत संघ यह भी आश्वासन चाहता था कि अफगान सरकार को इन विद्रोहियों से लड़े बिना काम करने की अनुमति दी जाएगी। अमेरिकी वार्त्ताकारों ने सोवियत संघ को यह विश्वास दिलाया था कि एक बार जब उसके सैनिक अफगानिस्तान से बाहर निकल जाएँगे, तो अमेरिका मुजाहिदीन लड़ाकों या पाकिस्तान का समर्थन नहीं करेगा। सोवियत संघ ने नजीबुल्लाह

को यह बात बताई। सशंकित नजीबुल्लाह ने सोवियत प्रतिनिधियों से कहा कि पाकिस्तान इस आश्वासन का पालन नहीं करेगा और न ही अमेरिका। हालाँकि, नजीबुल्लाह को गोर्बाचेव द्वारा अमेरिकी आश्वासन स्वीकार करने के लिए मजबूर किया गया। चार देशों ने जिनेवा में अपनी वार्त्ता समाप्त की और सोवियत बलों की वापसी के तौर-तरीकों को बताते हुए एक समझौते पर हस्ताक्षर किए। उस दिन के विजेता गोर्बाचेव वापसी शुरू करने के लिए उत्सुक थे।

सोवियत सैनिकों ने 15 मई, 1988 को जलालाबाद से अपना निकास शुरू किया। वहाँ मौजूद सोवियत कमांड ने निकास की तारीख से काफी पहले अपना बेस और सुविधाएँ अफगान सेना को सौंप दीं। पाकिस्तान की सीमा से लगी अग्रिम पंक्ति पर सोवियत सेना द्वारा खाली की गई पोजिशंस को अफगान सेना ने अपने कब्जे में ले लिया था। निकास के दिन, अफगान कमान से विदा लेने के लिए एक औपचारिक समारोह के बाद, सोवियत सेना ने बख्तरबंद वाहनों और टैंकों के नेतृत्व में एक सैन्य काफिले के जरिए बहुत ही गरिमापूर्ण वापसी यात्रा शुरू की। काफिले के शहर से रवाना होते ही जलालाबाद शहर में अफगानों की भीड़ ने खुशी मनाई।

काफिले के काबुल पहुँचने पर फिर से तालियाँ बजाई गईं। रात भर रहने के बाद, सोवियत सेना नजीबुल्लाह के सामने एक परेड में इकट्ठा हुई। प्रस्थान करने वाले सैनिकों को सबसे सम्मानजनक विदाई देते हुए उन्होंने अफगानिस्तान के लोगों के लिए उनकी कड़ी मेहनत और बलिदान के लिए उन्हें धन्यवाद दिया। काफिला अमू नदी पर हेरातन पुल पर अफगान-सोवियत सीमा की ओर बढ़ना शुरू हुआ, जो अफगानिस्तान और उज्बेक सोवियत गणराज्य को विभाजित करता था।

अफगानिस्तान से अपनी सेना की अनुशासित वापसी सुनिश्चित करने के लिए जिनेवा में सोवियत संघ द्वारा की गई व्यवस्था केवल कुछ हिस्सों में ही कायम रह सकी। वतन वापसी के मार्च के दौरान सोवियत सैनिकों पर कुछ जगहों पर हमले किए गए। अमेरिका ने जिनेवा में दिए गए आश्वासनों के

उलट अफगानिस्तान युद्ध में दिलचस्पी लेनी बंद नहीं की थी। वह इन हमलों और मुजाहिदीन लड़ाकों को हथियारों की आपूर्ति रोकने में विफल रहा। मुजाहिदीन लड़ाकों को बड़ी संख्या में काम पर रख रहे पाकिस्तान को भारी आर्थिक सहायता अब भी जारी थी। जैसी कि नजीबुल्लाह ने उम्मीद की थी, अमेरिका जिनेवा में किए गए वादों को पूरा करने में विफल रहा था।

नजीबुल्लाह ने मुजाहिदीन लड़ाकों को हथियारों की लगातार हो रही आपूर्ति को लेकर सोवियत संघ के सामने विरोध किया, क्योंकि इसका मतलब यह था कि उनके देश में युद्ध समाप्त नहीं होगा। गोर्बाचेव अफगानिस्तान से अपने सैनिकों को वापस बुलाने के इच्छुक थे, तो उन्होंने अमेरिका और पाकिस्तान के समक्ष औपचारिक शिकायत दर्ज कराने के अलावा और कुछ नहीं किया। जिनेवा समझौते के उल्लंघन के बावजूद सोवियत सैनिकों की वापसी जारी रही। कई क्षेत्रों में, मुजाहिदीन लड़ाकों ने सोवियत सैनिकों के काफिले की वापसी के दौरान पहाड़ी की चोटियों से हमला करने की धमकी दी। वास्तव में, कुछ क्षेत्रों में हमले हुए भी थे।

अफगानिस्तान से सोवियत सेना की वापसी 15 फरवरी, 1989 को पूरी हुई थी—इस प्रक्रिया में नौ महीने लगे थे। इस अवधि के दौरान, अफगान सेना ने सफलतापूर्वक उन पोजिशंस पर कब्जा कर लिया था, जहाँ सोवियत सेना नियंत्रण में थी। जलालाबाद मोरचे पर, पाकिस्तानी सेना की सहायता से मुजाहिदीन लड़ाकों ने सीमा पार कर ली, लेकिन उन्हें अफगान सेना के कड़े विरोध का सामना करना पड़ा। पाकिस्तानी सेना के नियमित सदस्यों द्वारा समर्थित मुजाहिदीन लड़ाकों को भारी नुकसान होने की वजह से पीछे हटना पड़ा, जो पाकिस्तान के लिए एक बड़ा झटका था। अफगान सेना देश की अच्छी तरह से रक्षा कर रही थी और सीमापार से सभी हमलों को विफल कर रही थी। सोवियत संघ की वापसी के बाद अफगानिस्तान में नजीबुल्लाह की सरकार के खिलाफ कोई जन आंदोलन नहीं होने पर अमेरिका भी सकते में आ गया था।

यह पता चलने पर कि मुजाहिदीन लड़ाके अफगान सेना को हराने या

अफगान सरकार के खिलाफ इसलामी प्रतिक्रिया पैदा करने में सफल नहीं हुए हैं, पाकिस्तान ने अफगान शरणार्थी शिविरों से युवाओं की भरती शुरू कर दी। तालिबान (छात्र) के नाम से मशहूर इन युवकों को सबसे पहले मदरसों में चरमपंथी इसलाम की शिक्षा दी गई थी। मदरसों से बाहर निकलने के बाद उन्हें अफगानिस्तान में लड़ने के लिए भरती किया गया था। पश्तून क्षेत्रों के कई युवा पाकिस्तानी पुरुषों को भी मदरसों में शिक्षित किया गया और प्रशिक्षित किया गया। तालिबान ने अब संगठित तरीके से अफगानिस्तान पर हमला करना शुरू कर दिया।

वादे के मुताबिक सोवियत संघ ने नजीबुल्लाह को अपनी वित्तीय सहायता और हथियारों की आपूर्ति जारी रखी। सोवियत संघ ने नए लड़ाकू विमानों और मिसाइलों की आपूर्ति करके अफगान वायुसेना को मजबूत करने में भी उनकी मदद की। इस सहायता के साथ, नजीबुल्लाह अपने समर्थक सरदारों को भुगतान करने में सक्षम थे। मैं नजीबुल्लाह को 1979 से जानता था, जब वह केएचएडी (KHAD) के उपप्रमुख थे। मुझे सोवियत सैनिकों की ओर से गिरफ्तार किए जाने के बाद उनके सामने पेश किया गया था, क्योंकि काबुल के चारों ओर सैनिकों द्वारा खाई खोदते समय उनकी पोजिशंस को मैंने कवर किया था। काबुल में रहते हुए मैं अकसर नजीबुल्लाह से मिलता था। अमेरिका और उसके सहयोगियों की उम्मीदों को धता बताते हुए नजीबुल्लाह एक राष्ट्रवादी पश्तून नेता के रूप में उभरे थे, जिन्होंने महत्त्वपूर्ण सुधारों की शुरुआत की थी। अफगान खुश थे कि उन्होंने सोवियत सैनिकों को सफलतापूर्वक देश छोड़ने पर राजी कर लिया था।

सोवियत संघ का विघटन

गोर्बाचेव के सुधारों का सोवियत संघ की राजनीतिक एकता पर विनाशकारी प्रभाव पड़ा। लोकतंत्र की उनकी शुरूआत ने कई गणराज्यों में अलगाव और स्वतंत्रता की माँग पैदा की, जो यूएसएसआर का हिस्सा थे। इसे यूरोपीय संघ (ईयू) द्वारा प्रोत्साहित किया गया था; जो यूएसएसआर को

विघटित देखने के लिए उत्सुक था। कई सोवियत गणराज्यों ने यूएसएसआर से अपनी स्वतंत्रता की घोषणा करना शुरू कर दिया, जिनमें ऐसा करने वाला लिथुआनिया पहला देश बना। एस्टोनिया ने 1988 की शुरुआत में अपनी संप्रभुता की घोषणा की, जबकि यूएसएसआर अभी भी एक शक्तिशाली इकाई था। लिथुआनिया के अलगाव के बाद कई अन्य गणराज्यों ने भी वही राह पकड़ी। यूरोपीय संघ ने उन्हें मान्यता और इसकी सदस्यता देने में तत्परता दिखाई। इसने सोवियत संघ के विघटन की प्रक्रिया को तेज कर दिया। 1991 के अंत के करीब लगभग 20 गणराज्य यूएसएसआर से अलग हो गए थे।

दिसंबर 1991 के अंत में मॉस्को में एक सैन्य तख्तापलट हुआ। गोर्बाचेव और उनके परिवार को तख्तापलट करनेवाले नेताओं ने हिरासत में ले लिया था। हालाँकि तख्तापलट विफल हो गया, लेकिन गोर्बाचेव ने अपनी रिहाई पर इस्तीफा दे दिया और यूएसएसआर का राष्ट्रपति पद बोरिस येल्तसिन के पास चला गया, जिन्होंने तख्तापलट के प्रतिरोध का नेतृत्व किया था। सोवियत संघ में इन सभी उथल-पुथल का नतीजा रहा कि सोवियत संघ के साथ नजीबुल्लाह के संबंध अब ऊहापोह में थे।

येल्तसिन ने 25 दिसंबर, 1991 को क्रेमलिन से सोवियत संघ के झंडे को उतारने का आदेश दिया। इसके स्थान पर रूसी फेडरेशन का झंडा फहराया गया। इसके साथ ही यूएसएसआर अब इतिहास बन गया और खत्म हो गया। 1917 में शुरू हुई बोल्शेविक क्रांति 25 दिसंबर, 1991 को समाप्त हुई।

राष्ट्रपति के रूप में येल्तसिन ने जो पहला कदम उठाया, वह अफगानिस्तान को दी जा रही हर तरह की सहायता को रोकना था। उन्होंने बिना किसी चेतावनी के ऐसा किया। रूस की ओर से अचानक सहायता बंद किए जाने का नजीबुल्लाह की सरकार पर भयानक असर पड़ा। समुचित हथियारों के बिना, उनकी सेना ने मुजाहिदीन लड़ाकों और पाकिस्तान के खिलाफ अपने युद्ध में परेशानी महसूस करनी शुरू कर दी। अफगान वायुसेना जल्द ही उड़ान संचालन में असमर्थ हो गई, क्योंकि यह अब स्पेयर पार्ट्स का

इंतजाम नहीं कर सकती थी। जब मैं जनवरी 1992 में नजीबुल्लाह से मिला, तो उन्होंने मुझे उन समस्याओं के बारे में बताया, जिनका वह सामना कर रहे थे, जिसमें अपर्याप्त स्थानीय राजस्व भी शामिल था। भारत कुछ सहायता प्रदान कर रहा था, लेकिन नजीबुल्लाह का समर्थन करने वाले सरदारों को भुगतान करने के लिए यह काफी नहीं था।

मसूद का काबुल मार्च

उत्तर से मसूद काबुल की ओर बढ़ रहा था। पंजशीर में अपने संसाधनों और उभरते तालिबान से लड़ने के लिए अमेरिका और अन्य लोगों से मिल रही मदद के कारण उसकी सेनाएँ अच्छी तरह से संगठित और सशस्त्र थीं। काबुल पहुँचने के बाद मसूद ने शहर के बाहर अपनी सेना तैनात कर दी।

पाकिस्तान की सीमा पर अफगानिस्तान की रक्षा करने वाले योद्धा दोस्तम को भुगतान करने में विफलता नजीबुल्लाह के लिए एक आपदा साबित हुई। नजीबुल्लाह से अपना भुगतान प्राप्त नहीं करने की वजह से दोस्तम ने पाकिस्तान सीमा से अपनी सेना वापस ले ली, जिससे यह असुरक्षित हो गया। इसके चलते तालिबान के वेश में पाकिस्तानी सशस्त्र बलों को मुजाहिदीन लड़ाकों और तालिबान के साथ मिलकर अफगानिस्तान में घुसने और जलालाबाद और काबुल की ओर जाने की छूट मिल गई।

मैं एएनआई और रायटर्स टीवी के पत्रकारों और कैमरामैन की एक बड़ी टीम के साथ काबुल में था, जो नजीबुल्लाह सरकार के आसन्न पतन को कवर करने के लिए तैनात थी। एक दिन, एएनआई की एक युवा संवाददाता सौम्या काबुल की ओर मार्च कर रहे 'तालिबान' की शानदार फुटेज लेकर आई। सौम्या और कैमरामैन रवि लेखी ने इस फुटेज को शूट करने का बड़ा जोखिम उठाया था। मैंने वीडियो देखा और सौम्या को बताया कि वह भाग्यशाली थी कि उसे फुटेज मिला, क्योंकि उसने जिन 'तालिबान' का वीडियो बनाया था, वे वास्तव में पाकिस्तानी सैनिक थे। मैंने उनके अनुशासित तरीके की ओर इशारा किया, जिसमें 'तालिबान' सैनिक मार्च कर रहे थे—इस

तरह का मार्च केवल प्रशिक्षित सेना के जवान ही कर सकते थे। इस कवरेज ने मेरे लिए पुष्टि की कि फुटेज में मौजूद लोग असली तालिबान नहीं थे।

पेशावर के नेताओं की सेना या पाकिस्तानी सेना को काबुल में जाने और सत्ता पर कब्जा करने से रोकने के लिए काबुल के बाहर जमे मसूद ने तेजी दिखाते हुए शहर में मार्च किया। राजधानी के निवासियों ने जयकारों से उनका स्वागत किया। लोगों को उनमें राष्ट्र में शांति कायम करने को लेकर कुछ उम्मीद दिखी।

तालिबान के कुछ अधिकारी और पाकिस्तानी सेना के अधिकारी 'इंटर-कॉन्टिनेंटल' होटल में यह देखने के लिए पहुँचे थे कि मीडिया संगठनों के मेहमान क्या कर रहे हैं? वे एक कमरे से दूसरे कमरे में गए, लेकिन होटल या शहर में लंबे समय तक रुके नहीं और शहर के आसपास अपनी पोजीशन पर लौट गए। पेशावर के नेताओं या आईएसआई के शागिर्द गुलबुद्दीन हिकमतयार की सेना के आने से पहले मसूद ने काबुल में विजेता की तरह प्रवेश किया और वहाँ के निवासियों ने इसका स्वागत किया।

नजीबुल्लाह के परिवार को संयुक्त राष्ट्र ने निकाला था और 1992 में नई दिल्ली स्थानांतरित कर दिया था। राष्ट्रपति खुद वहाँ से नहीं जा सके, क्योंकि दोस्तम के लोगों ने उन्हें ले जा रही संयुक्त राष्ट्र की कार को हवाई अड्डे में प्रवेश करने की अनुमति नहीं दी। दु:ख की बात यह है कि नजीबुल्लाह को हवाई अड्डे तक ले जाने के लिए संयुक्त राष्ट्र का कोई वरिष्ठ अधिकारी नहीं था, जहाँ एक विमान उन्हें नई दिल्ली ले जाने के लिए इंतजार कर रहा था। एयरपोर्ट से लौटते हुए नजीबुल्लाह प्रेसिडेंट हाउस नहीं गए। इसके बजाय वे संयुक्त राष्ट्र की इमारत में चले गए और वहाँ शरण ली।

नजीबुल्लाह को बाहर निकालने में विफल रहने के बाद संयुक्त राष्ट्र के अधिकारियों ने भारतीय राजदूत को आधी रात को संयुक्त राष्ट्र भवन में एक बैठक के लिए बुलाया, जहाँ नई अफगान सरकार के लिए समझौते पर काम कर रहे संयुक्त राष्ट्र के प्रतिनिधि बेनोन सेवन भी मौजूद थे। नजीबुल्लाह ने स्पष्ट किया कि वह संयुक्त राष्ट्र परिसर से तब तक बाहर नहीं निकलेंगे,

जब तक कि उन्हें अफगानिस्तान से दूर ले जाने पर सहमति नहीं बनती। नजीबुल्लाह और उनके भाई अब संयुक्त राष्ट्र परिसर तक ही सीमित थे। नजीबुल्लाह को अफगानिस्तान से बाहर निकालने में असमर्थता संयुक्त राष्ट्र प्रतिनिधि की एक बड़ी विफलता थी।

मसूद ने काबुल शहर का प्रभार सँभाल लिया था, लेकिन अफगानिस्तान के राष्ट्रपति पद पर काबिज नहीं हुआ था। इस बीच, संयुक्त राष्ट्र सिबगतुल्ला मोजादेदी के तहत एक अंतरिम अफगान सरकार स्थापित करने में कामयाब रहा, जिसे दो महीने के लिए प्रभार सँभालना था, उसके बाद बुरहानुद्दीन रब्बानी को वह जगह लेनी थी। मसूद को रक्षा मंत्री बनाया जाना था। हिकमतयार मोजादेदी सरकार में शामिल नहीं हुए। पेशावर के नेताओं को सरकार में लाने के मसूद के प्रयासों के बावजूद, हिकमतयार ने 'नग्न तलवार के साथ काबुल में मार्च करने' की धमकी दी थी।

लड़ाई चलती रही। मोजादेदी से रब्बानी के सत्ता सँभालने के बाद मसूद के काबुल पर लगभग नियंत्रण करने से पाकिस्तान नाखुश था। अगर वह सरकार का कार्यभार सँभालते हैं, तो यह पाकिस्तान समर्थक नहीं कहलाएगी। प्रधानमंत्री नवाज शरीफ और आईएसआई के नेतृत्ववाली पाकिस्तान सरकार चाहती थी कि हिकमतयार काबुल सरकार का नेतृत्व करें। हिकमतयार पर मादक पदार्थों का तस्कर होने का आरोप था, जिससे उनके पास इस्तेमाल करने के लिए बेशुमार दौलत थी। इन प्रयासों में व्यक्तिगत रूप से शामिल रहे शरीफ पेशावर के कई नेताओं के साथ काबुल गए, ताकि उन्हें सरकार में शामिल करने की कोशिश की जा सके। शरीफ मसूद और अन्य नेताओं से मिलने के लिए अघोषित रूप से काबुल पहुँचे। हालाँकि, पाकिस्तान के प्रधानमंत्री का काबुल में स्वागत नहीं किया गया; मसूद ने हवाई अड्डे पर उनका स्वागत नहीं किया। काबुल के नेताओं को अपने साथ लाने में नाकाम रहने के बाद शरीफ वापस इसलामाबाद के लिए रवाना हो गए। उड़ान भरते ही उनके विमान पर एक स्कड मिसाइल दागी गई, लेकिन विमान से जवाबी काररवाई में उसे नष्ट कर दिया गया।

पेशावर में अफगान गुटों, विशेष रूप से हिकमतयार समूह ने काबुल में अंतरिम सरकार की इस व्यवस्था को मंजूरी नहीं दी। हिकमतयार ने राष्ट्रपति रब्बानी के कार्यकाल में प्रधानमंत्री पद लेने से इनकार कर दिया। लंबी कहानी को संक्षेप में कहें तो रब्बानी के काबुल में प्रभारी रहने और मसूद के रक्षा मंत्री रहने के दौरान विभिन्न गुटों के बीच लड़ाई शुरू हो गई थी। इस बीच दोस्तम ने उत्तरी अफगानिस्तान में एक स्वतंत्र देश बनाने की धमकी दी। राष्ट्र एक बार फिर युद्ध की चपेट में आ चुका था। इस बार यह युद्ध काबुल में सत्ता पाने की लालसा में विभिन्न अफगान गुटों के बीच हो रहा था।

□

8

रब्बानी सरकार : तालिबान के हाथ में काबुल की सत्ता

संयुक्त राष्ट्र व्यवस्था के तहत चार महीने का कार्यकाल समाप्त होने के बाद रब्बानी ने राष्ट्रपति का पद खाली करने से इनकार कर दिया था। उनकी सरकार काबुल में सत्ता में रही। इस बीच, संयुक्त राष्ट्र काबुल में एक व्यापक आधार वाली सरकार बनाने के लिए पेशावर स्थित अफगान नेताओं को लाने की कोशिश कर रहा था। विचार यह था कि काबुल में एक ऐसी सरकार हो, जिसके पास अधिकार हों, क्योंकि अफगानिस्तान में स्थिरता केवल सभी गुटों की भागीदारी के साथ ही सुनिश्चित की जा सकती थी। संयुक्त राष्ट्र के दबाव के कारण हिकमतयार आखिरकार सरकार में शामिल होने के लिए तैयार हो गए। उन्होंने काबुल की यात्रा की, लेकिन अजीब तरह से, शहर में प्रवेश नहीं करने का फैसला किया। इसके बजाय, उन्होंने अपने प्रतिनिधि अब्दुल फरीद को प्रधानमंत्री का पद ग्रहण करने के लिए काबुल भेजा। हिकमतयार ने सरकार के पूर्ण नियंत्रण की माँग की; वह राष्ट्रपति का पद चाहते थे, क्योंकि उन्हें यकीन नहीं था कि अगर वे प्रधानमंत्री बने तो राष्ट्रपति के तौर पर रब्बानी उन्हें वह सब करने देंगे, जो वे चाहते थे। वे निश्चित रूप से मसूद को रक्षा मंत्री नहीं बनाना चाहते थे, ताकि उनकी कमान के तहत सभी बल हों।

काबुल में सरकार के भीतर अफरा तफरी मच गई। मसूद एक कुशल

रक्षा मंत्री थे, लेकिन फरीद प्रधानमंत्री के रूप में अप्रभावी थे और उन्होंने एक महीने के भीतर ही पद छोड़ दिया। रब्बानी और मसूद सरकार के नियंत्रण में रहे। संभवत: रब्बानी और मसूद के खिलाफ भारी नाराजगी के चलते नागरिकों के हताहत होने की परवाह न करते हुए हिकमतयार ने काबुल पर भारी हमला किया। रब्बानी सरकार के अनुसार, अमेरिका से मिले तोपखाने और रॉकेट से हिकमतयार ने काबुल पर गोले बरसाए, जिसमें 2,000 से अधिक नागरिक मारे गए और शहर का एक हिस्सा नष्ट हो गया।

इंटर-कॉन्टिनेंटल होटल में ठहरे पत्रकार उम्मीद कर रहे थे कि होटल सुरक्षित रहेगा। जैसी कि मैंने खुद आक्रामकता देखी थी, शहर के अंदर और अफगान सरकार के विभिन्न गुटों के बीच लड़ाई चल रही थी। रात में आकाश चारों ओर रॉकेट दागे जाने के साथ रोशन हो जाता था और पूरे शहर में भारी गोलीबारी की आवाजें सुनाई देती थीं। काबुल के निवासी हिकमतयार को कोस रहे थे, जो कि सही भी था, क्योंकि वह शहर और वहाँ के नागरिकों पर तबाही मचा रहा था।

इन सबके बीच, मुझे रोजाना संकटग्रस्त क्षेत्र से गुजरना पड़ता था और एक-न-एक गोली मेरी कार को लगती ही थी। एक बार, मेरा ड्राइवर और मैं दोनों बाल-बाल बच गए, जब दो गोलियाँ कार की विंडस्क्रीन से गुजर गईं, और हम दोनों को लगते-लगते रह गईं। मुझे अफगानिस्तान नेशनल टेलीविजन कार्यालय जाना पड़ा, ताकि मैं सैटेलाइट के माध्यम से दुनिया को लड़ाई की अपनी कवरेज प्रसारित कर सकूँ। तीन मौकों पर, मैं भारी लड़ाई के कारण होटल में वापस जाने में असमर्थ था। इस प्रकार, मुझे अपनी कई रातें भारतीय राजदूत, श्री नांबियार के घर पर बितानी पड़ीं, जो अफगानिस्तान नेशनल टेलीविजन ऑफिस के सामने ही स्थित था।

ऐसे मौकों पर हर सुबह, राजदूत खुद मुझे अपनी आधिकारिक कार में होटल वापस ले जाते थे, मेरी टैक्सी उनके वाहन के पीछे चलती थी।

उन्होंने बताया, 'अफगानिस्तान के अन्य प्रांतों में रब्बानी सरकार के नियंत्रण को व्यापक बनाने के लिए मसूद के सैन्य अभियान को ज्यादा

सफलता नहीं मिली। स्थानीय सरदार उन क्षेत्रों पर नियंत्रण रखना चाहते थे, जहाँ वे थे। रब्बानी सरकार का अधिकार काबुल तक ही सीमित रहा। रब्बानी ने काबुल विश्वविद्यालय से जमात-ए-इसलामी की शुरुआत की थी, जहाँ वे पढ़ाते थे। मसूद और हिकमतयार दोनों विश्वविद्यालय में छात्र होने के दौरान उनकी पार्टी में शामिल हो गए थे। हालाँकि, हिकमतयार बाद में जमात-ए-इसलामी से अलग हो गए। रब्बानी की पार्टी को उत्तर के अलावा अन्य प्रांतों में स्वीकार नहीं किया गया था। रब्बानी और मसूद दोनों ताजिक थे और इसलिए, अफगानिस्तान में गैर-ताजिकों के लिए अस्वीकार्य थे, विशेष रूप से पश्तूनों के लिए। उदाहरण के लिए, काबुल सरकार के अधिकार को दक्षिण और पूर्व के प्रांतों द्वारा स्वीकार नहीं किया गया था, और ये प्रांत स्वायत्त हो रहे थे।

मजार-ए-शरीफ में दोस्तम ने धर्मनिरपेक्ष गणराज्य बनाने की धमकी दी। उन्होंने काबुल पर शायद ही ध्यान दिया। वारलॉर्ड मसूद ने ही नजीबुल्लाह को उस समय नीचा दिखाया था, जब उन्हें पूर्व राष्ट्रपति से उनका पैसा नहीं मिला था। एक भाड़े का सैनिक दोस्तम पाकिस्तान की सीमा से हट गया, जिससे तालिबान के लिए आगे बढ़ना आसान हो गया।

ईरान की सीमा से लगा रणनीतिक प्रांत हेरात उन चुनिंदा प्रांतों में शामिल था, जिसने काबुल के प्रति अपनी निष्ठा की पेशकश की थी। हेरात के गवर्नर इस्माइल खान ने सरकार को कुशलता से चलाया: उनके प्रांत में शांति थी, अर्थव्यवस्था अच्छी स्थिति में थी और लोग खुश थे। उसने खुद को प्रांत का अमीर घोषित कर दिया था, जो खुद को देश का शासक घोषित करने के समान था। हेरात के गवर्नर की यह घोषणा काबुल में रब्बानी को पसंद नहीं थी; लेकिन रब्बानी सरकार इस सिलसिले में बहुत कुछ नहीं कर सकती थी।

उनकी ताजिक जातीयता के अलावा, काबुल सरकार की स्वीकार्यता के खिलाफ काम करने वाला एक और फैक्टर था। सरकार के अंदर के गुट रब्बानी के अधीन काम नहीं करना चाहते थे। जिस दौरान सोवियत सैनिक अफगानिस्तान में थे, उसी समय उन्होंने एक दस्तावेज में लिखा था कि एक बार जब सोवियत पीछे हट जाएँगे और कम्युनिस्ट सरकार खत्म हो जाएगी,

तब काबुल में ऐसी सरकार बननी चाहिए, जो देश को एकजुट करे और विभिन्न गुटों के बीच कोई लड़ाई न हो। हालाँकि, इसके विपरीत हो रहा था। विभिन्न समूहों के बीच खींचतान को रोकने के लिए रब्बानी कुछ भी नहीं कर सकते थे। उन्होंने पेशावर के नेताओं को अपनी सरकार में लाने की पूरी कोशिश की थी। विभिन्न गुटों के बीच लड़ाई छिड़ रही थी, जिससे पाकिस्तान, सऊदी अरब और अमेरिका को अफगानिस्तान के मामलों में हस्तक्षेप करने का अवसर मिल रहा था।

पाकिस्तान अधीर हो रहा था, क्योंकि सोवियत संघ की वापसी के बाद भी काबुल में पाकिस्तान समर्थक सरकार सत्ता सँभालने में नाकाम रही थी। 1994 का वर्ष आ चुका था; समय निकलता जा रहा था और अफगानिस्तान पहले से ही तमाम अफगान गुटों के बीच उग्र गृहयुद्ध की चपेट में था। काबुल सरकार पर अपना नियंत्रण करने में हिकमतयार की विफलता को लेकर आईएसआई ने निराशा भी महसूस की, मुख्य रूप से मसूद के प्रति उनकी व्यक्तिगत घृणा के कारण। आईएसआई को लगा था कि हिकमतयार के सरकार में शामिल होने के बाद वे रब्बानी को उखाड़ फेंकने की स्थिति में होंगे। मसूद निश्चित रूप से पाकिस्तान के दोस्त नहीं थे। उन्हें हमेशा लगता था कि पाकिस्तान चाहता है कि अफगानिस्तान उसका उपनिवेश बन जाए! यह सच था कि पाकिस्तान काबुल में एक ऐसी सरकार चाहता था, जो सीमा मुद्दे को न उठाए और कब्जा किए गए अफगान क्षेत्रों की वापसी की माँग भी न करे, जो अब पाकिस्तान का हिस्सा थे। भारत में अंग्रेजों ने भी 1839-42 और 1878-80 में एंग्लो-अफगान युद्धों के बावजूद इन क्षेत्रों को वापस करने से इनकार कर दिया था।

मुजाहिदीन लड़ाके काबुल में जाने या मसूद के सैनिकों से सफलतापूर्वक लड़ने में विफल रहे थे। इसके बाद पाकिस्तान ने आईएसआई के प्रशिक्षित तालिबान लड़ाकों को अफगानिस्तान भेजने का फैसला किया। यहाँ मुजाहिदीन लड़ाकों और तालिबान के बीच अंतर समझना जरूरी है। जहाँ मुजाहिदीन लड़ाके अपने कबीले के प्रति वफादार थे, वहीं तालिबान शरणार्थी शिविरों में

रहे थे, जहाँ विभिन्न जनजातियों वाले अफगान एक साथ रहते थे।

इस प्रकार, युवा तालिबान रंगरूटों को जनजाति वफादारी के बारे में कुछ भी पता नहीं था; वे सभी अफगानों के रूप में एकजुट थे और शरणार्थी शिविरों में बड़े हुए थे। तालिबान की भरती के बीच एकमात्र एकजुट कारक यह था कि उन्हें चरमपंथी इसलाम को बनाए रखने और लड़ने के लिए शिक्षित किया गया था और मदरसों में कट्टरपंथी इसलाम सिखाया गया था। इसके अलावा, तालिबान को सैनिकों के रूप में प्रशिक्षित किया गया था और पाकिस्तानी सेना द्वारा प्रशिक्षण देकर अच्छी तरह से संगठित किया गया था। इसलिए तालिबान एक ब्रेनवॉश और सैन्य रूप से अच्छी तरह से प्रशिक्षित समूह था, जो जिहाद को आगे बढ़ाने और अफगानिस्तान में असल में इसलामी सरकार स्थापित करने पर अडिग था।

कंधार से नजदीक होने के कारण तालिबान रंगरूटों का प्रशिक्षण मुख्य रूप से बलूचिस्तान में होता था। बलूचिस्तान की सीमा पर स्थित कंधार अफगान व्यापार का केंद्र था। पाकिस्तान को निर्यात सहित अफगान फलों का सारा व्यापार कंधार से किया जाता था। बलूचिस्तान और कंधार के बीच की छोटी दूरी को भुनाते हुए तालिबान ने अफगानिस्तान में घुसने के लिए वहाँ अचानक हमला किया।

पाकिस्तान की प्रधानमंत्री बेनजीर भुट्टो ने विदेशी मीडिया को दिए एक साक्षात्कार में इसकी पुष्टि की थी कि तालिबान लड़ाकों को अमेरिका और सऊदी अरब ने हथियारों से लैस किया है। तालिबान 1994 के अंत तक कंधार पर कब्जा करने में कामयाब रहा। अपने पहले ही आक्रमण में यह जीत उनके लिए एक बड़ा मनोबल बढ़ाने वाली थी।

तालिबान के कंधार पर कब्जा करने के साथ ही अफगानिस्तान की परेशानियों में एक और कारक जुड़ गया—तेल। अर्जेंटीना तेल कंपनी ब्रिडास कॉरपोरेशन तुर्कमेनिस्तान में अपने तेल और गैस क्षेत्रों में काम कर रही थी। ब्रिडास ने अचानक सोचा कि यह व्यापार के लिए बहुत अच्छा होगा, अगर तुर्कमेनिस्तान से गैस को अफगानिस्तान से पाइपलाइन के जरिए बलूचिस्तान

के सूई गैस क्षेत्र में ले जाया जाए, जहाँ पाकिस्तान के पास गैस वितरित करने के लिए अपनी पाइपलाइनें थीं! ब्रिडास को लगा कि उसके लिए मंजूरी हासिल करना आसान होगा, क्योंकि कंधार पर अब तालिबान का कब्जा था। पाकिस्तान को गैस की जरूरत भी थी, क्योंकि देश में बढ़ती माँग के कारण सूई गैस क्षेत्र से उसकी अपनी आपूर्ति पूरी हो नहीं पा रही थी। तुर्कमेनिस्तान से गैस की आपूर्ति पाकिस्तान की माँग को पूरा करने और कीमतों को नियंत्रित करने में मदद करेगी।

ब्रिडास काफी प्रयास के बाद तुर्कमेनिस्तान के राष्ट्रपति सपरमुरात नियाजोव को भुट्टो से मिलने और उन्हें प्रस्ताव पर सहमत होने के लिए मनाने में कामयाब रही। जब यह सब हो रहा था, तभी एक अमेरिकी कंपनी यूनोकल कॉरपोरेशन, जिसके सलाहकार पूर्व अमेरिकी विदेश मंत्री हेनरी किसिंजर थे, ने गैस पाइपलाइन में दिलचस्पी ली और तुर्कमेनिस्तान से कहा कि यूनोकल अपनी पाइपलाइन का निर्माण करेगा। तुर्कमेनिस्तान ने यह भी निष्कर्ष निकाला कि वह किसिंजर के जरिए अमेरिका के साथ मैत्रीपूर्ण संबंध बना सकता है। दक्षिण एशिया के लिए अमेरिका के सहायक विदेश मंत्री रॉबिन राफेल भी यूनोकल परियोजना में रुचि रखते थे। अमेरिकी राष्ट्रपति बिल क्लिंटन की करीबी मानी जाने वाली रॉबिन ने पाकिस्तान सरकार से बात की और यूनोकल को प्राथमिकता देने के लिए कहा।

इस प्रकार अफगान युद्ध में तेल के हित तेजी से जोर पकड़ रहे थे। काबुल में रब्बानी ने गैस पाइपलाइन के निर्माण और संचालन के लिए ब्रिडास के साथ एक समझौते पर हस्ताक्षर किए थे। कई मायनों में, अफगानिस्तान में चल रहे युद्ध के कारण इन तेल कंपनियों के लिए वहाँ काम करना सपने की तरह था। अंतरराष्ट्रीय गैस पाइपलाइन संचालित करने के लिए यह बिल्कुल भी सुरक्षित देश नहीं था। इस वास्तविकता के बावजूद कि विशेष रूप से सक्रिय यूनोकल जैसी तेल कंपनियों को राफेल के माध्यम से अमेरिकी सरकार का पूरा समर्थन हासिल था।

अमेरिका के सार्वजनिक और राजनीतिक हलकों में अपनी मजबूत

हैसियत वाले किसिंजर वॉशिंगटन डीसी में सरकार को यूनोकल परियोजना के पक्ष में मोड़ने में सक्षम थे। वाशिंगटन में काफी कुछ प्रचार के बावजूद, परियोजना के लिए काबुल या इसलामाबाद में ब्रिडास और यूनोकल द्वारा हस्ताक्षरित कोई भी समझौता आगे नहीं बढ़ रहा था; जमीन पर कुछ भी अमल होता नजर नहीं आ रहा था। अफगान गैस क्षेत्रों को तोड़-फोड़ से बचाने के लिए बहुत पहले बंद या सील कर दिया गया था।

तेल और गैस कंपनियों की अतिरंजित योजनाओं के अलावा, तालिबान अब काबुल पर कब्जा करने के लिए बड़े पैमाने पर प्रयास कर रहा था और उसे अमेरिका से पूरा समर्थन मिल रहा था। तालिबान कभी मसूद के आदमियों से लड़ने में सक्षम नहीं होता, लेकिन अमेरिका के सक्रिय समर्थन के बूते यह भी हो रहा था। हालाँकि, अमेरिका इससे इनकार कर रहा था। 1990 में वाशिंगटन का दौरा करते समय मैं राफेल से मिला और उनसे नवीनतम हथियारों के बारे में पूछा, जिसमें नाइट-विजन चश्मे भी शामिल थे, जो तालिबान को रब्बानी और मसूद के खिलाफ काबुल पर निर्णायक हमला करने के लिए दिए गए थे। लापरवाह रवैया दिखाते हुए उन्होंने इस सवाल से बचने की पूरी कोशिश की। हालाँकि, मैंने इस पर कायम रहते हुए टिप्पणी की कि शायद अमेरिका ने हथियार और नाइट विजन चश्मे पाकिस्तान को दिए थे, और इस तरह ये पाकिस्तान के रास्ते तालिबान के पास पहुँच गए थे।

जब मैंने तालिबान के हाथों महिलाओं के साथ हो रहे अमानवीय व्यवहार पर सवाल उठाया, तो उन्होंने लापरवाही से टिप्पणी की कि अफगान महिलाओं को इस तरह रहने की आदत है। मुझे साक्षात्कार के दौरान एहसास हुआ कि मैं राफेल की तुलना में अधिक ठंडे खूनवाला, पत्थरदिल शख्स से कभी नहीं मिला था। मैंने उनको यह बताया कि अफगान महिलाओं को लेकर वह कितनी गलत हैं और वह शायद ही जानती हैं कि तालिबान के आतंक से पहले अफगान महिलाएँ किस तरह शांतिपूर्ण तरीके से रहा करती थीं और इसके लिए मेरे पास सबूत के तौर पर विजुअल दृश्य भी मौजूद थे।

तालिबान को फंड करने में मदद करने वाला एक और शख्स कोई

और नहीं; बल्कि ओसामा था। वह रब्बानी और मसूद दोनों के खिलाफ था, क्योंकि ताजिक नेता के पाकिस्तान से संबंध मैत्रीपूर्ण नहीं थे। ओसामा ने काबुल की सरकार को भी असल मायने में इसलामिक नहीं माना। वह जानता था कि मसूद के विचार काफी हद तक धर्मनिरपेक्ष हैं और वह ओसामा और उसके आदमियों द्वारा दी गई इसलाम की व्याख्या के खिलाफ था। मसूद के प्रति ओसामा की नफरत को इस तथ्य से और बढ़ावा मिला कि पाकिस्तान सरकार भी उसे अफगान सरकार के करीब नहीं चाहती थी। इसलामाबाद में सत्ता प्रतिष्ठान भी पाकिस्तान पर मसूद के विचारों से अवगत था।

वर्ष 1992 में जलालाबाद पर कब्जा करने के बाद मुजाहिदीन काबुल की ओर बढ़ रहे थे और उनको बहुत कम प्रतिरोध देखने को मिल रहा था। जैसे ही वे काबुल के बाहरी इलाके में पहुँचे, शहर में हालात चिंताजनक हो गए। मसूद ने काबुल की रक्षा पर कड़ी मेहनत की, हालाँकि उनको नहीं पता था कि मुजाहिदीन को पाकिस्तानी सेना से भी समर्थन मिल रहा है। अफगान सेना का मनोबल कमजोर करने के लिए काबुल के बाहर मौजूद मुजाहिदीन ने शहर पर भारी तोपखाने से हमला शुरू कर दिया। भारी बमबारी में शहर को भारी नुकसान हुआ और सैकड़ों लोगों की जान चली गई।

रब्बानी ने संयुक्त राष्ट्र के समक्ष इस बात पर चिंता जताई कि पाकिस्तान ने उनके देश के आंतरिक मामलों में किस तरह से दखलअंदाजी कर रखी है। काबुल में पाकिस्तान और हिकमतयार के खिलाफ प्रदर्शन हुए। इस हालात में पाकिस्तान ने काबुल में अपना दूतावास बंद कर दिया था।

काबुल में हालात बिगड़ते जा रहे थे। मसूद तालिबान को पीछे धकेलने में असमर्थ था, जिसके पास नाइट-विजन चश्मे थे, जो उन्हें रात में लड़ने में भी मदद करते थे। रब्बानी और मसूद ने सरकार को उत्तर में सुरक्षित पंजशीर में स्थानांतरित करने और वहाँ से तालिबान से लड़ने का फैसला किया। जब वे इस कदम की योजना बना रहे थे, तब मसूद ने नजीबुल्लाह से संपर्क किया, ताकि वे उनके साथ पंजशीर जा सकें। नजीबुल्लाह ने 1992 से संयुक्त राष्ट्र परिसर में शरण ले रखी थी। मसूद ने नजीबुल्लाह को आश्वासन दिया

कि उनकी सम्मान के साथ देखभाल की जाएगी और उन्हें सुरक्षित रखने का वादा किया। मसूद शायद नजीबुल्लाह जैसे पश्तून नेता का समर्थन हासिल करना चाह रहे थे। हालाँकि, नजीबुल्लाह ने मसूद के प्रस्ताव को ठुकरा दिया और संयुक्त राष्ट्र परिसर में रहना जारी रखा। शायद नजीबुल्लाह को लगा कि पश्तून नेता के रूप में उन्हें ताजिकों के साथ मिलीभगत के रूप में नहीं देखा जाना चाहिए। यह फैसला पूर्व राष्ट्रपति के लिए घातक साबित हुआ।

नजीबुल्लाह मारे गए

मसूद की सेना ने जब अफगान सरकार को पंजशीर में स्थानांतरित कर दिया, तो तालिबान के लिए काबुल में जाना एक वॉकओवर था। काबुल के लोग सशस्त्र तालिबान को अंदर आते देख भयभीत हो गए। तालिबान का एक समूह 26 सितंबर, 1996 को संयुक्त राष्ट्र परिसर में पहुँच गया। सभी राजनयिक मानदंडों का उल्लंघन करते हुए तालिबान नजीबुल्लाह और उनके भाई का अपहरण करने के उद्देश्य से संयुक्त राष्ट्र परिसर में घुस गए। सुरक्षा गार्डों को अपनी जान बचाकर भागने के लिए मजबूर होना पड़ा। तालिबान ने संयुक्त राष्ट्र परिसर में ही उन्हें प्रताड़ित करना शुरू कर दिया और लगभग उनकी हत्या कर दी।

एक चिर-परिचित बर्बर अंदाज में तालिबान ने नजीबुल्लाह भाइयों को अपने वाहनों से बाँध दिया और उन्हें राष्ट्रपति आवास की ओर घसीटते हुए ले गए, जहाँ उनकी हत्या कर दी गई। इसके बाद विद्रोहियों ने उनके शवों को सड़क पर मौजूद एक बिजली के खंभे पर लटका दिया। काबुल के लोग पूर्व राष्ट्रपति और पश्तून नेता के साथ हुए बरताव को देखकर भयभीत थे। यहाँ तक कि तालिबान ने मृतक भाइयों को इसलामी तौर-तरीके से दफनाने की भी इजाजत देने से इनकार कर दिया।

यह स्पष्ट था कि तालिबान को नियंत्रित करने वाली शक्तियाँ नजीबुल्लाह को मरते हुए देखना चाहती थीं, क्योंकि वह एक पश्तून नेता के रूप में उभरे थे, जो अपनी सरकार और उससे जुड़े साम्यवाद के टैग को हटाने में

कामयाब रहे थे। शवों को आखिरकार रेडक्रॉस की अंतरराष्ट्रीय समिति को सौंप दिया गया और उन्हें पकतिया प्रांत में भाइयों के जन्मस्थान, गारदेज ले जाया गया। नजीबुल्लाह और उनके भाई को अंततः इसलामी रीति-रिवाजों के मुताबिक वहाँ दफना दिया गया।

नजीबुल्लाह की हत्या ने अफगानिस्तान के राजनीतिक परिदृश्य से एक दिग्गज पश्तून शख्सियत को हटा दिया। पाकिस्तान को लगा कि काबुल में पाकिस्तान समर्थक सरकार स्थापित करना अब आसान होगा, क्योंकि अफगानिस्तान में पाकिस्तान की नियुक्ति को चुनौती देने के लिए अब कोई महत्त्वपूर्ण पश्तून नेता बचा नहीं था। एक अन्य शख्स, जो न केवल नजीबुल्लाह, बल्कि मसूद को भी खत्म करने के लिए उत्सुक था, वह ओसामा था, जो आईएसआई के संरक्षण में रह रहा था। मसूद तालिबान और अन्य पाकिस्तानी लड़ाकों को पंजशीर से दूर रखने में सफल रहा था। वास्तव में, वह काबुल की ओर लगातार बढ़ रहा था।

नजीबुल्लाह की अमानवीय हत्या की निंदा कई इसलामिक देशों सहित पूरी दुनिया में की गई थी। तालिबान को नियंत्रित करने वाले दो देशों पाकिस्तान और सऊदी अरब के लिए यह बेहद शर्मनाक हो गया था। तालिबान में बड़ी संख्या में पाकिस्तानी सैनिक और अरब रंगरूट भरती थे। तालिबान द्वारा संयुक्त राष्ट्र परिसर में किए गए हमले से नाराज संयुक्त राष्ट्र केवल पूर्व अफगान राष्ट्रपति की हत्या पर एक सख्त बयान ही जारी कर सका। यहाँ तक कि वह काबुल में तालिबान या कंधार में उसके नेता मुल्ला उमर को उनके नियंत्रण वाले अफगानिस्तान की आबादी के खिलाफ अमानवीय काररवाई करने से भी नहीं रोक सका। सीधा सा तथ्य यह है कि संयुक्त राष्ट्र प्रतिनिधि नजीबुल्लाह को काबुल से दूर ले जाने में विफल रहने के बाद संयुक्त राष्ट्र परिसर में उनकी रक्षा करने में भी विफल रहे थे। तथ्य यह है कि पाकिस्तानी सेना और अरब, अर्थात् ओसामा के लोग, तालिबान की तरफ से लड़नेवालों में शामिल थे। मसूद की सेना द्वारा पकड़े गए अरबों और पाकिस्तानियों की संख्या से यह बात साबित हो चुकी थी। इस तथ्य को

अब और नकारा नहीं जा सकता था।

तालिबान का काबुल पर शासन

तालिबान सैनिक अब पूरे काबुल में थे और शहर पर उनका कब्जा हो चुका था। वे काबुल जैसे बड़े शहर में कभी गए नहीं थे। मुल्ला उमर कंधार में रहकर वहाँ से ही सरकार चला रहा था। छह सदस्यों की एक समिति उसके निर्देशों के तहत काबुल में सरकार चला रही थी। यह एक अजीब स्थिति थी। पाकिस्तान ने तुरंत काबुल में तालिबान सरकार को मान्यता दे दी और पूरी दुनिया से ऐसा ही करने का आह्वान किया।

संयुक्त अरब अमीरात (यूएई) ने भी तालिबान सरकार को मान्यता दी। पाकिस्तान ने अमेरिका से तालिबान सरकार को भी मान्यता देने और अफगानिस्तान में 'स्थिरता' लाने के लिए उसके साथ जुड़ने का आग्रह किया। अमेरिका ने अपने तेल हितों के कारण तालिबान से संपर्क साधना शुरू कर दिया, लेकिन बाकी दुनिया ने उससे दूरी बनाए रखी। रब्बानी सरकार ने अफगानिस्तान की वैध सरकार के रूप में संयुक्त राष्ट्र में अपनी सीट कायम रखी।

काबुल में, तालिबान ने चरमपंथी इसलामी नियम लागू करना शुरू कर दिया, जिसमें मदरसों में सीखा गया शरीया कानून भी शामिल था। लोगों को इसलामिक रीति-रिवाजों के मुताबिक रहने के तरीके बताए गए। महिलाओं को निर्देश दिया गया कि वे खुद को सिर से पैर तक ढक लें और परिवार के किसी पुरुष सदस्य के साथ के बगैर कभी भी घर से बाहर न निकलें। कई शिक्षित अफगान महिलाओं को पश्चिमी पोशाक पहनने की आदत थी, वे स्वतंत्र थीं और सरकारी कार्यालयों सहित तमाम स्थानों पर कार्यरत थीं। तालिबान ने उन्हें किसी भी प्रकार के रोजगार में शामिल होने से प्रतिबंधित कर दिया। कई हजार महिलाओं ने अपनी नौकरी खो दी और उनके परिवार गरीबी के दुष्चक्र में फँस गए; लेकिन उन्हें कोई मुआवजा या पेंशन नहीं दी गई।

विशेष रूप से इन कठोर फरमानों से प्रभावित एकल महिलाएँ और युद्ध विधवाएँ थीं, क्योंकि वे अब जीवित रहने के लिए काम नहीं कर सकती

थीं। युद्ध विधवाएँ अपने परिवारों का पालन-पोषण नहीं कर सकती थीं, क्योंकि उनके पास पैसे नहीं थे और अगर उन्हें बाहर जाना था, तो उनके साथ कोई पुरुष परिवार का सदस्य भी नहीं था।

युद्ध विधवाओं के कई हजार परिवारों के लिए सरकार द्वारा कोई सहायता या भोजन नहीं था। गैर-सरकारी संगठनों के लिए काम करने वाले पुरुषों को सहायता या भोजन देने के लिए घरों में जाने की अनुमति नहीं थी। घर बैठे तमाम परिवारों के सामने भूखे मरने की नौबत आने लगी। हालाँकि, इससे तालिबान सरकार पर काबुल के लोगों पर चरमपंथी इसलाम थोपने से नहीं रोका जा सका। उसे परवाह ही नहीं थी कि लोग मर रहे हैं!

इस तरह के चरमपंथी सुधारों के तहत पतन के रूप में अगला कदम महिलाओं की शिक्षा थी। लड़कियों के लिए बने स्कूलों को स्थायी रूप से बंद कर दिया गया था। इस प्रकार उन्हें शिक्षा से वंचित कर दिया गया था। कई हजार महिला शिक्षकों ने अपनी नौकरी खो दी, जिससे उनके परिवारों के सामने अत्यधिक कठिनाई आ गई। कॉलेजों और विश्वविद्यालयों में भी महिलाओं को जाने की इजाजत नहीं थी। वास्तव में, तालिबान अफगानिस्तान की महिलाओं को पाषाण युग में वापस धकेलने की कोशिश कर रहा था।

पुरुषों को दाढ़ी बढ़ाने का आदेश दिया गया था। यहाँ तक कि उनकी दाढ़ी का आकार भी निर्धारित किया गया था। मादक पेय पर अब प्रतिबंध लगा दिया गया था और शराब परोसने वाले सभी रेस्तराँ बंद कर दिए गए थे। जो लोग शराब पीते पकड़े गए, उन्हें सरेआम कोड़े मारे गए। चोरों के हाथ काट दिए गए। नए कानूनों की अवज्ञा करने की आरोपी महिलाओं को पत्थर मारकर मार डाला गया। व्यभिचार के आरोपी पुरुषों को कोड़े मारे गए।

संगीत पर प्रतिबंध लगा दिया गया। काबुल की प्रसिद्ध संगीत अकादमी को नष्ट कर दिया गया और इसके सभी उपकरण तहस-नहस कर दिए गए। अफगान हमेशा से संगीत के बहुत शौकीन थे। एक समय अफगानिस्तान के उस्ताद आल्ताफ हुसैन सराहांग ऑल इंडिया रेडियो (एआईआर) में शास्त्रीय संगीत प्रभाग के प्रमुख हुआ करते थे। तालिबान से पहले के दिनों में जब कोई

अफगानिस्तान की सड़कों पर घूमता था, तो बॉलीवुड गीतों की गूँज सुनाई देना आम बात थी।

हालाँकि, तालिबान ने अब टेलीविजन और सैटेलाइट डिशेज पर प्रतिबंध लगा दिया, जिससे विदेशी चैनलों तक सभी की पहुँच कम हो गई। इस प्रतिबंध के कारण सैकड़ों लोगों को अपनी नौकरी से हाथ धोना पड़ा। रेडियो काबुल का नाम बदलकर रेडियो शरीयत कर दिया गया और इसलामी धर्मगीतों का प्रसारण शुरू कर दिया गया। यह सुनने में अजीब लग सकता है, तालिबान ने बिलियड्‌र्स के लिए जाने-जाने वाले सभी पार्लरों को बंद करने का भी आदेश दिया। यह एक ऐसा खेल था, जिसे काबुल के लोग खेलने के शौकीन थे। पतंगबाजी, फुटबॉल खेलना और शतरंज सहित कई अन्य खेलों पर भी प्रतिबंध लगा दिया गया था।

तालिबान के सैनिक हमेशा सड़कों पर मौजूद रहते थे और जो भी उन्हें लगता था कि वह फरमानों का उल्लंघन कर रहा है, उसे गिरफ्तार कर रहे थे। गिरफ्तारियाँ कितनी छोटी चीज पर भी की जा सकती थीं, इसे ऐसे भी समझा जा सकता है कि अगर किसी की दाढ़ी की लंबाई मानक के मुताबिक नहीं होती तो उस पर भी काररवाई हो जाती! सड़क पर तालिबान शासकों और उनके सैनिकों ने काबुल को एक कबीलाई बस्ती की तरह माना, जहाँ वे उन सभी कानूनों को लागू कर सकते थे, जिन्हें तालिबान ने शरीया घोषित किया था। जैसा कि काबुल शहर था, जहाँ पश्तून अल्पसंख्यक थे, आबादी को लगा, जैसे वे एक खुली जेल में रह रहे हों!

तालिबान काबुल के मुख्य सार्वजनिक मैदान में हर हफ्ते एक डरावने शो का आयोजन करते थे। तालिबान कानूनों का उल्लंघन करने की आरोपी महिलाओं को भीड़ के सामने पेश किया जाता था, जिसमें ज्यादातर तालिबान शामिल होते थे। लाउडस्पीकर पर भीड़ को महिलाओं के अपराधों के बारे में सूचित किया जाता था। कोड़े मारने के बाद अधमरी महिलाओं को मरते दम तक पत्थर मारने के लिए छोड़ दिया जाता था। तालिबान सड़कों पर मौजूद पुरुषों को मैदान में जाने और सार्वजनिक सजा में भाग लेने के लिए पत्थर

मारने को मजबूर करते थे। फिर, तालिबान चोर होने के आरोपी लोगों को आगे लाते थे। उन्हें मैदान के केंद्र में ले जाया जाता था, ताकि भीड़ स्पष्ट रूप से तमाशा देख सके। उनके कथित अपराध के किसी भी सबूत के साथ या बगैर और एक दिखावटी मुकदमे के बाद, चोरी के लिए सजा के रूप में उनके हाथ काट दिए जाते थे। व्यभिचार के आरोपी सभी पुरुषों को कम-से-कम 100 कोड़े मारे जाते थे।

अफगानिस्तान जैसा गरीब देश तालिबान की नीतियों के कारण गंभीर गरीबी के दलदल में धकेला जा चुका था। तालिबान सरकार को अर्थशास्त्र की कोई समझ नहीं थी। काबुल में चल रही घटनाओं की पूरी दुनिया में निंदा की गई, क्योंकि काबुल में अभी भी मौजूद अंतरराष्ट्रीय मीडिया खबरें दे रहा था। ऐसा लगता है कि सऊदी अरब और पाकिस्तान की सरकारों ने अब भी काबुल में सरकार से सभी अमानवीय कृत्यों को रोकने के लिए नहीं कहा था। अमेरिका ने आखिरकार काबुल में तालिबान सरकार को मान्यता दी, क्योंकि क्लिंटन प्रशासन तेल पाइपलाइन परियोजना के लिए यूनोकल का समर्थन कर रहा था। यूनोकल को उम्मीद थी कि काबुल में तालिबान के सत्ता में आने के साथ उनकी परियोजना तेजी से आगे बढ़ेगी। इस प्रकार अमेरिका ने अफगानिस्तान की वैध सरकार की अनदेखी की थी, जिसे संयुक्त राष्ट्र द्वारा मान्यता प्राप्त थी और पंजशीर से चल रही थी।

पाकिस्तान और सऊदी अरब दुनिया को यह बताने में व्यस्त थे कि अफगानिस्तान पर तालिबान का शासन देश में स्थिरता लाएगा, जो व्यापार और वित्तीय सौदों के लिए अच्छा होगा। अमेरिका के पूर्व राजदूत जलमय खलीलजाद ने क्लिंटन से तालिबान के साथ करीबी संबंध विकसित करने का आग्रह किया। खलीलजाद या तो तालिबान समर्थक थे या यूनोकल के हितों को आगे बढ़ाने में रुचि रखते थे। जो भी हो, वे जो सुझाव दे रहे थे, वह मध्य एशिया में अमेरिका के लिए दरवाजे खोल रहा था और इस कदम से अमेरिकी व्यवसायों को वहाँ जाने में मदद मिलती। फिर भी, काबुल में तालिबान के अमानवीय कृत्यों और क्लिंटन प्रशासन की निरंतर चुप्पी के

खिलाफ अमेरिका और पूरी दुनिया में भारी आक्रोश था।

अफगानिस्तान तेजी से दुनिया का सबसे बड़ा अफीम उगाने वाला देश बन रहा था। तालिबान के संरक्षण में किसानों को यह काफी आकर्षक लगा। देश में मादक पदार्थों की तस्करी और नशीले पदार्थों पर आधारित गतिविधियों में भी तेजी से वृद्धि देखी गई। अफगानिस्तान से ड्रग्स की तस्करी बड़े पैमाने पर अमेरिका और यूरोप में की जाती थी। अमेरिका ने तब तक आँखें मूँदें रखीं, जब तक कि मादक पदार्थों की तस्करी ने उसे और उसके लोगों को नुकसान पहुँचाना शुरू नहीं कर दिया।

ओसामा अमेरिका के साथ घनिष्ठ संबंध बनाए रखने के लिए अपने ही देश सऊदी अरब की सरकार के खिलाफ भी काम कर रहा था। अमेरिका वह देश था, जो कहता था कि वह इजराइल की रक्षा कर रहा है। मुल्ला उमर और ओसामा ने आतंकवादियों के लिए अफगानिस्तान में प्रशिक्षण शिविर स्थापित करने में अल-कायदा की मदद करने के लिए एक गठबंधन बनाया। अमेरिका उन सभी चीजों को नजरअंदाज कर रहा था, जो ओसामा अफगानिस्तान में कर रहा था, जिसमें अल-कायदा आतंकवादी प्रशिक्षण शिविरों की स्थापना भी शामिल थी।

अमेरिका में 'विमेन्स मूवमेंट' ने अफगानिस्तान की महिलाओं की रक्षा नहीं करने या वहाँ की सरकार के खिलाफ काररवाई नहीं करने के लिए क्लिंटन प्रशासन की आलोचना की और विरोध में आंदोलन करना शुरू कर दिया। इस आंदोलन से हंगामा मचने के बाद ही अमेरिकी विदेश मंत्री मेडेलीन अलब्राइट ने तालिबान सरकार की अमानवीय नीतियों के खिलाफ बयान जारी किया। अफगानिस्तान की महिलाओं के खिलाफ तालिबान के अमानवीय कृत्यों के खिलाफ बयान जारी करते हुए अमेरिका ने अपने लोगों को यह बताने की भी कोशिश की कि तालिबान के खिलाफ काम करने वाले अन्य हितधारकों की मौजूदगी के कारण अफगानिस्तान में तालिबान का शासन सुनिश्चित नहीं है।

□

9

उत्तर से मसूद की जंग

मसूद न केवल उत्तरी अफगानिस्तान में, बल्कि पूरे देश में काफी लोकप्रिय नेता थे। सोवियत सेना के खिलाफ उनकी साहसिक लड़ाई के चलते उनके प्रति सभी के मन में बहुत ऊँचा सम्मान था। उनकी बदौलत ही सोवियत सेना पंजशीर पर कभी कब्जा नहीं कर पाई और वे मसूद को हराने में नाकाम रहे। सोवियत संघ को हर बार उनके द्वारा नियंत्रित रणनीतिक सालंग सुरंग का उपयोग करने के लिए उनके साथ युद्धविराम समझौता करने को मजबूर होना पड़ता था। सोवियत संघ और बाद में तालिबान और पाकिस्तान सहित उसके सहयोगियों के खिलाफ अपनी लंबी लड़ाई में, कई बार झटका लगने के बावजूद, मसूद ने एक बार भी अफगानिस्तान नहीं छोड़ा।

रब्बानी के नेतृत्व वाली अफगान सरकार का मसूद भी हिस्सा थे, जो तालिबान के काबुल पर भारी हमले के चलते पंजशीर चले गए थे। इस जंग में तालिबान के कपड़े पहने पाकिस्तानी सैनिक भी शामिल थे। रब्बानी और मसूद की योजना उत्तरी क्षेत्रों में तालिबान को आगे बढ़ने से रोककर उनसे लड़ने की थी।

तालिबान की चरमपंथी इसलाम की नीति से मसूद सहमत नहीं थे, जो महिलाओं सहित पूरी आबादी पर अमानवीय कृत्य कर रहा था। एक बार पंजशीर में उन्होंने तालिबान के उत्तर की ओर बढ़ने के सभी प्रयासों को नाकाम कर दिया था। उन्होंने तालिबान को पीछे धकेल दिया और लगातार उसकी जमीन हासिल कर रहे थे। जैसे-जैसे काबुल में तालिबान की क्रूरता

की खबरें बढ़ीं, दुनिया हैरान थी कि इस तरह के अत्याचार को सऊदी अरब और पाकिस्तान का समर्थन मिल रहा था! अमेरिकी नीति के लिए, तेल अब प्राथमिक चिंता थी। मसूद उत्तर की ओर तालिबान को आगे बढ़ने से रोकने के लिए विभिन्न जातीय पृष्ठभूमि वाले राजनीतिक समूहों का एक गठबंधन बनाने में कामयाब रहे। गठबंधन को जाभा-यी मुताहिद-ए इसलामीबराई निजत-ए अफगानिस्तान या यूनाइटेड इसलामिक नेशनल फ्रंट फॉर द सॉल्वेशन ऑफ अफगानिस्तान के नाम से जाना जाता था, जिसे लोकप्रिय रूप से यूनाइटेड फ्रंट या नॉर्दर्न एलायंस के नाम से जाना जाता था। इसने अफगान क्षेत्र के लगभग 30 प्रतिशत हिस्से को नियंत्रित कर रखा था।

शुरुआती जीत को छोड़ दें तो तालिबान को कई इलाकों में झटके मिलने लगे। उन्होंने हेरात के खिलाफ एक बड़ा आक्रमण शुरू किया, जहाँ इस्माइल खान ने शासन किया। मसूद ने इस्माइल खान की मदद करने के लिए अपने कई सौ सैनिकों को हेरात पहुँचाया। तालिबान को बुरी तरह मुँह की खानी पड़ी और बड़ी संख्या में उसके लड़ाके मारे गए। तालिबान चरमपंथियों को बार-बार नाकामियों का सामना करना पड़ रहा था और उन्हें पीछे धकेल दिया जा रहा था और दो-दो मोरचों पर हराया जा रहा था—पहला, पंजशीर पर कब्जा करने के प्रयास में और दूसरा, हेरात पर कब्जा करने के प्रयास में। मसूद को हराने के लिए पाकिस्तान के सक्रिय समर्थन के बावजूद, तालिबान का बार-बार किया जा रहा प्रयास नाकाम हो गया।

भारी हताहतों का सामना करने के बाद, तालिबान को अपने पाकिस्तानी समर्थकों के साथ पीछे हटने के लिए मजबूर होना पड़ा। मुल्ला उमर हालाँकि कंधार में अपने बेस को मजबूत करने के साथ-साथ सऊदी अरब और पाकिस्तान की मदद से अपने सैनिकों की ताकत भी बढ़ा रहा था। उन्हें आधुनिक हथियार दिए गए थे, जिनमें नवीनीकृत बख्तरबंद कारें और पिकअप ट्रक शामिल थे। सऊदी अरब की वित्तीय मदद से, मुल्ला उमर 20,000 से अधिक नए रंगरूटों को प्रशिक्षित करने में सक्षम था। हालाँकि, नए रंगरूटों के बावजूद, हेरात पर उसका एक और हमला नाकाम रहा।

तालिबान के नियंत्रण वाले क्षेत्रों में अफगान लोगों के साथ अमानवीय व्यवहार बदतर होता जा रहा था। महिलाओं को सबसे अधिक नुकसान उठाना पड़ रहा था, क्योंकि उन्हें काम करने और कमाने की इजाजत नहीं थी। तालिबान के नियंत्रण वाले इलाकों में भूख और अभाव आम बात थी। कारोबार न के बराबर था और अर्थव्यवस्था बुरी हालत में थी। पश्तून इलाकों में भी तालिबान के खिलाफ गुस्सा बढ़ रहा था।

यदि कोई नागरिक सार्वजनिक रूप से विरोध करता या अपना गुस्सा दिखाता, तो उसे सड़कों पर गश्त कर रहे तालिबान सैनिक तत्काल गिरफ्तार कर लेते और उसे जेल जाना पड़ता। जेल में कैदियों को यातना या भोजन की कमी से मौत का सामना करना पड़ता था। अगर कभी यह उम्मीद की गई थी कि तालिबान अफगानिस्तान को एकजुट करेगा और राष्ट्र में शांति स्थापित करेगा, तो यह उम्मीद बहुत पहले ही टूट चुकी थी। तालिबान पूरे देश में अपना शासन फैलाने में भी असफल रहा था।

मसूद द्वारा नियंत्रित उत्तरी इलाकों में जीवन बिल्कुल इसके उलट था। लोकतंत्र में दृढ़ विश्वास रखने वाले मसूद ने यह सुनिश्चित किया कि उनके लोगों के पास रोजमर्रा के जीवन के लिए आवश्यक सुविधाएँ हों, जैसे शिक्षा, स्वास्थ्य सेवा, पर्याप्त खाद्य आपूर्ति आदि। लोगों के बीच मतभेदों या विवादों को हल करने के लिए एक तंत्र स्थापित था। उनका मानना था कि पुरुषों और महिलाओं को समान अधिकार हैं। महिलाओं ने शिक्षा प्राप्त की और काम करने में सक्षम थीं। मसूद ने हमेशा शिक्षा पर बहुत जोर दिया, क्योंकि उनका मानना था कि अफगान समाज को बदलने के लिए एक लंबा रास्ता तय करना होगा। वे सतर्क थे कि अफगान परंपराएँ बिल्कुल दरकिनार न होने पाएँ, और जो एक गलती अमानुल्ला खान ने अपने समय में की थी, वह दोहराने न पाएँ।

साल 2000 में, मसूद ने अफगान महिलाओं के लिए आवश्यक अधिकारों को लेकर एक घोषणा पर हस्ताक्षर किए, जिसे पंजशीर की महिलाओं ने मसूद के लिए तैयार किया था। घोषणा ने लैंगिक समानता की

स्थापना की, शिक्षा तक पहुँच सुनिश्चित की और महिलाओं को काम करने, राजनीति में भाग लेने और आंदोलन की स्वतंत्रता का अधिकार दिया। उनसे बुर्का पहनने की भी उम्मीद नहीं थी। इस तरह के अधिकार कई देशों में महिलाओं को नहीं दिए गए हैं, विशेष रूप से इसलामी दुनिया में।

इस बीच, तालिबान नेता मसूद को राष्ट्रपति या प्रधानमंत्री का पद छोड़कर किसी भी पद की पेशकश करके उन्हें अपने साथ शामिल करने का प्रयास कर रहे थे। यह जानते हुए कि यह सब उन्हें रोकने की सिर्फ एक चाल थी, मसूद ने उनके प्रस्तावों को अस्वीकार कर दिया। अपनी लोकतांत्रिक मान्यताओं को दोहराते हुए उन्होंने तालिबान से कहा कि उनके चरमपंथी इसलामी विचार के साथ उनके गंभीर मतभेद हैं। आम अफगान उस झटके से खुश थे, जो मसूद और संयुक्त मोर्चा तालिबान को दे रहा था, जिसके चलते मसूद के कब्जेवाले किसी भी इलाके में वे घुस पाने में सक्षम नहीं थे। तालिबान का पूरे अफगानिस्तान पर कब्जा करने और एकजुट करने का सपना चकनाचूर हो गया।

रब्बानी और मसूद अपने इलाकों की रक्षा करते हुए अफगानिस्तान में शांति बहाली की कोशिशों में जुटे हुए थे। वर्ष 1996 की शुरुआत तक, अधिकांश अफगान सरदार और अन्य कबीलाई नेता एक परिषद् या एक विस्तारित लोहिया जिरगा बनाने और अफगानिस्तान के अंतरिम राष्ट्रपति का चुनाव करने के लिए सहमत हो गए थे। रब्बानी ने सरकार के प्रमुख के पद से इस्तीफा देने की पेशकश की थी। दक्षिण और पूर्व के कई पश्तून क्षेत्र इस शांति समझौते के पक्ष में थे, लेकिन मुल्ला उमर और अन्य तालिबान नेताओं ने इस शांति प्रक्रिया में शामिल होने से इनकार कर दिया, क्योंकि वे युद्ध का विस्तार करना चाहते थे। सऊदी अरब और पाकिस्तान सहित मुल्ला उमर और तालिबान के समर्थक रब्बानी के प्रस्ताव के खिलाफ थे और उन्हें लगा कि तालिबान को उनकी शांति प्रक्रिया के सफल होने से पहले काररवाई करनी चाहिए।

मसूद के प्रति सकारात्मक अंतरराष्ट्रीय धारणा के चलते कई देशों से

मदद मिलने लगी कि वे एकमात्र नेता थे, जो अफगानिस्तान में एक सभ्य सरकार ला सकते थे। तालिबान के चरमपंथी और क्रूर दृष्टिकोण से दुनिया हैरान थी। भारत ने भी व्यापक मदद प्रदान की, जिसमें न केवल नकद, बल्कि सैनिकों के लिए वरदी, हथियार, गोला-बारूद, मोर्टार, कलाश्निकोव, लड़ाकू वर्दी, ठंड में काम आने वाले कपड़े आदि जैसे समर्थन शामिल थे। भारत ने ऊँचाई पर लड़ने के लिए कुछ हेलीकॉप्टर, उपकरण भी मुहैया कराए और ताजिकिस्तान सीमा पर एक फील्ड अस्पताल चलाया, जहाँ घायलों का इलाज किया जा सके। भारत इस बात से चिंतित था कि पाकिस्तान के सहयोगी के रूप में तालिबान कश्मीर और अन्य क्षेत्रों में और अधिक परेशानी पैदा कर सकता है। मसूद को फ्रांस और कुछ अन्य यूरोपीय देशों से भी सहायता मिली।

अमेरिका के खिलाफ अल-कायदा का पहला बड़ा हमला अगस्त 1998 में हुआ था, जब उसने केन्या के नैरोबी और तंजानिया के दार अस सलाम में अमेरिकी दूतावासों के बाहर बमों से भरे ट्रकों का इस्तेमाल किया था। इसके परिणामस्वरूप बारह अमेरिकी राजनयिक कर्मचारियों और 200 से अधिक पड़ोस के निवासियों की मौत हो गई, साथ ही कई सौ लोग घायल हो गए। अजीब बात यह थी कि अमेरिका ने 20 अगस्त, 1998 को सूडान में एक दवा कारखाने पर केवल एक रॉकेट दागकर प्रतिक्रिया व्यक्त की। अमेरिकियों को संदेह था कि कारखाना संभवतः ओसामा के स्वामित्व में रासायनिक हथियारों का उत्पादन करता था। हालाँकि, बाद में पता चला कि यह फैक्टरी ओसामा की नहीं थी। अमेरिका ने अफगानिस्तान के पूर्व में पाकिस्तान सीमा के पास ओसामा द्वारा चलाए जाने के संदेह वाले शिविरों पर भी बमबारी की। उसने अफगानिस्तान में ओसामा को पकड़ने की कोशिश की, लेकिन वह असफल रहा, क्योंकि ओसामा आईएसआई के संरक्षण में था। 1999 में जनरल परवेज मुशर्रफ सैन्य तख्तापलट में शरीफ को अपदस्थ करने के बाद पाकिस्तान में सत्ता में आए थे। जनरल मुशर्रफ ने घोषणा की कि तालिबान को पाकिस्तान का समर्थन उनके देश की राष्ट्रीय सुरक्षा के लिए अनिवार्य है।

अल-कायदा के पैदा किए जा रहे आतंक को महसूस करते हुए अमेरिका ने आखिरकार पॉलिसी कोऑर्डिनेशन के जरिए भारत और रूस से मदद माँगी। अमेरिका तालिबान पर दबाव बढ़ाना चाहता था, लेकिन यह कुछ ऐसा था, जिसके बारे में न तो तालिबान और न ही अल-कायदा बेवजह चिंतित थे। अमेरिका मसूद की चेतावनियों को नजरअंदाज करता रहा कि तालिबान अफगानिस्तान को अंतरराष्ट्रीय आतंकवाद के केंद्र में बदल रहा है और हजारों अल-कायदा आतंकवादियों के लिए एक घर मुहैया करा रहा है और यह सब उनके ब्रांड इसलाम के नाम पर हो रहा था! अमेरिकियों ने अभी भी मसूद को मदद की पेशकश नहीं की। हालाँकि, अल-कायदा और तालिबान को पाकिस्तान के समर्थन के कारण इलाके के अधिकांश देश अपनी सुरक्षा पर मँडराते खतरे को लेकर तेजी से जागरूक हो गए थे।

मध्य एशियाई राज्य, बड़े पैमाने पर मुसलिम आबादी के बावजूद, धर्मनिरपेक्ष थे और वे अल-कायदा को अपनी सुरक्षा के लिए सीधे खतरे के रूप में देखते थे। ताजिकिस्तान ने घोषणा की कि वह रूस से अफगानिस्तान के साथ अपनी सीमा पर अपनी सैन्य उपस्थिति बढ़ाने का आह्वान करेगा। ईरान ने रब्बानी सरकार को कुछ समर्थन देने का वादा किया। अन्य मध्य एशियाई देशों ने भी रब्बानी और मसूद की मदद के लिए कदम उठाए। रूस ने मसूद को हथियारों की आपूर्ति शुरू कर दी, जो पहले से ही भारत से मदद हासिल कर रहे थे। मसूद की मदद करने के बावजूद, भारत ने अंतरराष्ट्रीय समुदाय को तालिबान को दी जाने वाली सहायता रोकने के लिए पाकिस्तान पर दबाव बनाने के लिए कूटनीतिक प्रयासों में ईरान और रूस का साथ दिया। काबुल में तालिबान सरकार को मान्यता देने के बाद, सऊदी अरब और यूएई अब अलग-थलग महसूस कर रहे थे और उनके साथ अपने संबंधों को फ्रीज करने के लिए तैयार थे।

मसूद ने यूरोप का दौरा किया और अप्रैल 2001 में यूरोपीय संसद् को संबोधित किया। वह वहाँ के नेताओं को अफगानिस्तान के मौजूदा हालात तथा तालिबान और ओसामा किस तरह की ताकतें थीं, इन सबके बारे में

वास्तविकता बताने में सक्षम थे। उन्होंने इन देशों को ओसामा द्वारा तैयार किए गए अल-कायदा के हमलों को लेकर चेतावनी दी, जो पूरी सभ्य दुनिया के लिए खतरा था। मसूद ने इस मौके पर अमेरिका को भी चेताया कि उसकी धरती पर भी भयानक हमले हो सकते हैं। उन्होंने हॉल में मौजूद नेताओं को नैरोबी और दार अस सलाम में अमेरिकी दूतावासों के बाहर अल-कायदा द्वारा किए गए बम विस्फोटों की भी याद दिलाई।

मसूद ने भारत की गुप्त यात्रा भी की, जहाँ वे पाँच दिनों तक सरकार के मेहमान भी रहे। अफगानिस्तान में जो कुछ हो रहा था, उसके विश्लेषण के बारे में भारतीय नेताओं और अधिकारियों को जानकारी देने के लिए दिल्ली में ठहरे मसूद ने भारतीय लोकतांत्रिक व धर्मनिरपेक्ष प्रणाली को काफी पसंद किया और इसकी तारीफ की। उन्होंने बहुधार्मिक समुदायों को सद्भाव में रहते हुए देखा। उन्होंने भारत के सशस्त्र बलों की प्रशंसा की, जिसमें सभी क्षेत्रों और धर्मों के सैनिक अपने देश के लिए एक साथ लड़ रहे थे। मसूद को पंजशीर लौटते समय भारत के समर्थन का आश्वासन दिया गया था।

वापस अफगानिस्तान में उन्होंने अपने देश को बुराई से छुटकारा दिलाने के लिए तालिबान के खिलाफ अपनी लड़ाई जारी रखी। ओसामा अफगानिस्तान के इस राष्ट्रीय नायक से छुटकारा पाने की योजना बना रहा था। वह जानता था कि अफगान मसूद की प्रशंसा करते हैं और उम्मीद करते हैं कि वह तालिबान को देश से बाहर निकाल देगा। अब, जबकि दुनिया की राय वास्तव में तालिबान और उसके समर्थकों के खिलाफ हो गई थी, तब मसूद ने तालिबान को बाहर करने और वैध रब्बानी सरकार को काबुल में वापस लाने के लिए काबुल की ओर एक बड़ा सैन्य अभियान चलाने की तैयारी की।

मसूद की हत्या

मसूद को पता था कि पाकिस्तान और ओसामा उसके खिलाफ क्या योजना बना सकते हैं! मसूद की सुरक्षा उतनी सख्त नहीं थी, जितनी होनी

चाहिए थी। मसूद के साथ एक इंटरव्यू का अनुरोध करते हुए बेल्जियम के निवासी और टीवी पत्रकार होने का दावा करने वाले दो लोग अगस्त 2001 में पंजशीर पहुँचे। मसूद के सचिवालय में किसी ने भी उनकी साख की जाँच नहीं की या इस पर संदेह नहीं जताया कि वे पंजशीर कैसे पहुँचे? यह सवाल भी किसी के मन में नहीं उठा कि यदि वे वास्तव में पत्रकार थे, तो वे बेल्जियम की राजधानी ब्रसेल्स में किसके लिए काम कर रहे थे, यानी किस टीवी चैनल के लिए? यहाँ तक कि अगर इस तरह के विवरण दहमने अब्द अल-सत्तार और बोराउई अल-क्वार द्वारा प्रस्तुत किए गए थे, जिनके कई अन्य उपनाम भी थे, तो उनकी पहचान को सत्यापित करने के लिए कोई प्रयास नहीं किया गया। उन्होंने मसूद के कार्यालय को बताया कि वे मोरक्को से थे, लेकिन बेल्जियम में बस गए थे। हालाँकि, मसूद पंजशीर में नहीं थे। वे अपने सैनिकों के साथ अग्रिम मोरचे पर थे।

दोनों 'पत्रकारों' ने लगभग तीन सप्ताह तक मसूद का इंतजार किया। इस बीच उन्हें रब्बानी का इंटरव्यू करने का मौका मिला। उन्होंने मूल रूप से सऊदी अरब के निवासी वहाबी धर्म के एक इसलामी नेता अब्दुल रसूल सय्याफ का भी इंटरव्यू लिया, जो पंजशीर में ही थे। इन दो इंटरव्यू को रिकॉर्ड करने के बाद दोनों ने पंजशीर और उसके आसपास के क्षेत्रों में सामान्य दृश्यों को फिल्माना शुरू कर दिया। यह मसूद के आदमियों की सतर्क निगाहों के सामने किया जा रहा था, जो उन्हें चारों ओर ले जाते थे। दोनों मसूद के स्टाफ को दिखाने की कोशिश कर रहे थे कि वे वैध पत्रकार हैं। मसूद के साथ इंटरव्यू का कोई तत्काल संकेत नहीं मिलने के चलते दोनों चिंतित हो गए। 8 सितंबर, 2001 को उन्होंने मसूद के स्टाफ को धमकी देते हुए कहा कि अगर उन्हें जल्द ही उनका इंटरव्यू नहीं मिला तो वे वापस चले जाएँगे। उन्हें जाने देने के बजाय, कर्मचारियों ने अगले दिन, 9 सितंबर, 2001 के दिन मसूद के इंटरव्यू की व्यवस्था की। कर्मचारी उन्हें तखर ले गए, जहाँ मसूद अपनी सेनाओं के साथ थे।

कैमरा सेट कर लिया गया था, क्योंकि हर कोई मसूद के आने का

इंतजार कर रहा था। मसूद पहुँचे और साक्षात्कार के लिए अपनी सीट पर बैठे। तभी कैमरा ऑन होते ही धमाका हो गया; कैमरे और उसकी बैटरी बेल्ट के अंदर एक बम छिपाया गया था। मसूद गंभीर रूप से घायल हो गए। वहाँ मौजूद संयुक्त मोर्चा के असीम सुहैल की मौके पर ही मौत हो गई। दो कर्मचारी घायल हो गए। हत्यारों में से एक अल-ओएर मारा गया था, जबकि अल-सत्तार घायल हो गया था। विस्फोट के बाद भागने की कोशिश करते हुए उसे पकड़ लिया गया और गोली मार दी गई। मसूद को तुरंत एक हेलीकॉप्टर से एयरलिफ्ट कर फरखोर में स्थित भारतीय अस्पताल ले जाया गया। दुःखद रूप से, हेलीकॉप्टर उतरने से पहले मसूद की मौत हो गई। अस्पताल में उन्हें पुनर्जीवित करने के डॉक्टरों के सभी प्रयास नाकाम रहे।

मसूद सिर्फ अड़तालीस साल के थे, जब वे मारे गए। वे अपने कॅरियर में हत्या के कई प्रयासों से बच गए थे। उनके खिलाफ हत्या का पहला प्रयास किसी और ने नहीं, बल्कि हिकमतयार और आईएसआई के दो लोगों ने किया था, जब मसूद सिर्फ 22 साल के थे। फिर सोवियत संघ की गुप्त सेवा या केजीबी, केएचएडी, आईएसआई और अन्य द्वारा उन पर हमले के कई प्रयास किए थे। नजीबुल्लाह के बाद मसूद की हत्या के साथ, अब अफगानिस्तान में कोई भी बड़े कद का नेता नहीं बचा था, जिसमें अफगान अपने उद्धार की उम्मीद देख पाते!

यह संदेह है कि सय्याफ ने हत्यारों को उत्तरी गठबंधन के नियंत्रण वाले क्षेत्र में प्रवेश करने और सख्त सुरक्षा जाँच को दरकिनार करने में मदद की। जाहिर है, मसूद का खुफिया नेटवर्क कमजोर था, कम-से-कम कहने के लिए।

कहा जाता है कि मसूद की हत्या के बाद, ओसामा ने अल-सत्तार की विधवा को लिखा था और उसे बताया था कि इसलाम के नाम पर खुद को शहीद करने का फैसला उसके पति का था और वह एक महान् नायक था। ओसामा ने उसे मुआवजे के रूप में $ 500 की मामूली राशि भी भेजी।

मसूद की हत्या ने पूरी दुनिया को चौंका दिया था। किसी भी जगह के

लोग उम्मीद कर रहे थे कि वह अफगानिस्तान को तालिबान और अल-कायदा से मुक्त करा सकते हैं। अल-कायदा ने दुनिया भर में भारी नुकसान पहुँचाना जारी रखा। राष्ट्रों को इस संगठन के आतंकी हमलों से खुद को बचाने के लिए सभी प्रकार के प्रतिबंधों को लागू करना पड़ा और अपने खुफिया नेटवर्क को और मुस्तैद करना पड़ा। अल-कायदा की काररवाइयों के परिणामस्वरूप दुनिया के अधिकांश देशों में मुसलिम अल्पसंख्यकों के लिए तनाव पैदा हो गया।

मसूद की मृत्यु के बाद कई देशों ने उन्हें सम्मानित किया। भारत ने नई दिल्ली के डिप्लोमैटिक एक्लेव, जहाँ अफगानिस्तान दूतावास सहित अधिकांश दूतावास स्थित हैं, में एक सड़क का नाम उनके नाम पर रखा। पेरिस के मेयर ने पेरिस की प्रमुख सड़क, चैंप्स-एलिसीज में मसूद के नाम पर एक मार्ग का नाम दिया। फ्रांस के साथ मसूद के संबंधों का सम्मान करते हुए पेरिस परिषद् ने शहर के 8वें प्रशासनिक जिले में एक पट्टिका स्थापित की। काबुल में अमेरिकी दूतावास के बाहर मसूद की एक प्रतिमा भी बनाई गई थी। काबुल में मुख्य सड़क का नाम बदलकर 'ग्रेट मसूद रोड' कर दिया गया। उनके ऊपर उपन्यास लिखे गए। उन्हें कई और सम्मान मिले थे; यह सूची अंतहीन है।

अफगानिस्तान में मसूद को 'पंजशीर के शेर' के रूप में याद किया जाता है। हामिद करजई सरकार ने उन्हें 'अफगान राष्ट्र का हीरो' घोषित किया था। मसूद की तसवीर अफगानिस्तान के सरकारी कार्यालयों और लोगों के घरों में टँगी हुई है।

उन्हें अंतरराष्ट्रीय स्तर पर माओ त्से तुंग और क्यूबा के चे ग्वेरा की श्रेणी में एक महान् गुरिल्ला नेता के रूप में मान्यता दी गई थी। मेरे विचार में मसूद को सबसे बड़ी श्रद्धांजलि यह है कि पंजशीर ने शांति और समृद्धि में रहना जारी रखा, जिसमें महिलाओं समेत सभी के लिए शिक्षा उपलब्ध है।

मसूद की हत्या के बावजूद उनके कमांडरों और सहयोगियों ने तालिबान के खिलाफ लड़ाई को थमने नहीं दिया। मसूद की लड़ाई को अमरुल्ला

सालेह, अब्दुल्ला और अन्य ने आगे बढ़ाया। मसूद की अल-कायदा द्वारा अमेरिका पर हमले करने की भविष्यवाणी, जिसे अमेरिकियों ने नजरअंदाज कर दिया था, उनकी हत्या के कुछ ही दिनों बाद, सही साबित हुई। इससे तालिबान और अल-कायदा के खिलाफ लड़ाई की दिशा बदल गई।

□

10

अमेरिका पर 9/11 का हमला और आसन्न युद्ध

लंदन में मैं समाचार एजेंसी एएनआई की पहुँच का विस्तार करने के लिए एजेंसी के यूरोप संवाददाता के रूप में काम कर रहा था और 11 सितंबर, 2001 को दोपहर के ठीक बाद मुझे दिल्ली स्थित एएनआई कार्यालय से एक फोन आया। कॉल करने वाले ने मुझसे पूछा कि क्या मुझे पता है कि न्यूयॉर्क में क्या हो रहा है? चूँकि मैं बाहर था और इस बात से अनजान था कि क्या हुआ था, इसलिए मैंने फोन करने वाले से मुझे अपडेट करने के लिए कहा। शायद कार्यालय चाहता था कि मैं उस घटना को कवर करने के लिए अमेरिका के लिए उड़ान भरूँ, टेलीविजन पर लाइव रिपोर्टिंग करूँ।

मैं भागा-भागा अपने लंदन स्थित घर वापस आया और तत्काल टेलीविजन चालू कर दिया। जैसे ही मैंने सीएनएन चैनल लगाया, एक भयावह मंजर मेरे सामने था; लूप पर जो तसवीरें सामने आ रही थीं, उनमें अमेरिकन एयरलाइंस के एक विमान को सीधे वर्ल्ड ट्रेड सेंटर के दो टावरों में से एक में घुसते हुए दिखाया जा रहा था। टावर से टकराने के फलस्वरूप निकले आग के गोले में विमान के चालक दल के सभी सदस्यों और यात्रियों की मौत हो गई, इसके अलावा, इमारत में कार्यालय के कई कर्मचारी भी मारे गए।

देखने में यह एक दुर्घटना थी, लेकिन यह स्पष्ट रूप से वर्ल्ड ट्रेड सेंटर पर कामिकाज जैसे हमले की तरह लग रहा था। द्वितीय विश्वयुद्ध के दौरान,

जापानी लड़ाकू विमान के पायलटों ने दुश्मन के युद्धपोतों को नष्ट करने के लिए एक आत्मघाती मिशन पर कामिकाज हमलों को अंजाम दिया था। न्यूयॉर्क में इस हैरतअंगेज हमले के तुरंत बाद टावर ने आग पकड़ ली।

कुछ मिनटों के बाद, एक और विमान ने प्रतिष्ठित वर्ल्ड ट्रेड सेंटर के दूसरे टावर में टक्कर मार दी। यह कामिकाज जैसा दूसरा हमला था और यह सुनिश्चित करने के लिए किया गया था कि दोनों टावर पूरी तरह नष्ट हो जाएँ। दूसरा यात्री विमान यूनाइटेड एयरलाइंस का था। एक बार फिर, यात्रियों और चालक दल की तुरंत मौत हो गई। वर्ल्ड ट्रेड सेंटर के ट्विन टावरों के नष्ट होने से न केवल अमेरिका की अर्थव्यवस्था, बल्कि वैश्विक अर्थव्यवस्था भी प्रभावित होने वाली थी, जिसका असर दूसरे देशों पर पड़ सकता था।

यह याद रखना जरूरी है कि 1993 में वर्ल्ड ट्रेड सेंटर पर बम विस्फोट करने का प्रयास किया गया था। विस्फोटकों से भरा एक ट्रक नॉर्थ टावर की पार्किंग में खड़ा था। जैसे ही यह फटा, इसने फर्श में एक बड़ा गड्ढा बना दिया। विस्फोट में छह लोगों की मौत हो गई थी और 1,200 से अधिक लोग घायल हो गए थे। टावर से बाहर निकलते समय धुएँ और गैस के कारण दम घुटने से कई लोगों को परेशानी हुई।

जैसा कि मैंने 11 सितंबर के हमलों या 9/11 की कवरेज को देखा, मैं देख सकता था कि लोग अपनी जान बचाने के लिए भाग रहे हैं। उन्हें आशंका थी कि और अधिक हमले हो सकते हैं। हर तरफ अराजकता का माहौल था। दोनों टावर जल रहे थे और धुआँ आसमान में उठ रहा था। टावरों में काम करने वाले हजारों लोग मौत से बचने के लिए सीढ़ियों से नीचे भाग रहे थे। जो लोग वहाँ फँसे थे, जहाँ विमान टावर से टकराए थे, वे बाहर निकलने का रास्ता खोजने के लिए छत की ओर भाग रहे थे। हालाँकि, उनके लिए कोई रास्ता नहीं था। करीब 200 लोग नीचे सुरक्षा जाल में फँसने की उम्मीद में छत से नीचे फिसलने या कूदने की कोशिश में मारे गए।

दमकलकर्मियों को आग बुझाने में काफी मशक्कत करनी पड़ रही थी, क्योंकि दोनों टावर जल रहे थे। इस कहर के बीच टावर ढह गए, जिससे

आसपास की कई अन्य इमारतें भी तबाह हो गईं। टावर गिरने से सैकड़ों बचावकर्मी, पुलिसकर्मी और दमकलकर्मी मारे गए। किसी देश ने इतने बड़े पैमाने पर आतंकी हमले नहीं देखे थे। मैंने तुरंत यूरोपीय संसद् में मसूद के संबोधन को याद किया। उसने ओसामा और अलकायदा द्वारा अमेरिका और यूरोप के खिलाफ इस तरह की साजिश के बारे में खतरे की घंटी बजाई थी। मसूद ने दिल्ली की अपनी यात्रा के दौरान भारत को आसन्न हमलों के बारे में भी चेतावनी दी थी।

जैसे कि कोई भी 11 सितंबर, 2001 को टेलीविजन पर लाइव देख सकता था, यह एक आतंकवादी हमला नहीं था, बल्कि अमेरिका पर हमला था, जिसे ओसामा ने लॉन्च किया था। इमारतों के ढहने के साथ पूरे शहर में धूल का गुबार फैल गया, जिससे तमाम लोग घायल हो गए। अब और अधिक लोग भाग रहे थे, धूल से बचने की कोशिश कर रहे थे। यह देखना अपने आप में भयानक था। बाद में विभिन्न समाचार चैनलों पर मृतकों की अनुमानित संख्या दिखाई गई, जो 5,000 से ज्यादा थी। जैसे-जैसे नुकसान की खबरें आती गईं, आँकड़े पल-पल बदलते रहे और अंततः बढ़ते गए। हजारों लोग घायल हो गए और सैकड़ों लोग तो ऐसे रहे, जिन्हें आजीवन स्वास्थ्य समस्या हो गई।

हालाँकि, बस, इतना भर ही नहीं था। उसी दिन, अमेरिकन एयरलाइंस के एक अन्य विमान, फ्लाइट 77 का अपहरण कर लिया गया था, क्योंकि यह ओहियो के ऊपर से गुजर रहा था। विमान ने वाशिंगटन डीसी के डलेस हवाई अड्डे से उड़ान भरी थी और उसे वापस राजधानी की ओर मोड़ दिया गया था। इसने पेंटागन के ऊपर से उड़ान भरी और अपहरणकर्ताओं ने इसे अमेरिकी रक्षा विभाग के मुख्यालय के दक्षिण-पश्चिम की ओर क्रैश करा दिया। इतिहास में इससे पहले कभी भी पेंटागन को धमकी या उस पर हमला नहीं किया गया था या उसकी इमारत को नुकसान नहीं पहुँचाया गया था। इस हमले में अमेरिकी सेना के डिप्टी चीफ ऑफ स्टाफ लेफ्टिनेंट जनरल टिमोथी मौड की मौत हो गई थी। घटना के समय वे एक बैठक में भाग ले रहे थे।

इस दुर्घटना में 53 यात्रियों और चालक दल के छह सदस्यों सहित कुल 125 सैन्यकर्मियों और नागरिकों की मौत हो गई थी।

यूनाइटेड एयरलाइंस का एक अन्य विमान फ्लाइट यूए 93 न्यूयॉर्क से उड़ान भरने के बाद सैन फ्रांसिस्को जा रहा था। इसे चार लोगों ने अगवा कर लिया था। विमान में सवार 33 यात्रियों को पता चल गया कि न्यूयॉर्क के वर्ल्ड ट्रेड सेंटर में क्या हो रहा है! चूँकि विमान को वाशिंगटन की ओर मोड़ दिया गया था, इसलिए उन्हें संदेह था कि अपहरणकर्ताओं का लक्ष्य विमान को अमेरिकी राष्ट्रपति के आधिकारिक निवास व्हाइट हाउस में दुर्घटनाग्रस्त करना था। कुछ यात्रियों और चालक दल के सदस्यों ने तुरंत अपहरणकर्ताओं से विमान का नियंत्रण छीनने की कोशिश की।

एक यात्री ने अपनी पत्नी को यह बताने के लिए फोन भी किया कि फ्लाइट में क्या हो रहा है और उसे अलविदा भी कहा। यात्रियों और अपहरणकर्ताओं के बीच संघर्ष जारी रहा और विमान पेंसिल्वेनिया के शैंक्सविले के बॉरो में स्टोनीक्रेक शहर के मैदानी इलाकों में दुर्घटनाग्रस्त हो गया। दुर्घटना में सभी यात्री, चालक दल के सदस्य और अपहरणकर्ता मारे गए थे। यात्रियों और चालक दल के सदस्यों के साहसिक कारनामे ने व्हाइट हाउस या वाशिंगटन डीसी में अमेरिकी कांग्रेस की सीट कैपिटल को आतंकी हमले से बचा लिया।

ओसामा ने अमेरिका पर इस बड़े हमले की योजना सावधानीपूर्वक बनाई थी और अल-कायदा ने इसे अंजाम दिया था। जैसा कि मैंने पहले भी कहा है, मसूद ने यूरोपीय सांसदों को ओसामा और अल-कायदा का समर्थन करने में पाकिस्तान की भूमिका के बारे में बताया था। उन्होंने अमेरिका पर ही बड़े हमले की चेतावनी दी थी। फिर भी, अमेरिका ने उनकी चेतावनी को नजरअंदाज कर दिया और मसूद की हत्या के दो दिन बाद ही उसकी धरती पर हमला हुआ।

अमेरिका में आपातकालीन प्रावधान लागू कर दिए गए। राष्ट्रपति जॉर्ज डब्ल्यू बुश और उपराष्ट्रपति डिक चेनी को सुरक्षा बलों ने सुरक्षित स्थानों

पर पहुँचाया। अमेरिका और कनाडा के हवाई क्षेत्र को बंद कर दिया गया था और आने वाली 500 से अधिक अंतरराष्ट्रीय उड़ानों को उतरने की अनुमति देने से इनकार कर दिया गया था। हजारों यात्री दूसरे देशों में फँसे हुए थे, जहाँ इन उड़ानों को डायवर्ट कर लैंडिंग के लिए मजबूर किया गया था। हवाई क्षेत्र बंद रखने का क्रम पाँच दिन तक चला। उस अवधि के दौरान किसी भी अंतरराष्ट्रीय उड़ान को अमेरिका या कनाडा में प्रवेश करने की अनुमति नहीं थी। सशस्त्र बलों को हाई अलर्ट पर रखा गया था। अमेरिकी वायुसेना के विमानों को राष्ट्र की रक्षा के मद्देनजर अमेरिका में प्रवेश करने या हमला करने की कोशिश करने वाले किसी भी विमान के खिलाफ एक्शन लेने के लिए भेजा गया था।

हमलों के बाद हुए नुकसान का ब्योरा सामने आने लगा। हताहतों की बात करें तो अल-कायदा के इस हमले में 7 दिसंबर, 1941 को जापानियों द्वारा पर्ल हार्बर पर किए गए हमले की तुलना में अधिक लोग हताहत हुए थे। अमेरिकी नौसेना के प्रशांत बेड़े को नष्ट करने के उद्देश्य से पर्ल हार्बर पर किए गए हमले में आठ युद्धपोतों सहित उन्नीस नौसैनिक जहाज क्षतिग्रस्त हुए या नष्ट कर दिए गए थे। हमले में 68 नागरिकों सहित कुल 2,403 लोग मारे गए थे और 1,178 लोग घायल हो गए थे। 9/11 हमलों के मामले में लगभग 3,000 मौतें तुरंत रिपोर्ट की गईं। कुछ हफ्तों बाद, संख्या को संशोधित कर 6,000 कर दिया गया। घायलों की संख्या 26,000 से अधिक हो गई। 1,00,000 से अधिक व्यक्ति धुएँ, धूल और आघात से प्रभावित हुए, और वे अब तक परेशान हैं। कई हजार बच्चों के सिर से कमाने वाले माता-पिता का साया उठ गया।

अमेरिका और दुनिया की अर्थव्यवस्था 9/11 के बाद बुरी तरह प्रभावित हुई थी। न्यूयॉर्क शेयर बाजार तुरंत बंद हो गया और 17 सितंबर, 2001 तक बंद रहा। इसका असर बॉम्बे स्टॉक एक्सचेंज (बीएसई) समेत दुनियाभर के बाजारों पर पड़ा। ट्विन टावर के पास कई इमारतें क्षतिग्रस्त हो गईं। इनमें ड्यूश बैंक बिल्डिंग, जिसे बाद में ध्वस्त करना पड़ा। इसके अलावा सेंट

निकोलस ग्रीक ऑर्थोडॉक्स चर्च और यूएस कस्टम्स हाउस शामिल थे। कई अन्य इमारतों को बड़े नुकसान का सामना करना पड़ा, जिन्हें मरम्मत और यहाँ तक कि दोबारा बनाए जाने की आवश्यकता थी।

अधिक हमलों के डर से कई लोगों ने अपनी सलामती के लिए मैनहट्टन में इमारतों को खाली कर दिया। कई कंपनियों ने पूरे हडसन क्षेत्र में फैले अपने बैक रूम्स को न्यू जर्सी में स्थानांतरित कर दिया और वहाँ एक नई टाउनशिप ही तैयार हो गई।

एक अनुमान के मुताबिक, न्यूयॉर्क के सकल घरेलू उत्पाद को वर्ष के अंत से पहले लगभग 27 बिलियन डॉलर से ज्यादा का नुकसान हुआ। अमेरिकी सरकार की तरफ से शहर को 21 बिलियन डॉलर से अधिक की कुल सहायता प्रदान की गई। अमेरिकी सरकार ने आतंकवाद से लड़ने के लिए देश की सुरक्षा और बुनियादी ढाँचे को मजबूत करने पर अपना खर्च तुरंत बढ़ा दिया। विदेशी सरकारों के साथ समन्वय में सुधार के लिए कई कदम उठाए गए थे। हवाई अड्डे की एक नई और सख्त सुरक्षा प्रणाली की शुरुआत की गई। इसे भारत सहित दुनिया भर के देशों ने भी अपनाया। एयरपोर्ट सुरक्षा व्यवस्था में लगातार सुधार जारी है, क्योंकि दुनिया में इसलामिक आतंक का खतरा खत्म नहीं हुआ है बल्कि यह और बढ़ गया है।

जैसी कि 9/11 के तुरंत बाद उम्मीद की जा रही थी, हमले के लिए जिम्मेदार व्यक्तियों का पता लगाने के लिए अमेरिका ने जाँच बैठा दी थी। सभी उपलब्ध सबूतों में 9/11 के दो मास्टरमाइंड अल-कायदा और ओसामा की ओर ही इशारा था। महज किस्मत के सहारे आंतरिक सुरक्षा और काउंटर-इंटेलिजेंस के मामलों को देखने वाली अमेरिकी संघीय एजेंसी फेडरल ब्यूरो ऑफ इंवेस्टिगेशन (एफबीआई) ओसामा के अलावा अन्य अपहरणकर्ताओं और उनके नेता की पहचान करने में सक्षम हुई। अपहरणकर्ताओं में से एक मोहम्मद अल-अमीर अवाद अल-सैयद अट्टा को उड़ान में अपने सभी बैग ले जाने की अनुमति नहीं दी गई और उनमें से दो को रोकने के लिए मजबूर किया गया। ये दो बैग अमेरिकन एयरलाइंस फ्लाइट 11 में नहीं पहुँचे, जो

वर्ल्ड ट्रेड सेंटर में घुसने वाली दो उड़ानों में से एक थी।

इनमें से एक बैग को खोलने पर हमलों में शामिल सभी आतंकियों के बारे में सारी जानकारी पता चल गई। चार विमानों के अपहरण में शामिल उन्नीस आतंकवादियों में से पंद्रह सऊदी अरब से, एक-एक मिस्र और लेबनान से और शेष संयुक्त अरब अमीरात से थे। हैरानी की बात है कि हमले से कुछ दिन पहले अमेरिकी अधिकारियों ने ओसामा और पाकिस्तान तथा अफगानिस्तान में उसके लोगों के बीच 11 सितंबर, 2001 को अमेरिका में किसी घटना को अंजाम देने से संबंधित बातचीत को पकड़ा भी था।

ऐसा कहा जाता है कि सीआईए के निदेशक जॉर्ज टेनेट को यकीन था कि अमेरिका में कुछ महत्त्वपूर्ण घटनाक्रम होने वाला है। सुरक्षा एजेंसियों को देश में घुसे कुछ आतंकियों के बारे में भी जानकारी मिली थी। कुछ उड़ान प्रशिक्षण स्कूलों ने 'अनजान' अरब नागरिकों के वाणिज्यिक विमान उड़ाने से जुड़ी ट्रेनिंग लेने की रिपोर्ट भी शेयर की थी। फिर भी इन सुरागों पर गौर नहीं किया गया।

सभी उन्नीस अपहरणकर्ता 9/11 से बहुत पहले अलग-अलग समय पर अमेरिका में उतरे थे, जिन्हें अमेरिकी धरती पर अब तक का सबसे बड़ा हमला अंजाम देना था। उन्होंने यात्री जेट विमानों के उड़ान नियंत्रण के बारे में सीखा, घटना वाले दिन यानी कि डी-डे पर विमानों का कहाँ अपहरण करना है, इसे समझने के लिए उन्होंने खास विमान मार्गों पर उड़ान भरी थी, जमीन पर बाकायदा उन लक्ष्यों को देखा था। हालाँकि, अमेरिकी खुफिया एजेंसी शुरुआत में ही इन हमलों को होने से रोक पाने में नाकाम रही।

अमेरिका ने सेना के इस्तेमाल के साथ प्रतिक्रिया दी

राष्ट्रपति बुश ने तुरंत प्रतिक्रिया व्यक्त की और अल-कायदा और ओसामा का पता लगाने के लिए अभियानों को अधिकृत किया। बुश की अनुमोदन रेटिंग 90 प्रतिशत तक बढ़ गई, जो किसी भी अमेरिकी राष्ट्रपति के लिए सार्वकालिक उच्च स्तर है।

हमलों के एक दिन बाद बुश ने राष्ट्र को संबोधित किया और अमेरिका के लोगों को पीड़ितों और उनके परिवारों को राहत पहुँचाने सहित उनके द्वारा उठाए गए विभिन्न कदमों के बारे में जानकारी दी।

अधिकारियों को अब यह स्पष्ट हो गया था कि इन हमलों के लिए ओसामा और अल–कायदा जिम्मेदार थे। यह अलग बात है कि अमेरिका पर इतने बड़े हमले की योजना बनाने और तैयारी करने में देश की धरती पर ही आतंकियों को कई हफ्ते लग गए। फिर भी, अमेरिकी एजेंसियाँ उन्हें पकड़ने में विफल रही थीं। यह देखते हुए कि ओसामा को आईएसआई का वरदहस्त प्राप्त था, पाकिस्तान को भी अमेरिका के खिलाफ युद्ध छेड़ने की उसकी योजनाओं का पता रहा होगा।

आतंकी हमले के बाद पूरे अमेरिका में व्यापक आक्रोश था। अमेरिकी कांग्रेस ने एक प्रस्ताव पारित कर राष्ट्रपति को 9/11 हमलों में शामिल लोगों के खिलाफ सशस्त्र बलों का इस्तेमाल करने के लिए अधिकृत किया। राष्ट्रपति बुश ने माँग की कि तालिबान ओसामा को सौंप दे। उन्होंने यह भी माँग की कि पाकिस्तान के राष्ट्रपति या तो अमेरिका के साथ खड़े हों या गंभीर परिणाम भुगतने को तैयार रहें। बुश ने जनरल मुशर्रफ को धमकी देते हुए कहा कि वह भारी बमबारी से पाकिस्तान का अस्तित्व मिटा देंगे।

पाकिस्तान के राष्ट्रपति के पास कोई विकल्प नहीं बचा था और उन्होंने बुश को पूरा समर्थन देने का आश्वासन दिया था। यह पाकिस्तान की डबल डीलिंग के शो का शानदार नमूना था। इस बात से पूरी तरह वाकिफ होने के बावजूद कि आईएसआई अल–कायदा और ओसामा का पूरी तरह समर्थन कर रही है, पाकिस्तान ने अमेरिका को समर्थन की पेशकश की थी। इस बीच अमेरिका ने ओसामा के ज्ञात ठिकानों पर हवाई हमले शुरू कर दिए।

नवंबर 2001 के अंत में पता चला कि ओसामा अफगानिस्तान की पहाड़ियों में तोरा बोरा की गुफाओं में छिपा है। यह बात पाकिस्तान को पता थी, लेकिन उसने अमेरिका को कभी इस बारे में नहीं बताया। तोरा बोरा से ओसामा को पकड़ने के लिए तालिबान और अल–कायदा के आतंकवादियों

से अमेरिकी सेना नहीं, बल्कि अफगान मिलिशिया लड़ रही थी। आरोप है कि पाकिस्तान ओसामा को तोरा बोरा से निकालकर अपनी सुरक्षा में पहुँचाने में कामयाब रहा, जहाँ उसे आईएसआई के सुरक्षित ठिकाने पर रखा गया था।

पाकिस्तान ने ओसामा के ठिकाने के बारे में अमेरिका से अनभिज्ञता जताई। कई पर्यवेक्षकों ने तोरा बोरा में ओसामा को पकड़ने के लिए अमेरिकी बलों का उपयोग नहीं करने के लिए बुश प्रशासन की आलोचना की। यह अफगानिस्तान में अमेरिका के बीस साल लंबे युद्ध की शुरुआत थी।

अमेरिका ने मसूद की मौत के बावजूद नॉर्दर्न एलायंस को अपना समर्थन दिया। अमेरिका के नए हथियारों के साथ नॉर्दर्न एलायंस ने तालिबान को पीछे धकेलना शुरू कर दिया। काबुल में सत्ता में बैठे लोगों को गरमी महसूस होनी शुरू हो गई थी। नॉर्दर्न एलायंस बलों ने बामियान, हेरात और तलोकान पर हमला किया, इन क्षेत्रों को नवंबर 2001 की शुरुआत में तालिबान से मुक्त करा लिया गया। फिर काबुल पर हमला हुआ; उसी महीने तालिबान को वहाँ से बेदखल कर दिया गया था। काबुल के मुक्त होने के बाद, नॉर्दर्न एलायंस सेना जलालाबाद की ओर बढ़ी। नवंबर में ही तालिबान से इसे भी मुक्त करा लिया गया। तालिबान ज्यादा लड़ाई लड़ नहीं सका। अमेरिकी वायुसेना और उसकी बमबारी ने इन सफलताओं में प्रमुख भूमिका निभाई।

तालिबान को हटा दिया गया था, लेकिन खत्म नहीं किया जा सका था। उनका आका ओसामा जिंदा था और पाकिस्तान में था तथा अमेरिका के खिलाफ युद्ध का निर्देशन कर रहा था। आईएसआई अब भी तालिबान का समर्थन कर रही थी और अधिक रंगरूटों को प्रशिक्षित किया जा रहा था। वे अब अफगान और अमेरिकी बलों पर गुरिल्ला हमले कर रहे थे। गुरिल्ला हमले अफगान लड़ाई की एक पुरानी रणनीति है। यदि आप हार जाते हैं और दुश्मन आपके देश में हैं, तो उन्हें थकाने के लिए गुरिल्ला हमलों के साथ उनकी सेनाओं को परेशान करना इस रणनीति में शामिल था। अब तक तालिबान के खिलाफ शायद ही कोई जोरदार लड़ाई हुई हो!

□

11

संयुक्त राष्ट्र का आगे आना और लड़ाई का जारी रहना

संयुक्त राष्ट्र ने 2001 से 2014 तक अंतरराष्ट्रीय शांति सेना—अंतरराष्ट्रीय सुरक्षा सहायता बल (आईएसएएफ) को अफगानिस्तान में शांति बनाए रखने और वहाँ की नई सरकार की मदद करने का आदेश दिया था। भारत, जो दुनिया में कहीं भी और संयुक्त राष्ट्र के शांति अभियानों में एक प्रमुख हितधारक रहा है, ने आईएसएएफ में शामिल होने के लिए अफगानिस्तान में अपने सैनिकों को नहीं भेजा। हालाँकि, उसने अफगानिस्तान को विकास और वृद्धि में पूरा समर्थन देने का आश्वासन दिया है। भारत ने इन मोरचों पर अच्छा प्रदर्शन किया है और अफगानों की प्रशंसा हासिल की है।

इस बीच बुश ने सोचा कि पकतिया और कंधार से तालिबान को बाहर निकालने के बाद अफगानिस्तान में युद्ध खत्म हो गया है। करजई सरकार ने दिसंबर 2001 में काबुल में सत्ता सँभाली, जिससे शहर में कुछ शांति आई। इस स्तर पर, अमेरिका दो युद्ध लड़ रहा था—एक छोटा युद्ध अफगानिस्तान में, क्योंकि लड़ाई का बड़ा हिस्सा नॉर्दर्न अलायंस के नेतृत्व में था, और दूसरा युद्ध इराक में सद्दाम हुसैन के खिलाफ। अफगानिस्तान से अमेरिकी सैनिकों की वापसी की घोषणा न करते हुए बुश ने अप्रैल 2002 में अफगानिस्तान को राष्ट्र के पुनर्निर्माण के लिए भारी सहायता का आश्वासन दिया। अमेरिकी कांग्रेस ने इस उद्देश्य के लिए 38 अरब डॉलर की मंजूरी दी।

अपनी सरकार को वैधता प्रदान करने के लिए करजई ने सरकार के प्रमुख के रूप में अपनी नियुक्ति के लिए अनुमोदन प्राप्त करने के लिए 2002 में देश भर से लोहिया जिरगा का आह्वान किया। जिरगा ने बैठक में उनकी नियुक्ति की पुष्टि की। नॉर्दर्न अलायंस यह देखकर निराश हो गया कि हर प्रशासनिक पद पर पश्तूनों को ही नियुक्त किया जा रहा था। उन्होंने इस पर सख्त आपत्ति की और निर्वाचित संसद् के प्रशासन में अधिक जिम्मेदारी पाने में कामयाब रहे। संसद् ने एक प्रस्ताव पारित किया, जिसके तहत वह राष्ट्रपति पर महाभियोग चला सकती थी। नॉर्दर्न अलायंस ने भ्रष्टाचार से लड़ने के लिए इन सभी प्रस्तावों और संविधान में संशोधनों को आगे बढ़ाया और प्रस्तावित किया। नॉर्दर्न अलायंस ने पाया कि करजई के लोग भ्रष्टाचार में लिप्त थे। एक बार वाशिंगटन डीसी की यात्रा पर मुझे सीनेटरों में से एक ने बताया कि करजई भी तेल के कारोबार में शामिल थे।

2004 के आसपास अफगानिस्तान में केवल 10,000 अमेरिकी सैनिक थे इसके अलावा, नाटो देशों के सैनिक अब आईएसएएफ में परिवर्तित हो गए थे। लगभग 5,000 सैनिकों के साथ शुरुआत करते हुए आईएसएएफ में संख्या अंततः बढ़कर 65,000 हो गई। ये सैनिक ज्यादातर यूरोपीय देशों के थे और दक्षिणी अफगानिस्तान में लड़ाई में लगातार शामिल हो रहे थे, जहाँ तालिबान के हमले हो रहे थे। उत्तरी क्षेत्र नॉर्दर्न अलायंस के नियंत्रण में थे।

अमेरिका अफगानिस्तान में पश्चिमी शैली का लोकतंत्र ला रहा था— जिसमें एक निर्वाचित संसद् होती और तमाम अन्य चीजें शामिल होतीं। इससे कई मायनों में लोहिया जिरगा की परंपरा से टकराव होने वाला था। अफगानों की नजर में अति सम्मानित पूर्व राजा जहीर शाह काबुल वापस आ गए थे। पूर्व राजा के समय में भी संसदीय प्रणाली की कोशिश की गई थी। इन सबका अफगान मूल के अमेरिकी राजनयिक खलीलजाद ने स्वागत किया। 2004 में ऐतिहासिक प्रत्यक्ष चुनाव में करजई अफगानिस्तान में लोकतांत्रिक रूप से चुने गए पहले राष्ट्र प्रमुख बने।

जिस समय अमेरिका और उसके नाटो सहयोगी अफगानिस्तान में

लोकतांत्रिक चुनावों का जश्न मना रहे थे, ओसामा का टेप किया गया एक वीडियो बयान अल जजीरा के माध्यम से जारी किया गया था, जो कतर सरकार द्वारा वित्त पोषित एक स्वतंत्र समाचार संगठन है। अपने बयान में उसने अमेरिका में हुए 9/11 हमलों की पूरी जिम्मेदारी ली थी। उसने अफगानिस्तान में अमेरिका के प्रवेश और तालिबान के खिलाफ उसकी लड़ाई को 'अफगानिस्तान के कब्जेवाली हमलावर सेना' करार देते हुए अफगान लोगों की 'आजादी' बहाल करने के लिए अफगानिस्तान में लड़ने की धमकी भी दी। पाकिस्तान के एक सुरक्षित घर से ओसामा ने इस युद्ध का ऐलान किया था। जैसा कि बाद की घटनाओं ने साबित कर दिया, जाहिर है, इसके पीछे पाकिस्तान का ही हाथ था।

अफगानिस्तान और अमेरिका ने एक रणनीतिक गठबंधन के समझौते पर हस्ताक्षर किए। समझौते के हिस्से के रूप में, अमेरिका अफगान सेना को हथियार और पुनर्निर्माण करने पर सहमत हुआ, ताकि वह राष्ट्र की सुरक्षा की जिम्मेदारी ले सके। अमेरिका शहरों के साथ-साथ अफगानिस्तान की अर्थव्यवस्था के पुनर्निर्माण में मदद करने के लिए भी सहमत हुआ। काबुल शहर में भारी बदलाव देखा गया। जब मैंने 2005 में काबुल का दौरा किया, तो इसे अपने पुराने रूप से पहचानना मुश्किल था। ऊँची इमारतें बन रही थीं, शहर का बाजार खुला था और दुकानें तेजी से कारोबार कर रही थीं। अधिक लोग अब अफगानी मुद्रा के बजाय डॉलर के संदर्भ में कीमतों की बात कर रहे थे। काबुल में अमेरिकी दूतावास किसी किले की तरह बना दिया गया था।

नाटो और अमेरिकी बलों के साथ-साथ नागरिक क्षेत्रों में तालिबान के हमले बढ़ने लगे। उन गाँवों में खोज अभियानों में हमेशा नागरिक हताहत होते थे, जहाँ अमेरिका या नाटो बल तालिबान की तलाश में जाते थे। इससे अफगानों में अमेरिका या नाटो बलों के खिलाफ गुस्सा पैदा हो गया। सोवियत सैनिकों के तलाशी अभियान के लिए जाने की कहानी खुद को दोहरा रही थी। कुछ साल पहले ही इन अमेरिकी बलों को रक्षक के रूप में सम्मानित किया गया था। 2007 तक अफगान बल राष्ट्र की सुरक्षा की जिम्मेदारी लेने की

स्थिति में नहीं आ पाए थे और शहरों में उचित पुलिसिंग का भी अभाव था।

मई 2007 में हेलमंद में एक बड़ी लड़ाई में अमेरिकी सेना ने एक प्रमुख तालिबान कमांडर मुल्ला दादुल्ला को मार गिराया। हालाँकि अमेरिकी हेलीकॉप्टर गनशिप द्वारा लड़ाई और सपोर्ट के दौरान कई नागरिक मारे गए। उनकी मौत के चलते अमेरिकी बलों के खिलाफ विरोध प्रदर्शन हो रहे थे। वाशिंगटन में अमेरिकी प्रशासन के साथ-साथ सैनिकों की कमान की सबसे बड़ी विफलता ओसामा का पता लगाने में उनकी नाकामी थी। वह पाकिस्तान में सुरक्षित बैठकर अमेरिका और करजई सरकार के खिलाफ जंग का संचालन कर रहा था।

व्हाइट हाउस में बराक ओबामा

बराक ओबामा नवंबर 2008 में अमेरिका के राष्ट्रपति चुने गए थे। पदभार सँभालने के तुरंत बाद उन्होंने इराक से अमेरिकी सैनिकों की वापसी को प्राथमिकता देने और अफगानिस्तान में उनकी उपस्थिति बढ़ाने का फैसला किया। पाकिस्तान की दोहरी भूमिका या ओसामा के आईएसआई के संरक्षण में पाकिस्तान में होने के तथ्य पर ध्यान दिए बिना ओबामा ने पाकिस्तान को और अधिक सहायता का प्रस्ताव दिया, और इस तरह उन्होंने बुश की नीति को उलट दिया। अमेरिका पाकिस्तान को यह सहायता क्यों दे रहा था? अमेरिकी खुफिया एजेंसियों ने इस तथ्य को नजरअंदाज कर दिया कि विदेशी लड़ाके—बड़े पैमाने पर अरब-पाकिस्तान के रास्ते तालिबान की तरफ से अफगानिस्तान में आ रहे थे। क्या यह अमेरिकी जमीनी खुफिया अधिकारियों की ओर से किया जा रहा भ्रष्टाचार था या बस उनकी अक्षमता थी?

ओबामा ने अफगानिस्तान में पहले से मौजूद 37,000 सैनिकों को मजबूत करने के लिए 17,000 और अमेरिकी सैनिकों को भेजने का फैसला किया। अफगान सेना और पुलिस फोर्स को प्रशिक्षण देने के लिए कुछ और सैनिकों को भी भेजा गया था। तालिबान फोर्सेज के बढ़ते प्रतिरोध के साथ, हेलमंद और दक्षिणी अफगानिस्तान के अन्य क्षेत्रों में युद्ध तेज होता जा रहा था। दिसंबर

2009 में राष्ट्र के नाम एक टेलीविजन प्रसारण में ओबामा ने अफगानिस्तान में और अमेरिकी सेना भेजने की घोषणा की और 30,000 अतिरिक्त सैनिकों को भेजा। इससे अफगान सेना को प्रशिक्षण देने वालों के अलावा अफगानिस्तान में अमेरिकी सैनिकों की संख्या लगभग 90,000 हो गई।

ऐसा लग रहा था कि अफगानिस्तान में प्रवेश के आठ साल बाद सोवियत संघ की तरह अमेरिका अब भी फँस गया था। पाकिस्तान को बताए बिना ओबामा ने अमेरिकी खुफिया एजेंसियों को यह पता लगाने को कहा कि ओसामा पहाड़ों में है या पाकिस्तान में कहीं छिपा है। ज्यादा समय न लेते हुए खुफिया एजेंसियों ने कुछ सफलता के साथ वापस रिपोर्ट की। अमेरिका अब जान चुका था कि ओसामा पाकिस्तान के संरक्षण में कहाँ छिपा है! अमेरिकी राष्ट्रपति ने आदेश दिया कि ओसामा को या तो पकड़ लिया जाए या देखते ही गोली मार दी जाए!

1 मई, 2011 को दो हेलीकॉप्टरों ने अच्छी तरह से प्रशिक्षित अमेरिकी नौसेना सील्स को लेकर अफगानिस्तान से उड़ान भरी। ये नौसेना के भीतर एक उच्चकोटि की फोर्स के सदस्य थे, जो गुरिल्ला युद्ध और काउंटर इंसर्जेंसी में एक्सपर्ट होते हैं। उन्होंने पाकिस्तानी हवाई क्षेत्र में प्रवेश किया और पाकिस्तानी रडार से बचने के लिए ज्यादा ऊँचाई पर उड़ान भरने से परहेज किया।

वे एबटाबाद पहुँचे, जो एक सैन्य शहर है, जहाँ पाकिस्तान की सैन्य अधिकारियों की प्रशिक्षण अकादमी है। हेलीकॉप्टरों ने एक घर के ऊपर से उड़ान भरी, जहाँ उन्हें उतरना था। एक हेलीकॉप्टर ने घर के परिसर में सॉफ्ट क्रैश लैंडिंग की, लेकिन सील्स और चालक दल के सदस्यों को कोई नुकसान नहीं पहुँचा। दूसरा हेलीकॉप्टर घर के बाहर उतरा। सील्स अब उस घर में गए, जहाँ ओसामा अपनी तीन पत्नियों के साथ रह रहा था।

सील्स ने घर में प्रवेश किया और पहली मंजिल पर दो पुरुषों को पाया। ओसामा मकान की दूसरी और तीसरी मंजिल पर रहता था। सील्स ने उसे तीसरी मंजिल पर पाया, वह काँपते हुए और अपनी पत्नी के पीछे छिपने

की कोशिश कर रहा था। उन्होंने उसे गोली मार दी। ओबामा, उपराष्ट्रपति जो बाइडेन और विदेश मंत्री हिलेरी क्लिंटन समेत अन्य वरिष्ठ अधिकारियों ने वाशिंगटन में इस पूरे अभियान को लाइव देखा। जैसे ही उन्हें पुष्टि मिली कि ओसामा को गोली मार दी गई है, राष्ट्रपति ने टिप्पणी की, 'हमने उसे ढूँढ़ निकाला'।

वे ओसामा के शव को अपने साथ लेकर घर से निकल गए। उन्होंने उड़ान भरने से पहले दुर्घटनाग्रस्त हेलीकॉप्टर को नष्ट कर दिया। छापे के दौरान ओसामा की एक पत्नी ने उसे नाम से बुलाया और इससे सील्स को उसकी पहचान करने में मदद मिली। अभियान के दौरान मारे गए चार अन्य लोगों के शव वहीं छोड़ दिए गए।

राष्ट्रपति ओबामा ने अमेरिकी लोगों और पूरी दुनिया के लिए यह महत्त्वपूर्ण घोषणा करने के लिए टेलीविजन पर ये संदेश दिया—'अल-कायदा का खूँखार आतंकवादी नेता ओसामा', जो 9/11 हमलों में हजारों अमेरिकियों की मौत के लिए जिम्मेदार था, मारा गया। इस घोषणा के बाद पूरे अमेरिका में खुशी के प्रदर्शन हुए। ओबामा का उत्साह बढ़ाने और धन्यवाद देने के लिए व्हाइट हाउस के बाहर भीड़ जमा हो गई। उन सभी को लगा कि साँप का सिर काट दिया गया है और इससे अल-कायदा की आतंकी गतिविधियों में कमी आएगी। हालाँकि, पाकिस्तान के साथ ऐसा कुछ नहीं हुआ, जिसने ओसामा को रखा और उसकी रक्षा की थी। जबकी वह पाकिस्तान के ऐबटाबाद की सुरक्षा में बैठकर अमेरिका के खिलाफ अफगानिस्तान में अपनी लड़ाई का संचालन कर रहा था।

अफगानिस्तान में युद्ध फैल गया

अफगानिस्तान में अमेरिका द्वारा शुरू किया गया युद्ध अब अपने ग्यारहवें वर्ष में चल रहा था। पाकिस्तान में प्रशिक्षित किए जा रहे और वहाँ से भेजे जाने वाले तालिबान लड़ाकों की संख्या लगातार बढ़ रही थी। यह युद्ध अब मुजाहिदीन लड़ाकों द्वारा नहीं लड़ा जा रहा था। पाकिस्तान

तालिबान के लिए नए नेतृत्व की तलाश में था, जो सफलता मिलने के बाद सरकार पर कब्जा कर ले। पाकिस्तान के कबीलाई पश्तून इलाकों में हक्कानी कबीला ऐसा ही एक समूह था, जिसे पाकिस्तानी सेना का समर्थन हासिल था। यह सब अफगान लोगों को पता था, भले ही अमेरिका इसे रोक नहीं रहा था। लेकिन क्यों नहीं? क्योंकि इसके लिए कोई ठोस स्पष्टीकरण नहीं दिया जाता था!

करजई अमेरिका पर पाकिस्तान को दी जाने वाली सहायता रोकने की जरूरत पर जोर देने की कोशिश कर रहे थे। अपने रणनीतिक साझेदार की बात न सुनते हुए अमेरिकी राष्ट्रपति पाकिस्तान को और अधिक सहायता देने की घोषणा कर रहे थे। ओबामा ने वाशिंगटन में 2012 के मध्य में अफगानिस्तान से 30,000 अमेरिकी सैनिकों को वापस बुलाने की घोषणा की। 2011 के अंत में अफगानिस्तान में अमेरिकी सैनिकों की संख्या 1,00,000 से अधिक थी। करजई सरकार के लिए यह एक बड़ा झटका था कि अमेरिका उसकी जानकारी के बिना कतर के दोहा में तालिबान के साथ शांति वार्त्ता कर रहा है! अफगानिस्तान में अमेरिका के लगभग 2,000 सैनिक मारे गए थे, इसके अलावा युद्ध पर खर्च भी सोवियत संघ की तरह ही भारी पड़ रहा था और संसाधनों पर भारी कमी आड़े आ रही थी।

जब तालिबान के साथ बातचीत चल रही थी, उसी दौरान पाकिस्तान के हक्कानी समूह ने अफगान सरकार के मुख्य वार्त्ताकार और अफगानिस्तान के पूर्व राष्ट्रपति रब्बानी की हत्या कर दी। अजीब बात थी कि पाकिस्तान वार्त्ता का हिस्सा नहीं था; शायद पाकिस्तान तालिबान की सफलता को लेकर आश्वस्त था और उसे हक्कानी समूह पर भरोसा था। अमेरिका ने एक बार फिर घोषणा की कि वह अफगानिस्तान में लड़ाकू अभियानों को वापस लेना चाहता है और वहाँ सबकुछ अफगान फोर्सेज पर छोड़ना चाहता है। यह एक ऐसी सेना थी, जिसे शायद ही प्रशिक्षित किया गया था, क्योंकि इसे नए सिरे से विकसित किया जा रहा था।

वर्ष 2014 में अफगान फोर्सेज ने उन क्षेत्रों का प्रभार ले लिया, जहाँ से

नाटो फोर्स वापस जा रही थी। अब तक तालिबान ने दोहा में एक कार्यालय खोला और मान्यता प्राप्त करने में सक्षम होने लगा था। इस बीच राष्ट्रपति के रूप में करजई का कार्यकाल समाप्त हो रहा था। उनके बाद अशरफ गनी ने जगह ले ली। नॉर्दर्न अलायंस के अब्दुल्ला ने भी इस पद के लिए चुनाव लड़ा था। वह गनी के साथ काम करने के लिए सहमत हुए और उन्होंने गठबंधन की सरकार बनाई।

ट्रंप ने ओबामा की जगह ली

अमेरिका में जनवरी 2017 में डोनाल्ड ट्रंप ने ओबामा की जगह ली। ट्रंप ने हमले का फैसला करने के लिए इलाके में कमांडरों को अधिक शक्तियाँ देने का फैसला किया। अब तक तालिबान की ताकत और संख्या में और बढ़ोतरी हो गई थी, जिसका श्रेय अमेरिका और सऊदी अरब द्वारा पाकिस्तान को दी जा रही रकम को जाता है। पहली बार अमेरिकी कमांडरों ने एक नए और शक्तिशाली गैर-परमाणु बम का इस्तेमाल किया। इसे अप्रैल 2017 में अफगानिस्तान के नांगरहार प्रांत में इसलामिक स्टेट के आतंकवादियों पर गिराया गया था।

ट्रंप जमीनी हालात को लेकर अधिक यथार्थवादी थे और उसी के मुताबिक अपनी नीति को उन्होंने रेखांकित किया, जिसमें पाया गया कि अमेरिकी फोर्सेज की वापसी के बाद आतंकवादियों की संख्या में और बढ़ोतरी होगी। दोहा में तथाकथित शांति वार्त्ता की प्रगति को देखते हुए ट्रंप ने महसूस किया कि राजनीतिक समाधान कहीं भी दिखाई नहीं दे रहा है। तालिबान ने ट्रंप को प्रतिक्रिया देते हुए काबुल और अन्य जगहों पर कुछ भयानक हमले किए, जिसमें 100 से अधिक लोग मारे गए।

तालिबान के संसाधनों और आय में कटौती करने के लिए अफगान फोर्सेज ने अफीम उगाने वाले क्षेत्रों पर हमले किए, अफीम के खेतों को जला दिया, जबकि अमेरिकी वायुसेना ने अफीम प्रसंस्करण प्रयोगशालाओं पर हमले किए। ट्रंप ने पाकिस्तान की दोहरी सौदेबाजी से निपटने के लिए एक

बड़ा कदम उठाते हुए उसकी कई अरब डॉलर की वार्षिक सहायता में कटौती कर दी। यह कुछ ऐसा था, जो बुश युग में ही अमेरिका को करना चाहिए था।

अमेरिका की ओर से खलीलजाद तालिबान नेता मुल्ला अब्दुल गनी बरादर के साथ बातचीत कर रहे थे। हालाँकि, खलीलजाद अफगानिस्तान से अमेरिकी फोर्सेज की औपचारिक, गरिमापूर्ण और शांतिपूर्ण वापसी के लिए बरादर को तैयार करा पाने में नाकाम रहे। यह एक ऐसा पहलू था, जिसे सोवियत संघ ने 1988 में अपने सैनिकों को वापस लेने से पहले सुनिश्चित किया था और गारंटी दी गई थी। वार्त्ता के दौरान तालिबान नेताओं को पूरी तरह से पता चल गया कि अमेरिका ने लड़ने की इच्छा शक्ति खो दी है और वह अपने सैनिकों को अफगानिस्तान से बाहर निकालने के लिए बेताब है। क्या यह वार्त्ता के दौरान खलीलजाद की विफलता थी? वह सैनिकों की गरिमापूर्ण वापसी सुनिश्चित कराने में विफल क्यों रहे?

उन्होंने इस तथ्य को नजरअंदाज कर दिया कि सोवियत सेनाओं को पूरी तरह से वापस जाने में नौ महीने लग गए और जाने से पहले प्रत्येक क्षेत्र को अफगान बलों को सुरक्षित रूप से सौंप दिया था। इसके अलावा, उसी फोर्स ने नजीबुल्लाह के तहत कम-से-कम तीन साल तक अफगानिस्तान को सुरक्षित रखा, जब तक कि लड़ाई जारी रखने के लिए संसाधनों की कमी नहीं हो गई।

ट्रंप के राष्ट्रपति कार्यकाल के दौरान ही 29 फरवरी, 2020 को तालिबान के साथ समझौते पर हस्ताक्षर किए गए थे। तत्काल संघर्ष विराम का कोई प्रावधान नहीं था। इस पर किसी को भी हैरानी हो सकती है कि ऐसा क्यों था? यहाँ तक कि समय-सीमा भी ठीक से तय नहीं की गई थी, ताकि यह सुनिश्चित किया जा सके कि वापसी शांतिपूर्ण और गरिमापूर्ण रहे। अमेरिका द्वारा इस तरह की खराब बातचीत का नतीजा यह था कि तालिबान ने शहरों पर हमले शुरू कर दिए, यहाँ तक कि अमेरिकी सैनिक अफगान फोर्सेज को ठीक से प्रभार सौंपे बिना बाहर चले गए। लंबा युद्ध अमेरिका के लिए खत्म हो रहा था, लेकिन अफगानिस्तान के लिए नहीं।

अमेरिकी सैनिक वापस चले गए, लेकिन अफगान त्रासदी जारी रही

अमेरिकी राष्ट्रपति जो बाइडेन ने 2021 में पदभार सँभालने के बाद अफगानिस्तान से बाहर निकलने की योजना को आगे बढ़ाया। हालाँकि, खलीलजाद के नेतृत्व में अमेरिकी वार्त्ताकारों की तालिबान के साथ पहले से इस पर काम करने में विफलता के कारण अमेरिकी फोर्सेज के कमांडर औपचारिक और गरिमापूर्ण वापसी सुनिश्चित नहीं कर सके। यह एक अजीब वापसी थी, क्योंकि ऐसा लग रहा था, जैसे अमेरिकी सेना भाग रही हो! इसके अलावा, अफगान सेना को अमेरिका द्वारा पैदल सेना के रूप में प्रशिक्षित नहीं किया गया था। यह अमेरिका से हवाई समर्थन पर निर्भर थी और हवाई समर्थन के बिना तालिबान बलों से लड़ने की स्थिति में नहीं थी।

जहाँ भी अमेरिकी सेना पीछे हटी, अफगान सेना क्षेत्र की रक्षा करने में असमर्थ थी और उसने तालिबान के सामने आसानी से आत्मसमर्पण कर दिया। यह सोवियत सेना के पीछे हटने के तरीके के विपरीत था, जब अफगान सेना ने पोस्ट के प्रभार लिये थे और देश की रक्षा की थी।

एक चौंकाने वाले घटनाक्रम में, अमेरिका बगराम एयरबेस से हटने से पहले युद्धकालीन सुविधाओं को नष्ट करने में विफल रहा। बेस पर सुविधाएँ दुनिया में सबसे अच्छी थीं और उन्हें अफगान वायुसेना को सौंप दिया जाना चाहिए था। ऐसा क्यों नहीं किया गया, इसका जवाब अमेरिका ही दे सकता है। बगराम में कई अरब डॉलर के सैन्य हार्डवेयर पीछे छोड़ दिए गए थे, क्योंकि अमेरिकी वार्त्ताकारों द्वारा तैयार किए गए वापसी कार्यक्रम के अनुसार इसे वापस लेने का समय नहीं था। ये सभी सैन्य हार्डवेयर तालिबान के लिए बहुत उपयोगी हो गए, जिसने उन्हें और मजबूत किया। हालाँकि, इस हार्डवेयर का बड़ा हिस्सा पाकिस्तान ने ले लिया था।

अमेरिका के सैनिकों और कर्मचारियों के साथ-साथ अफगानिस्तान से उनके सहायक कर्मचारियों की विदाई और वापसी 1973 में वियतनाम से अमेरिकी निकासी की तुलना में कहीं अधिक खराब थी। अफगानिस्तान से

2021 में वापसी के दौरान काबुल हवाई अड्डे पर एक हमले में तेरह अमेरिकी सैनिक मारे गए और अठारह घायल हो गए। बाइडेन ने स्वीकार किया कि वापसी एक उलझाऊ मामला हो गया था। कई हजार अफगान, जिन्होंने अमेरिका और उसके सहयोगियों के साथ-साथ लगभग 200 अमेरिकियों की मदद की थी, उन्हें निकाला नहीं जा सका, जिससे उन्हें तालिबान की दया पर छोड़ दिया गया। दोहा में वार्त्ता के दौरान खलीलजाद ने यह सुनिश्चित नहीं किया था कि तालिबान मानवाधिकारों, जिसमें महिलाओं के अधिकार भी शामिल थे, का उल्लंघन नहीं करेगा या सरकार व्यापक आधार वाली होगी।

अमेरिकी मौजूदगी के बीस वर्षों के दौरान, काबुल और अफगानिस्तान के अन्य शहरों में एक बड़ा बदलाव आया था। हर बार जब एएनआई दल देश का दौरा करता था, तो वे विकास कार्यों और नई इमारतों की तसवीरें वापस लाते थे। 2006 में महिलाएँ कार्यालयों में, दुकानों और शोरूम में काम कर रही थीं। व्यापार तेज गति से हो रहा था, जिसे मैंने बाजार जाने के दौरान खुद भी महसूस किया था।

जैसे-जैसे अमेरिकी सैनिक देश से वापस जा रहे थे, तालिबान सेना अफगान सेना को हरा रही थी या आत्मसमर्पण करने के लिए मजबूर कर रही थी। अफगान सेना जवाबी लड़ाई नहीं कर पा रही था, जिससे काबुल खतरे में आ गया था। शहर की रक्षा करने के बजाय, राष्ट्रपति गनी कथित तौर पर लाखों डॉलर लेकर भाग गए। उनका यह रवैया नजीबुल्लाह के विपरीत था, जिन्होंने सोवियत संघ के हटने के बावजूद अफगान सरकार चलाना और देश की रक्षा करना जारी रखा। नजीबुल्लाह की सरकार ने साम्यवाद को त्याग दिया था और अफगानों ने उन्हें अपने नेता के रूप में स्वीकार कर लिया था। वह केवल इसलिए खतरे में आ गए थे, क्योंकि सोवियत संघ को दिए गए आश्वासनों के बावजूद अमेरिका ने पाकिस्तान को वित्त पोषित करना जारी रखा था।

पाकिस्तान को खुश रखने के लिए अमेरिका ने जानबूझकर नजीबुल्लाह की सरकार को मान्यता नहीं दी। दुःख की बात है कि राफेल जैसे लोगों द्वारा

निर्धारित नीति हावी हुई। इसमें अमेरिकी तेल कंपनी यूनोकल भी शामिल थी, क्योंकि उसे तालिबान सरकार से त्वरित अनुमोदन की उम्मीद थी। उनमें से किसी को उम्मीद नहीं थी कि नजीबुल्लाह को आसानी से गद्दी से नहीं हटाया जा सकेगा।

जैसे ही गनी भागे, तालिबान तेजी से काबुल में घुस गया। अफगानिस्तान के उपराष्ट्रपति और गनी के उड़ान भरने के बाद से कार्यवाहक राष्ट्रपति सालेह तालिबान के खिलाफ लड़ाई जारी रखने के लिए उत्तरी अफगानिस्तान चले गए। मसूद की हत्या के बाद उनके बेटे ने पंजशीर की कमान सँभाल ली थी। मसूद के बेटे और सालेह ने तालिबान के खिलाफ लड़ाई जारी रखी; और यह आज तक जारी है।

जैसे ही तालिबान ने काबुल पर कब्जा किया, यह ऐलान कर दिया गया कि महिलाएँ अब काम नहीं कर सकेंगी। हालाँकि, तालिबान द्वारा जारी किए जा रहे आदेशों के खिलाफ सड़कों पर महिलाओं और अन्य लोगों ने विरोध प्रदर्शन किया, लेकिन इससे कुछ हासिल नहीं हुआ। यह घोषणा की गई थी कि एयर होस्टेस अब एरियाना अफगान एयरलाइंस में काम नहीं कर सकती हैं। असहाय एयर होस्टेस एक घर में छिपी हुई थीं, उन्हें नहीं पता था कि उनका भविष्य क्या है? लड़कियाँ अब स्कूल नहीं जा सकती थीं। केवल भगवान् ही जानता है कि उनके लिए आगे क्या होने वाला है! 95,000 से अधिक युद्ध विधवाओं की किस्मत का कुछ पता नहीं है। युद्ध विधवाओं को अगर काम करने या बाहर जाने की इजाजत नहीं मिलेगी तो उनके परिवारों को भुखमरी का सामना करना पड़ सकता है।

तालिबान की मौजूदा सरकार को अभी भी पाकिस्तान और कुछ अन्य इसलामिक देशों के अलावा वैश्विक समुदाय द्वारा मान्यता नहीं दी गई है। तालिबान के सत्ता में आने के बाद भारत ने मॉस्को में आयोजित एक सम्मेलन से इतर अफगान प्रतिनिधियों से मुलाकात की थी। भारत ने भी काबुल में तालिबान सरकार को मान्यता नहीं दी है। अफगानिस्तान खाद्य की कमी सहित मानवीय समस्याओं का सामना कर रहा है। भारत ने 50,000 टन

गेहूँ की आपूर्ति की पेशकश की और कुछ भारतीयों, अफगान हिंदुओं और अफगान सिखों को निकालने के लिए वहाँ गए विमान से 1.5 टन चिकित्सा आपूर्ति भेजी। काबुल में तालिबान सरकार के विदेश मंत्री ने अपनी यात्रा के दौरान पाकिस्तान से अनुरोध किया कि वह भारत को अपने भूमि मार्ग के माध्यम से गेहूँ भेजने की अनुमति दे।

मसूद के बेटे और सालेह के तहत नॉर्दर्न अलायंस अभी भी तालिबान के खिलाफ लड़ रहा है, क्योंकि वे चरमपंथी इसलाम के संस्करण से सहमत नहीं हैं। काबुल में सरकार समावेशी नहीं है और पाकिस्तान के हक्कानी समूह द्वारा नियंत्रित है। सत्तारूढ़ तालिबान के भीतर कुछ समूहों द्वारा लड़ाई कई क्षेत्रों में हो रही है। तालिबान बलों ने नांगरहार सीमा पर कुछ पाकिस्तानी सैनिकों से लड़ाई की और उन्हें मार गिराया, जहाँ पाकिस्तान बाड़ लगा रहा था।

कुछ समाचार रिपोर्टों के अनुसार, आईएसआई आतंकवादियों के एक और समूह को प्रायोजित कर रहा है और उन्हें एक साथ रख रहा है, जो तालिबान से लड़ने के लिए और भी अधिक चरमपंथी इसलाम में विश्वास करते हैं। इसलामिक अलायंस को आईएसआई वित्तपोषित करती है और यह अमेरिकी खुफिया एजेंसी के रडार पर है। इस समूह के मौजूदा तालिबान के खिलाफ काम करने की उम्मीद है।

भारत एक ऐसा देश है, जिसका अफगान अभी भी सम्मान करते हैं। काबुल में तालिबान के वर्तमान प्रशासन में निस्संदेह पाकिस्तान समर्थक गुटों का वर्चस्व है, लेकिन भारत की सद्भावना का स्तर वहाँ ऊँचा बना हुआ है। भारत अफगानों के जीवन को प्रभावित करने वाली सहायता के साथ अफगानों की मदद कर रहा है। हेल्थकेयर एक ऐसा पहलू है, जिसे भारत ने अच्छी तरह से सँभाला है। राष्ट्रीय राजमार्ग भारत द्वारा शुरू की गई एक और परियोजना है, जो अफगानों के लिए कनेक्टिविटी को आसान बनाती है। अफगानिस्तान की संसद् के निर्माण सहित कई अन्य परियोजनाएँ भी हैं। भारत अफगानिस्तान में कैसे और किस तरह से शामिल रह सकता है, यह कुछ ऐसा है, जिसे

एस. जयशंकर के नेतृत्व में भारत का विदेश कार्यालय अच्छी तरह से सँभाल सकता है।

दु:खद तथ्य यह है कि अफगान महिलाएँ एक बार फिर बड़ी पीड़ा के चौराहे पर खड़ी हैं। एक महानगरीय शहर काबुल को चरमपंथी इसलाम की कार्यशाला में बदलने की कोशिश की जा रही है, एक ऐसा संस्करण, जिसे इसलामी देशों में भी नहीं जाना जाता है। अफगानिस्तान की त्रासदी जारी है, क्योंकि लड़ाई समाप्त होने के कोई संकेत नहीं दिख रहे हैं।

□

12

पाकिस्तान फैक्टर

1947 में भारत को दो राष्ट्रों—भारत और पाकिस्तान में विभाजित करने के साथ आजादी मिली। यह मोहम्मद अली जिन्ना के दो राष्ट्रों के सिद्धांत के अनुरूप था, जिसके तहत उन्होंने भारत में रहने वाले मुसलमानों के लिए एक अलग राष्ट्र, पाकिस्तान के निर्माण का प्रस्ताव रखा था। दो-राष्ट्र सिद्धांत भारतीय नेतृत्व को स्वीकार्य नहीं था, लेकिन अगर इसी तरीके से स्वतंत्रता में तेजी लाई जा सके तो वे देश के विभाजन के लिए सहमत हो गए। हिंदू और मुसलिम ही नहीं, कई अन्य धार्मिक और जातीय समुदाय भी विभाजन से पहले भारत में पीढ़ियों तक सद्भाव में रहते थे।

अंग्रेजों ने जिन्ना के 'द्वि-राष्ट्र सिद्धांत' का इस्तेमाल उन क्षेत्रों से पाकिस्तान बनाने के लिए किया, जहाँ मुसलिम आबादी बहुसंख्यक थी। जब यह उभरा, तो पाकिस्तान दो टुकड़ों में था—पश्चिमी पाकिस्तान और पूर्वी पाकिस्तान। पश्चिम पाकिस्तान में पश्चिमी पंजाब, एनडब्ल्यूएफपी, बलूचिस्तान और सिंध प्रांत शामिल थे। बलूचिस्तान वास्तव में ब्रिटिश भारत का हिस्सा नहीं था और कलात के खान के अधीन इसे कुछ हद तक स्वायत्तता मिली हुई थी। फिर भी, अंग्रेजों ने इसे भारत के हिस्से के रूप में माना और इसे पाकिस्तान के क्षेत्र में शामिल किया। पूर्वी पाकिस्तान में बंगाल के मुसलिम बहुल जिले और असम का सिलहट शामिल थे, जबकि कलकत्ता (अब कोलकाता) सहित पश्चिम बंगाल भारत के साथ रहा।

भले ही बंगाली भाषी लोग पूर्वी पाकिस्तान में बहुमत में थे, लेकिन नए

राष्ट्र ने उर्दू को अपनी राष्ट्रीय भाषा के रूप में अपनाया। यह विडंबना थी, क्योंकि पाकिस्तान के किसी भी प्रांत में उर्दू नहीं बोली जाती थी। उर्दू की उत्पत्ति मुगल काल में हुई थी और यह ज्यादातर उत्तर भारत में बोली जाती थी। अंग्रेजों ने पूरे भारत में प्रशासनिक कार्य में अंग्रेजी का इस्तेमाल किया था। मार्च 1948 में पूर्वी पाकिस्तान के दौरे पर जिन्ना ने ढाका विश्वविद्यालय के दीक्षांत समारोह में घोषणा की कि उर्दू पूर्वी पाकिस्तान की आधिकारिक भाषा होगी। उनकी घोषणा के बाद देश में पहली बार भाषायी दंगे देखने को मिले, जिसके चलते पूर्वी पाकिस्तान में अलगाव को एक बल मिला। जिन्ना बहुत स्पष्ट थे कि केवल उर्दू ही पाकिस्तान की राजभाषा होगी। पुलिस की कड़ी काररवाई से दंगों को दबा दिया गया था, लेकिन पाकिस्तान के दोनों हिस्सों के सांस्कृतिक और भाषायी विभाजन अब एक वास्तविकता थे।

भारत में, भले ही हिंदी को राजभाषा के रूप में अपनाया गया था, फिर भी अंग्रेजी को सहयोगी भाषा के रूप में बनाए रखा गया। आज, अंग्रेजी मुख्य भाषा बन चुकी है। यही नहीं, यह भाषा भारत में कई गुना आगे भी बढ़ चुकी है और महासंघ के राज्यों को एकजुट करती है। ब्रिटिश काल के दौरान मौजूद स्कूलों की तुलना में आज भारत में कहीं अधिक अंग्रेजी माध्यम के स्कूल हैं। इस भाषा ने भारतीय सूचना प्रौद्योगिकी (आईटी) उद्योग के विकास में मदद की है, जिससे देश और इसके आईटी विशेषज्ञ आज दुनिया भर में हावी हो गए हैं।

मार्च 1971 में हुए संसदीय चुनाव में अवामी लीग की जीत के बावजूद जुल्फिकार अली भुट्टो ने सत्ता सौंपने से इनकार कर दिया। लीग और भुट्टो के नेतृत्व में सैन्य शासकों और पश्चिमी पाकिस्तान सरकार के बीच वार्त्ता टूटने के बाद पूर्वी पाकिस्तान में एक बड़ा आंदोलन शुरू हो गया। आंदोलन अब बंगाली मुद्दे पर नहीं, बल्कि पाकिस्तान से आजादी की माँग पर बढ़ गया था।

वार्त्ता टूटने के बाद एक विशाल जनसभा में अवामी लीग के नेता शेख मुजीबुर रहमान ने पाकिस्तान के सैन्य शासकों को स्पष्ट शब्दों में चेतावनी देते हुए कहा, 'एह बार संग्राम–मुक्ति संग्राम'। उनका इशारा बांग्लादेश यानी

बांग्ला भाषी पूर्वी पाकिस्तान के पाकिस्तान से अलग होने की ओर था।

रहमान की तरफ से यह घोषणा इसलिए हुई, क्योंकि पाकिस्तानी संसद् के आम चुनावों में बहुमत सीटें जीतने के बावजूद अवामी लीग को पाकिस्तान की सरकार चलाने के अधिकार से वंचित कर दिया गया था। पूर्वी पाकिस्तान के लोगों को कुचलने के लिए देश के सैन्य शासक जनरल याह्या खान ने जनरल टिक्का खान को रावलपिंडी से अवामी लीग को काबू में लाने के लिए भेजा। रहमान को गिरफ्तार कर लिया गया और रावलपिंडी भेज दिया गया। अवामी लीग के कई अन्य नेता गिरफ्तारी से बचने में कामयाब रहे और उन्होंने भारत में शरण ली। 10 अप्रैल, 1971 को अवामी लीग के नेताओं ने बांग्लादेश की एक अंतरिम सरकार की घोषणा कर दी।

आबादी पर देशव्यापी काररवाई के बावजूद पाकिस्तान की सेना आंदोलन को कुचलने में नाकाम रही। ढाका विश्वविद्यालय और अन्य स्थानों के छात्रों की हत्या कर दी गई और महिलाओं का यौन उत्पीड़न किया गया। पूर्वी पाकिस्तान के लोगों पर पाकिस्तानी सेना की क्रूर काररवाई के दौरान, दो मिलियन यानी 20 लाख से अधिक लोग शरणार्थियों के रूप में भारत चले गए।

आंदोलनकारियों ने अंततः 1971 में 'मुक्ति वाहिनी' या 'फ्रीडम फोर्स' का गठन करके पाकिस्तानी सेना को हिंसक जवाब दिया। दिसंबर 1972 में भारत के समर्थन से मुक्तिवाहिनी और भारतीय सेना ने पाकिस्तानी सेना को हराया, जिसने 16 दिसंबर, 1972 को पूर्वी पाकिस्तान में आत्मसमर्पण कर दिया। द्वितीय विश्वयुद्ध के बाद से यह किसी सेना का सबसे बड़ा आत्मसमर्पण था, जिसमें 91,000 जर्मन सैनिकों ने स्टालिनग्राद में सोवियत संघ के सामने आत्मसमर्पण किया था। युद्ध के अंत में पाकिस्तान के 93,000 सैनिकों ने अपने हथियार डाल दिए। इसके बाद बांग्लादेश की मुक्ति के लिए युद्ध समाप्त हो गया और यह देश अब विश्व समुदाय में शामिल होने वाला एक नया राष्ट्र बन गया था।

एक देश के रूप में पाकिस्तान अब छोटा हो गया था, जो पश्चिम पाकिस्तान के क्षेत्रों तक ही सीमित था। उसकी सेना ने अपने हालात का

जायजा लिया कि भारत के साथ एक और युद्ध होने की स्थिति में क्या होगा! पाकिस्तान सरकार को हमेशा लगता था कि भारत देश को विभाजन पूर्व जैसा करना चाहता है। उन्होंने बांग्लादेश के उद्भव को पाकिस्तान के विघटन में भारत के पहले कदम के रूप में देखा, जबकि उन्होंने इस तथ्य की अनदेखी की कि पूर्वी पाकिस्तान से अलगाव तभी हुआ, जब पश्चिमी पाकिस्तान के नेतृत्व और सेना ने देश की संसद् में बहुमत पार्टी के विधिवत् निर्वाचित नेता रहमान को सत्ता सौंपने से इनकार कर दिया।

पाकिस्तानी सेना ने अब निष्कर्ष निकाला कि पाकिस्तान के पास जो कुछ बचा था, यानी पश्चिमी पाकिस्तान की रक्षा के लिए, देश को भारत के साथ लंबे समय तक युद्ध के मामले में कुछ क्षेत्रीय गहराई की जरूरत थी। पाकिस्तानी सेना ने महसूस किया कि यह क्षेत्रीय गहराई केवल अफगानिस्तान की ओर से ही प्रदान की जा सकती है। चूँकि अफगानिस्तान हमेशा से भारत के प्रति बहुत दोस्ताना रहा है, इसलिए पाकिस्तान का उद्देश्य काबुल में एक ऐसी सरकार स्थापित करना था, जो उसके प्रभाव में हो और भारत के अनुकूल न हो।

जैसा कि पिछले अध्यायों में वर्णित है, अफगान-पाकिस्तान संबंध तब बिगड़ने लगे, जब दाउद ने पाकिस्तान से पेशावर शहर सहित रणजीत सिंह द्वारा कब्जा किए गए क्षेत्रों को अफगानिस्तान को वापस करने का अनुरोध किया। पाकिस्तान ने इस अनुरोध को ठुकरा दिया था और उसकी सीमाओं से गुजरने वाले अफगान व्यापार पर प्रतिबंध लगा दिया था। पाकिस्तान ने भी दाउद सरकार के खिलाफ काम करना शुरू कर दिया।

दाउद सरकार के पतन और एक कम्युनिस्ट सरकार के उद्भव के बाद, जैसे ही सोवियत संघ ने 1979 में क्रिसमस के आसपास करमल को अफगानिस्तान के राष्ट्रपति के रूप में स्थापित किया, उन्होंने अपने देश में विदेशी ताकतों के दखल को रोकने के लिए सोवियत सैनिकों को बुला लिया। अफगानिस्तान में सोवियत सैनिकों का आना अमेरिका को पसंद नहीं था। पाकिस्तान ने इसे अफगानिस्तान पर सोवियत संघ के हमले का रूप दिया

और इस युद्ध में अमेरिका और सऊदी अरब का साथ दिया। जब तीनों ने पाया कि सोवियत सैनिकों के आने के खिलाफ स्थानीय आबादी नहीं उठ खड़ी हुई, तो पाकिस्तान ने मुजाहिदीन लड़ाकों को प्रशिक्षित करना शुरू कर दिया। सोवियत सैनिकों से लड़ने के लिए तीनों ने मुजाहिदीन लड़ाकों को 'खतरे में इसलाम' के नारे के तहत अफगानिस्तान भेजना शुरू कर दिया। उत्तर में, मसूद भी सोवियत सैनिकों की मौजूदगी से लड़ रहे थे। हालाँकि, उन्होंने तीनों से कभी कोई मदद नहीं माँगी। इसके विपरीत, उन्होंने हमेशा महसूस किया कि पाकिस्तान का उद्‌देश्य अफगानिस्तान को अपना उपनिवेश बनाना था और पाकिस्तान अपने गुप्त उद्‌देश्यों के लिए अमेरिका और सऊदी अरब का उपयोग कर रहा था।

हालाँकि, पाकिस्तान ने महाराजा द्वारा कब्जा किए गए अफगानिस्तान के पश्तून क्षेत्रों के कुछ हिस्सों पर शासन किया, लेकिन मैंने एक यात्रा के दौरान देखा कि इसका शासन केवल तोरखम में सीमा की सड़क पर था। सड़क के दोनों ओर पश्तून क्षेत्र स्वायत्त थे, पाकिस्तान अपने राजनीतिक कार्यालय के माध्यम से आदिवासी प्रमुखों को वार्षिक अनुदान का भुगतान करता था, जैसा कि ब्रिटिश करते थे। इस क्षेत्र में पाकिस्तान का एक शहर लांडी कोटाल, शुल्क मुक्त वस्तुओं के लिए एक व्यस्त बाजार था। कराची के रास्ते आयातित ये सामान सबसे पहले अफगानिस्तान में उतरते थे। वहाँ से ये ऊँट गाड़ियों या ऊँटों के जरिए लांडी कोटाल लाए जाते थे। इन सामानों को पाकिस्तान से उत्सुक खरीदार और तस्कर सस्ते दामों पर खरीद लेते थे, क्योंकि इन सामानों की जबरदस्त माँग का मतलब था कि उन्हें अत्यधिक कीमतों पर बेचा जा सकता था। पाकिस्तान उपभोक्ता सामानों का आयात नहीं करता था। काबुल में अफगान आयातकों और लांडी कोटाल में खुदरा विक्रेताओं दोनों के लिए यह बहुत अच्छा कारोबार था। लांडी कोटाल हथियारों की बिक्री के लिए भी एक व्यस्त बाजार था। पश्तून इलाके में स्थित लांडी कोटाल ने पाकिस्तान के कानूनों को नहीं माना। इस प्रकार यह एक शुल्क मुक्त बाजार बन गया।

सीमांत गांधी के बेटे खान अब्दुल वली खान ने पाकिस्तान के निर्माण के

बारे में सबकुछ जानने के लिए ब्रिटिश विदेश कार्यालय के भारतीय अनुभाग के अभिलेखागार में ब्रिटेन में काफी शोध किया था। उन्होंने पाया कि जिन्ना अमेरिका और ब्रिटेन को यह समझाने में सफल रहे थे कि सोवियत संघ के खिलाफ एक इसलामी गढ़ बनाना राजनीतिक रूप से समीचीन होगा, ताकि इसे अफगानिस्तान की ओर विस्तार करने से रोका जा सके। जिन्ना ने अंग्रेजों और अमेरिकियों को यह भी बताया कि भारत में कांग्रेस पार्टी का नेतृत्व अपनी नीतियों में वामपंथी उन्मुख है और सोवियत संघ के प्रति सहानुभूति रखता है।

अमेरिका, पाकिस्तान और सऊदी अरब द्वारा शुरू किए गए छद्‌म युद्ध में मुजाहिदीन लड़ाकों ने गुरिल्ला हमलों के जरिए सोवियत सेना को चोट पहुँचाना शुरू कर दिया था। मॉस्को में सोवियत अधिकारी, पहले से ही तारकी और अमीन की कम्युनिस्ट सरकारों से नाखुश थे, वे करमाल के कम्युनिस्ट शासन को भी नापसंद करते थे। करमाल की सरकार अफगानिस्तान के लोगों की स्वीकृति प्राप्त करने में विफल रही थी।

जैसा कि पहले बताया जा चुका है, मुजाहिदीन लड़ाकों की भरती और भुगतान करने और बाद में तालिबान को अफगानिस्तान में लड़ने के लिए सऊदी अरब और अमेरिका ने पाकिस्तान को बड़ी मात्रा में फंडिंग की थी। पाकिस्तान, अमेरिका और सऊदी अरब सोवियत सैनिकों के खिलाफ लड़ाई को धर्म के खिलाफ युद्ध के रूप में प्रचारित करने में कामयाब रहे थे। तीनों ने पाया कि 'खतरे में इसलाम' का नारा करमाल की कम्युनिस्ट सरकार और सोवियत सैनिकों दोनों के खिलाफ काम कर रहा था। इसके अलावा ये नारा दुनिया भर के मुसलमानों के बीच स्वीकार्यता पा रहा था।

नतीजतन, ओसामा के नेतृत्व वाले अल-कायदा सहित कई इसलामी आतंकवादी समूह उभरे। इन समूहों ने भी इसलाम के लिए लड़ने का दावा किया। यह एक ऐसी लड़ाई थी, जिसका नेतृत्व तीनों ने सोवियत संघ के खिलाफ अपने छद्‌म युद्ध में किया था। इस मौके और अफगानिस्तान की जमीन की उपलब्धता को भुनाते हुए ओसामा ने अल-कायदा के लोगों को चरमपंथी इसलाम फैलाने की ट्रेनिंग देनी शुरू कर दी। परिणाम, जैसा कि स्पष्ट

है, यह रहा है कि अफगानिस्तान और पाकिस्तान दोनों अब कई आतंकवादी संगठनों का घर बन गए हैं।

अफगानिस्तान में पाकिस्तान का अपना उद्देश्य था और वो इस युद्ध में पूरी तरह से शामिल था। उसका उद्देश्य, जो अमेरिका और सऊदी अरब की इच्छा से अलग था। पाकिस्तान को भरोसा था कि एक दिन जब लड़ाई खत्म होगी तो उसे काबुल में एक दोस्ताना सरकार मिलेगी। तमाम बाधाओं के बावजूद अफगानिस्तान में लड़ाई 1988 में सोवियत सैनिकों की वापसी के बाद भी समाप्त नहीं हुई। इसके बजाय, यह नजीबुल्लाह सरकार के दौर में और बढ़ गई। पाकिस्तान को सीआईए और सऊदी अरब के माध्यम से अमेरिका से भारी वित्तीय सहायता मिलती रही।

अमेरिका ने नजीबुल्लाह सरकार को मान्यता नहीं दी थी, क्योंकि उसका मानना था कि काबुल में तालिबान सरकार द्वारा यूनोकल हितों की बेहतर देखरेख की जा सकेगी। इस प्रकार, पाकिस्तान को अफगानिस्तान में लड़ने के लिए मुजाहिदीन भरती और बाद में तालिबान के लिए बड़ी मात्रा में नकदी और हथियारों के साथ-साथ समर्थन भी मिलता रहा।

सऊदी अरब और अमेरिका से पाकिस्तान में आने वाली इस भारी-भरकम रकम से उसे बहुत समृद्ध देश बन जाना चाहिए था। हालाँकि, पाकिस्तानी एस्टेब्लिशमेंट भ्रष्टाचार में डूबा हुआ बताया जाता है। इसलिए इस पैसे का एक बड़ा हिस्सा उनकी जेब में चला गया। यह स्पष्ट है, क्योंकि अधिकांश पाकिस्तानी राजनेताओं, सिविल सेवकों और वरिष्ठ सैन्य अधिकारियों के पास आज लंदन या अमेरिका में संपत्ति है। 2009 में लंदन में एक दोस्त के घर डिनर के दौरान मेरी मुलाकात जनरल मुशर्रफ से हुई। उन्हें भी उनकी पत्नी के साथ वहाँ आमंत्रित किया गया था। उनके साथ बातचीत के दौरान मैंने पाकिस्तान प्रशासन और उसके सिविल सेवकों के बारे में बहुत कुछ जाना। सिविल सेवकों के प्रति उनके मन में बहुत कम सम्मान था, यह धारणा मेरे अंदर उनसे बातचीत के दौरान बनी। जनरल मुशर्रफ को सत्ता से तभी हटा दिया गया था, जब वह भारत और पाकिस्तान के बीच कश्मीर के विवाद का

हल निकालने वाले थे। अगर कभी कश्मीर विवाद का हल निकला, तो उस देश के लिए पाकिस्तानी सेना अप्रासंगिक हो सकती है।

यह गौरतलब है कि पाकिस्तान के लोगों को एकजुट करने में इसलाम विफल रहा है। इस तथ्य का एक प्रमाण 16 दिसंबर, 1971 को भारतीय सेना और मुक्ति वाहिनी के सामने पाकिस्तानी सेना के आत्मसमर्पण के बाद बांग्लादेश का बनना है, जो पहले पूर्वी पाकिस्तान कहा जाता था। यह बांग्लादेशी सेना, अर्धसैनिक बल और नागरिकों का मिला-जुला गुरिल्ला प्रतिरोध आंदोलन था।

बलूचिस्तान, सिंध और पख्तूनख्वा, जिसे पहले एनडब्ल्यूएफपी के नाम से जाना जाता था, ये पाकिस्तान पर गहरा अविश्वास करते हैं, और ऐसा ही कुछ गिलगिट-बाल्टिस्तान में भी है। एमक्यूएम नेता अल्ताफ हुसैन के मुताबिक, पाकिस्तान की एक प्रमुख पार्टी मुत्ताहिदा कौमी मूवमेंट (एमक्यूएम) और मुहाजिरों या शरणार्थियों का आंदोलन सिंध की आजादी के लिए चल रहा है। मुहाजिर उर्दू भाषी लोग हैं, जो भारत के उत्तर प्रदेश से बड़े पैमाने पर आए थे, और सिंध में बस गए। वे इस बात से नाराजगी से भरे हुए हैं कि उन्हें अभी भी 'मुहाजिर' कहा जाता है। हालाँकि, वे पाकिस्तान के नागरिक हैं, लेकिन उनके साथ दोयम दर्जे का व्यवहार किया जाता है।

पाकिस्तान ने यह निष्कर्ष निकाला था कि सोवियत सैनिकों की वापसी के बाद नजीबुल्लाह सरकार ज्यादा दिन नहीं चलेगी। इससे उन्हें एक दोस्ताना सरकार स्थापित करने का सही अवसर मिलेगा। हालाँकि, नजीबुल्लाह सरकार तीन साल तक चली। इसके बाद रब्बानी सरकार सत्ता में आ गई, जिसमें मसूद भी शामिल थे और वे पाकिस्तान के दोस्त तो बिल्कुल नहीं थे। इसका मतलब था कि अफगानिस्तान को अपना उपनिवेश बनाने की पाकिस्तान की योजना अब दूर का सपना था। बहरहाल, यह एक ऐसा सपना था, जिसे लेकर पाकिस्तान हार नहीं मानना चाहता था।

अमेरिका पर 9/11 के हमलों के बाद बीस साल लंबा युद्ध झेलने के बाद अफगानिस्तान लगातार पीड़ित है। अमेरिका ने उतने साल तालिबान से

लड़ाई लड़ी, लेकिन जिस जल्दबाजी में उसने अंत में अपने सैनिकों को वापस बुलाया, उसने अफगानिस्तान के शासन को तालिबान के हाथों में छोड़ दिया। अफगानिस्तान से अमेरिकी सैनिकों की वापसी से ऐसा लग रहा था कि वे भाग रहे हैं। यह सोवियत सैनिकों के गरिमापूर्ण और अनुशासित निकास के विपरीत था, जिन्होंने अफगानिस्तान छोड़ने में नौ महीने का समय लिया था। अफगानिस्तान में दाखिल होने के बाद काबुल और अन्य अफगान क्षेत्रों में अमेरिका के किए सभी अच्छे काम अब खस्ताहाल हैं। अमेरिकी सैनिकों की वापसी के बाद से देश की अर्थव्यवस्था में तेज गिरावट आई है। काबुल में दुकानदारों के पास शायद ही कोई काम बचा है। जिस सड़क पर पुराने सामानों की दुकानें फलती-फूलती थीं, अमेरिकी सैनिकों और अन्य अमेरिकियों द्वारा खरीद के लिए धन्यवाद, अब कोई व्यापार नहीं है। कालीनों की बिक्री भी ठप्प हो गई है।

अफगानिस्तान आज एक विकानोन्मुख राष्ट्र नहीं है, क्योंकि काबुल में सरकार शायद ही शासन करना जानती है। जहाँ तक अफगान बच्चों का सवाल है, त्रासदी यह है कि जहाँ तक उन्हें याद होगा, उन्होंने अपने देश में लड़ने के अलावा कुछ भी नहीं देखा है। वे केवल लड़ना सीख रहे हैं; उनके लिए और कौन सा पेशा भी उपलब्ध है ? वहाँ शिक्षा का भारी नुकसान हुआ है और शिक्षा के बिना वे कुछ कर भी नहीं सकते हैं। ग्रामीण इलाकों के कई हिस्से अफीम और अफीम के कारोबार के कारण फल-फूल रहे हैं। अमेरिकियों ने अफीम के खेतों और अफीम प्रसंस्करण प्रयोगशालाओं को नष्ट करने की कोशिश की, लेकिन वे फिर से अस्तित्व में लौट आए हैं। दुर्भाग्य से, अफगानिस्तान एक बड़ा ड्रग तस्कर देश बन गया है।

इन चालीस वर्षों की लड़ाई में अफगानिस्तान की आबादी कई बार उजड़ चुकी है। लाखों लोग पाकिस्तान और ईरान के शरणार्थी शिविरों में रहते थे। अमेरिकियों द्वारा पुनर्निर्मित काबुल से जब अमेरिकी लौटने लगे, तब तालिबान ने आश्चर्यजनक रफ्तार से शहर में प्रवेश किया, जिसके चलते शहर को भारी नुकसान उठाना पड़ा। अधिकांश राजनयिक मिशन बंद हो चुके हैं।

उच्च शिक्षित और अमीर अफगान 1978 के बाद से देश से भागने लगे। वे जर्मनी, ब्रिटेन, अमेरिका, कनाडा और अन्य देशों में रहते हैं। उनके अफगानिस्तान लौटने की कोई संभावना नहीं है। वास्तव में, उनमें से कई विदेशी भूमि में ही दिवंगत हो गए और उनके बच्चे मेजबान देशों के नागरिकों के रूप में बड़े हुए हैं। करजई और गनी युग के दौरान प्रशासक बनने वालों में से कई ने अफगानिस्तान छोड़ दिया है या छोड़ना चाहते हैं। तालिबान सरकार उन कुछ लोगों के साथ प्रबंधन कर रही है, जो अभी भी काम कर रहे हैं या अपने ही लोगों के साथ काम कर रहे हैं, जो शासन के बारे में कुछ नहीं जानते हैं। महिला सिविल सेवकों को उनके अनुभव और विशेषज्ञता के बावजूद, सरकारी कार्यालयों में काम करने से रोक दिया गया है।

जिस तरह से अमेरिका ने अफगान लोगों को तालिबान की दया पर छोड़ दिया है, उससे वे अमेरिका से बेहद नाराज हैं और उसकी अत्यधिक आलोचना करते हैं। सिविल सेवक भी हैरान हैं। कई लोग अमेरिकियों के साथ अफगानिस्तान से निकल जाने में कामयाब रहे। वहाँ अपनी बीस साल की मौजूदगी के दौरान अमेरिका द्वारा किए गए सभी अच्छे कार्यों ने कई प्रशंसक बनाए थे, लेकिन यह सब एक झटके में खत्म हो गया, क्योंकि खलीलजाद अमेरिकी सैनिकों की उचित और सम्मानजनक वापसी पर बातचीत करने में नाकाम रहे।

अमेरिकी सैनिकों के जाने के साथ ही अफगानों ने महसूस किया कि गनी सरकार के तहत शांतिपूर्ण तरीके से प्रशासन जारी रखने का प्रावधान होना चाहिए था। तालिबान के साथ अपनी 'दोहा वार्त्ता' के दौरान खलीलजाद यह सुनिश्चित करने में विफल रहे कि गनी सरकार सत्ता में बनी रहे। जैसे ही अमेरिकी सैनिकों की वापसी शुरू हुई, तालिबान ने जो पहला काम किया, वह काबुल पर कब्जा करना और गनी सरकार को धमकाना था। गनी लोगों को तालिबान की दया पर छोड़कर देश से भाग गए। यह एक और विश्वासघात था, जिसे अफगानिस्तान के लोगों को सहन करने के लिए मजबूर किया गया था।

अफगानिस्तान में शांति एक बड़ी घटना है। उत्तर से, कार्यवाहक राष्ट्रपति

सालेह और मसूद के बेटे तालिबान और उसकी विचारधारा के खिलाफ लड़ाई जारी रखे हुए हैं। हक्कानी नेटवर्क द्वारा काबुल पर प्रभुत्व के बावजूद काबुल में उसके प्रति वफादार सरकार बनाने का पाकिस्तान का अभियान जारी है। वे एक पश्तून परिवार से हैं, जो पाकिस्तान के प्रति वफादार है, लेकिन पाकिस्तान को लगता है कि काबुल में सरकार उसके प्रति वफादार नहीं रहेगी। तालिबान चाहता है कि सीमा मुद्दे का समाधान हो और पाकिस्तान उन इलाकों को वापस करे, जिन पर महाराजा ने कब्जा कर लिया था और अंग्रेजों ने उन्हें अपने पास रखा था। सीमा पर तालिबान और पाकिस्तानी फोर्सेज के बीच लड़ाई जारी है, जिसके परिणामस्वरूप दोनों पक्षों को जान-माल का नुकसान हुआ है।

केवल समय ही बताएगा कि अफगानिस्तान में शांति कैसे बहाल की जा सकती है! यह संभव हो सकता है, यदि भारत और पाकिस्तान कश्मीर पर एक समझौते पर पहुँचते हैं, जैसा कि मेजर जनरल विनोद सैगल ने अपनी पुस्तक— 'रिस्ट्रक्चरिंग पाकिस्तान' में सुझाव दिया है। भारत और पाकिस्तान के बीच शांति का मतलब होगा कि पाकिस्तान अब अफगानिस्तान को अपने लिए एक ताकत के रूप में नहीं देखेगा। दुर्भाग्य से, भारत और पाकिस्तान के बीच वह समझ कहीं नजर नहीं आ रही है। जनरल मुशर्रफ के प्रयासों को पाकिस्तानी सेना ने विफल कर दिया था। अगर भारत और पाकिस्तान के बीच शांति नहीं होती है, तो पाकिस्तान काबुल में एक वफादार सरकार में सुरक्षा की तलाश जारी रखेगा।

वर्ष 1992 में एएनआई के एक साक्षात्कार के दौरान मसूद से पूछा गया कि उन्हें कब लगा कि अफगानिस्तान में शांति आएगी? उन्होंने जवाब दिया, "जब पाकिस्तान और उनका समर्थन करने वाले अन्य लोग अफगानिस्तान में दखल देना बंद कर देंगे, तो युद्ध समाप्त हो जाएगा।"

हालाँकि, यह एक दूर की कौड़ी बनी हुई है। इसके अभाव में अफगानिस्तान की त्रासदी जारी है।

□

संदर्भ-सूची

- एएनआई लायब्रेरी
- नेशनल आर्काइव्स ऑफ इंडिया ऑफिस लायब्रेरी, लंदन
- नेहरू संग्रहालय और पुस्तकालय
- सिविल-मिलिट्री फ्यूजन सेंटर, जोसेफ जे. कॉलिंस द्वारा 'यूएस अंडरस्टैंडिंग वार इन अफगानिस्तान'
- अमीन सैकल द्वारा 'मॉडर्न अफगानिस्तान'
- अहमद राशिद द्वारा 'तालिबान'
- अहमद राशिद चार्ली की 'पाकिस्तान ऑन द ब्रिंक'
- जॉर्ज क्रिले की 'विल्संस वार'
- अनिल भट द्वारा 'आफ्टर एबटाबाद'
- मेजर जनरल विनोद सैगल द्वारा 'रिस्ट्रक्चरिंग पाकिस्तान'
- हसन अब्बास द्वारा 'तालिबान रिवाइवल'
- मार्क वाटर्स द्वारा 'द अफगान-तालिबान टेकओवर'
- बेट्टे डैम द्वारा 'लुकिंग फॉर द एनिमी'
- क्रेग व्हिटलॉक द्वारा 'अफगानिस्तान पेपर्स'
- खालिद अहमद द्वारा 'पाकिस्तांस टेरर कॉननड्रम'

□□□

अनुवादक

राहुल त्रिपाठी पेशे से पत्रकार; बीस वर्षों में अमर उजाला, दैनिक जागरण, हिंदुस्तान, राष्ट्रीय सहारा और नवभारत टाइम्स जैसे प्रतिष्ठित राष्ट्रीय समाचार-पत्रों में कार्य करने का अनुभव। विभिन्न विधाओं की लगभग तीस पुस्तकों का अंग्रेजी से हिंदी में अनुवाद किया है।